車

心
日本の内面生活がこだまする 暗示的諸編

小泉八雲
平川祐弘 訳

河出書房新社

心　目次

心

日本の内面生活がこだまする暗示的諸編

詩人、学者、そして愛国者なる
我が友人、雨森信成《あめのもりのぶしげ》へ

心

この巻を構成する諸編は日本の外面生活よりもむしろ内面生活を扱っている。——それだから「心」Kokoro (heart) という標題の下にまとめた。右に掲げた漢字で書かれるこの言葉は、「心情」heart だけでなく、情緒的な意味における「心意」mind をも意味し、「精神」spirit、「勇気」courage、「決心」resolve、「感情」sentiment、「情愛」affection、そして——ちょうど英語で"the heart of things"(事物の核心) と言うのと同じように、——「内なる意味」inner meaning をも意味する。

神戸にて。一八九五年九月十五日。

停車場にて

明治二十六年六月七日

昨日の福岡発電報によれば、現地で逮捕された凶悪犯人は裁判にかけられるため、本日正午着の列車で熊本へ護送されるという。熊本の巡査一名が犯人の身柄引き取りのため福岡へ派遣されている。

四年前のある夜、強盗が熊本相撲町《すもうちょう》のとある家へ押し入り、脅《おび》える家人を縛りあげ、数多《あまた》の金目の品を奪って逃げたが、警察の巧妙な追跡にあい、二十四時間以内に、盗品をばらすひまもないうちに、逮捕された。しかし警察署へひかれてゆく途中、犯人の男は捕縄《ほばく》をふりちぎり、巡査のサーベルを奪って巡査を殺し、逃亡した。男の行方《ゆくえ》は杳《よう》として不明のままになっていた。

ところが先週、たまたま福岡監獄を訪れた熊本の刑事が、労役に服する囚人の中に、過去四年間、写真のように脳裏《のうり》に焼きついていた顔を見つけた。「あの男は誰だ?」と刑事は看守に尋ねた。

「窃盗を働いた男で、ここの帳簿では草部《くさべ》となっています」

刑事はつかつかと囚人の方へ歩み寄って言った、――

「おまえの名前は草部ではない。野村貞一《のむらていいち》、人殺しの件で御用だ。熊本へ来てもらおう」

凶悪犯人はすべてを自供した。

私は大勢の人と一緒に停車場まで犯人の到着を見に行った。群衆が激昂《げきこう》するのではないか、と思っていた。暴力沙汰《ざた》まで起こるのではないか、と恐れてもいた。殺された巡査はたいへん好かれていたし、身内の者も必ずや見物人の中に混じっているだろう。それに熊本人は、人だかりしたときはあまりおだやかな方ではない。また警察が大勢警戒に当たっているだろうとも思った。しかし私の予想ははずれた。

汽車はいつも通りにせわしげで騒々しい光景のうちに到着した。――せかせか歩く乗客たちの下駄《げた》がからころ響き、――日本語の新聞や熊本のラムネを売る子供の甲高《かんだか》い声があがる。柵《さく》の外で私たち見物人は五分近く待たされた。すると、巡査に押されながら改札口を通って、犯人が出てきた。――図体《ずうたい》の大きい、凶暴な人相をした男で、頭《こうべ》を垂れ、両手は後ろ手に縛られていた。犯人と巡査は改札口を出たところで二人とも立ちどまった。人々はよく見てやろうと前へ詰め寄せた——しかし押し黙ったままである。すると巡査が大声で呼んだ、——

「杉原《すぎはら》さん！　杉原おきび！　ここにいませんか？」

　私のそばに立っていた、背中に子供をおぶった、ほっそりとした小柄な女が「はい！」と答えると、人込みを分けて前へ進み出た。この女が殺された巡査のお上《かみ》さんで、背負っているのはその息子だった。巡査が手を振って合図すると、群衆は後ずさりして、犯人と巡査のまわりに場所をあけた。その空《あ》いた場所で、子供をおぶった女は殺人犯と向かいあった。あたりはしんと水を打ったように静まった。

　するとお上さんに向かってではなく、その子に向かって、巡査が話しはじめた。低い声だが、はっきりしていたので、私もその一語一語を聞きとることができた。——

「坊や、こいつが四年前に坊やのお父さんを殺した男だ。坊やはそのときまだ生まれていなかった。お母さんのお腹《なか》の中だったんだ。いま坊やを可愛《かわい》がってくれるお父さんがいないのは、この男の仕業《しわざ》なのだよ。見て御覧——」［ここで巡査は犯人の顎《あご》に手をかけると、ぐいと男の顔をしゃくりあげ、眼を正面へ向けさせた。］——よく見て御覧、坊や！　恐がるんじゃない。辛《つら》いだろうが、これは坊やの務めだ。見て御覧！」

　母親の肩越しに子供はじっと見つめた。恐怖にかられたように、大きく目を見ひらいていた。それからすすり声を上げはじめ、やがて涙が溢《あふ》れた。しかしそれでも、まじろぎもせず言われた通り子供は相手のすくんだ顔を真正面から見つめ――見つめ――見つめた。

人々は息を殺したかのようだった。

私は犯人の表情が歪《ゆが》むのを見た。目の前で犯人は、後ろ手に捕縛されていたにもかかわらず、いきなりくずおれて膝《ひざ》をつくと、地べたに顔をこすりつけ、それと同時に呻《うめ》くように叫んだ。それは聞く人の心を揺さぶらずにはおかぬ悔恨《かいこん》の情にかられた叫びだった。――

「御免なあ！　御免なあ！　坊や、許してくれ！　俺《おれ》がやっちまったのは――憎くてしたことじゃない、ただもうおっかなくて、逃げたい一心でやっちまった。悪かった、本当に悪かった。なんともいえねえほどの悪いことを坊やにしちまった。だがいまはその罪滅ぼしに俺は死にます。死にたい、喜んで死ぬ！　だからな、坊や、どうぞ堪忍しておくれ！――許しておくれ！」

子供はまだ黙って泣いていた。巡査はわななく罪人をひき起こした。静まりかえった群衆は二人を通すために道をあけた。すると、そのとき突然、その場に集まっていた人々からいっせいにすすり泣きが洩《も》れはじめた。そして私は、日に焼けて赤銅色《しゃくどういろ》の巡査が目の前を通ったとき、かつて見たことのないもの、――世間の人がおよそ見ることのないもの、――おそらく私が生涯に二度と見ることのないであろうものを見た。――日本の警察官が目に涙を浮かべていたのである。

潮《しお》が引くように人々は去ったが、私はひとり居残って、この光景の驚きにみちた教訓について思いめぐらしていた。そこには毫《ごう》も容赦しないが慈悲に満ちた正義の裁きがあった。――犯した罪が生んだもっとも単純明白な結果である、いたいけな遺児を見せることで罪の深さを知らしめたのである。そこには絶望にひとしい悔恨の念があった。死ぬ前にひたすら罪の赦《ゆる》しを乞《こ》うたのである。そしてそこには熊本の庶民がいた。――怒りを発すればおそらくこの日本帝国中でいちばん恐ろしい――その人たちはすべてを了解し、すべてに感動し、その悔悟《かいご》と羞恥《しゅうち》を良しとして、怒りではなく、その罪の大いなる悲しみで胸がいっぱいになった、――それというのも、儘《まま》ならぬ人生の難しさや人間の弱さについて、素朴で深い体験を通して身にしみて会得《えとく》していたからである。

しかしこのエピソードでいちばん意味深いこと、というのはきわめて東洋的だからだが、それは悔恨の情への訴えかけが、犯人の父性の感情を通してなされた点にある。――父親として子供を愛する潜在的な気持は日本人誰しもの魂の一隅に深く根ざしているのである。

日本で古今を通じていちばん有名な大泥棒、石川五右衛門《いしかわごえもん》は、ある夜とある家に忍び込み、人を殺して物を盗むつもりだったが、無心に自分に向けて両の手を伸ばした赤子の笑顔《えがお》にひかれて、その子をあやしているうちに、所期の望みをついに遂げ損なった、という話がある。

　これは結構信ずるに足る話である。警察の記録には毎年、職業的な犯罪者が子供に慈悲をかけた報告が載っている。数カ月前、恐るべき殺人事件が当地の新聞に報ぜられた。――強盗どもの手により一家が鏖殺《みなごろし》にされたのだ。就寝中の七人が文字通りばらばらに斬殺《ざんさつ》されていた。だが警察は幼い男の子だけがかすり傷ひとつ負わずに、血の海の中にたったひとり泣き叫んでいたのを見つけたのである。そして警察のつかんだ紛《まぎ》れもない証拠によれば、[1]鏖殺しを行なった者どもはその子に怪我《けが》をさせまいと細心の注意を払っていたという。

日本文明の真髄

一

日本は、一隻《せき》の軍艦も失わず一回の戦闘にも敗《やぶ》れず、大国中国を打ち破った。朝鮮を新しい国に仕立て、自国の領土を拡張し、東洋の政治的様相を全面的に改変した。この結果は政治的にも驚嘆すべきことだが、心理的にはさらに驚くべきことである。なぜならこれはきわめて高度な諸能力の総体を実行に移した結果でありながら、海外では日本民族にこのような能力があろうとはまったく思われていなかったからである。心理学者ならば自明のことだが、わずか三十年のいわゆる「西洋文明の採用」で日本人の頭脳に以前には存在しなかった器官や力が新しく獲得されたなどということはあり得ない。日本民族の精神的・道徳的性格が突然変化したということもあり得ない。そのような変化が一世代のうちに起きるはずはない。伝承された文明の作用はきわめてゆるやかで、ある種の永続性ある心理的成果が生ずるには数百年を要することもある。

　日本が世界でも格別の国として映じるのはこのような見地からである。日本の「西洋化」というこの物語においてもっとも驚嘆すべきことは、民族の頭脳がこのような激しいショックに耐え得たということである。この事実が人類史上比類ないことであるとして、ではこのことははたして何を意味するのか？　単に既存の思考メカニズムの部分的再編ということでしかない。しかしそれだけであるにせよ、何千という若き知的俊秀にとってはそれは死を意味した。西洋文明の採用は思慮不足の人が考えるほどそう容易なことではない。頭脳的再調整は非常なコストをかけて実現されたもので、それについては後述するが、きわめて明らかなことは、それが良好な成果を挙げたのは、日本民族がこれまでも得意としてきた分野でのみであったことである。それだから、西洋の産業的発明の応用は日本人の手にかかると見事に実行され、——日本国民が何世紀ものあいだ、西洋とは別様の奇異なる方法で熟達していた類《たぐい》の工芸に関してはすばらしい成果を産み出した。能力の変容《トランスフォーメーション》があったわけではない、——古来の能力を新しいより大きな道《チャンネル》に向かうよう方向を転じただけである。自然科学の分野でも同じことがいえる。医学や外科（世界中で日本の外科医の右に出る人はまずいない）、化学、顕微鏡検査などのある種の科学においては日本人の天性は適しており、これらの各分野では世界に知られた業績がはやくも挙げられている。戦争や外交に関して日本は驚くべき力量を示してきた。だが日本史を通して日本人はもともと卓越した軍事的・政治的能力が特徴であった。しかし、国民の天性に合わない分野ではなんら目覚ましい成果は挙がっていない。たとえば、西洋音楽、西洋美術、西洋文学などの分野では、歳月を空《むな》しく費やしてきた観がある。[1]こうしたものは私たち西洋人の感情生活に格別に訴えるものであるが、日本人の感情生活にはそのように訴えるものではない。教育によって個人の感情面が変化し得るとは真面目な学者は考えていない。西洋思想との接触によって、わずか三十年のあいだに東洋人種の感情的性格が変容したなどと考えるのは愚かなことである。感情生活は、知的生活よりも古く、深いものである以上、環境が変化したからといって突然変化するものではない。鏡の表面がそこに映る影によって変化しないのと同然である。日本がかくも見事に成し遂げたことはすべて自己変容《セルフ・トランスフォーメーション》なしに行なわれたのである。日本人が三十年以前に比べて感情の上でも西洋人に近くなったと考える人は議論の余地なき科学的事実を無視する者といわねばならない。

共感は理解があってはじめて成り立つ。理解と共感は比例するといえよう。自分は日本人や中国人と共感しあえると思い込む人はいるかもしれないが、しかしその共感が本物でありうるのはごく限られた範囲内で、子供も大人も同じであるような、きわめて普通の感情生活の範囲を超えることはできない。それよりも複雑な東洋人の感情は先祖伝来の経験と本人個人の経験の組み合わせから成っており、これに正確に対応するものは西洋生活にはない。それだからその感情の正体を私たち西洋人が完全に知ることはできない。それとは逆の理由で、日本人は、たとえ本人が望んだとしても、西洋人に心からの共感を与えることはできないのである。

だが、西洋人にとって日本人の生活の本質を見抜くことなど、その知的面と感情面のいずれにおいても不可能ではあるのだが（両者は互いに織り込まれているのだから）、それでも次のような確信を持たずにはいられない。すなわち、自分たち西洋人の生活に比べると、日本人の生活はたいへん規模が小さい[2]。その生活は雅致《がち》に富む。類のない興趣と価値に富む繊細な可能性をたくさん秘めている。しかしいかにも小さいから、西洋の生活は対照的にほとんど超自然的に見える。私たちとしては目に見え測り得るものでしか判断のしようがないからである。そのように判断すると、感情世界においても知的世界においても西洋と東洋とではなんと対照的なことだろう。その懸隔《けんかく》に比べれば日本の首都の脆弱《ぜいじゃく》な木造建築とパリやロンドンの街路に立ち並ぶ堅牢《けんろう》な巨大建築との相異など驚くに足らない。西洋人と東洋人がいかなる夢を抱き、いかなる希望に燃え、いかなる感情に胸を躍らせるか、その両者が発する声を比べてみるがいい、――ゴチックの大聖堂と神道の社《やしろ》、ヴェルディのオペラやワーグナーの三部作と芸者の演奏、西洋の叙事詩と日本の和歌、――感動の容量において、想像の力量において、芸術的総合において、その差異は測りしれない。なるほど、われわれ西洋の音楽は本質的に近代の芸術である。しかし有史以来の過去を振り返ってみても、創造力の差異が顕著であることに変わりはない。――ローマ時代にも壮大な大理石の円形劇場や各地に架《か》かる水道橋があり、ギリシャ時代にも神々しい彫刻や崇高な文学があった。

このことは日本の国力の急激な発展におけるいま一つの驚嘆すべき事実へと話題を導かずにはいられない。生産性と戦争という両面で示されてきた日本の巨大な新しい力は外見上どこに具体的に表れているのか？　どこにも認められないではないか。日本人の生活の感情面と知的面に見出せないものは、この国の生活の産業面と商業面にもやはり見出すことができない。――規模の大きさがないのである。国土は昔のままだ。その表面は明治のあらゆる変革によってもほとんど変えられていない。玩具《おもちゃ》のような鉄道や電信柱、橋やトンネルは太古からの緑の風景の中にとけこんでほとんど目立たない。開港地とその小さな外人居留地を除外すれば、この国の都会には見晴らしある通りはまず一本もない。西洋の都市計画の教えとは無縁のようだ。日本国内を二百マイル旅しようとも、新文明の威容を誇るようなものには出会えない。どこへ行っても商業的野心を如実に示す大倉庫もなければ、産業の拡大にともなう何万坪もの工場もない。日本の都会はいまでも、千年前の昔と同様、木造の小家が雑然と並ぶ程度にすぎない。――いかにも提灯《ちょうちん》のように風雅だが、提灯のように破れやすい。どこにも大きな動きもなければ物音もない。――交通渋滞も、轟音《ごうおん》や騒音もなければ、みんなが我勝ちに道を急ぐこともない。東京であっても、望むならば、村落の平和な暮らしが楽しめる。日本はいまや西洋の市場を脅《おびや》かし極東の勢力図を塗り変えつつある新勢力でありながら、その表れがここまで目に見えず耳に聞えぬのは実に奇妙で、ほとんど不気味な感じさえする。いってみれば、こんな体験をしたときに襲われる感覚に近いだろう。何里も静寂の道を登って山中の神社にたどり着いてみたら、そこにあるのは空寂《くうじゃく》のみ――妖精か天狗《てんぐ》の類《たぐい》が住んでいそうな、[3]がらんどうの小さな木造の社《やしろ》が、千年も年古《としふ》りた樹々の影深い中に物寂《ものさ》びている。日本の力は、この国古来の信仰の力と同様、物の形をとって姿を現わすことはまずない。いずれの力も、およそ大国民たるものの根底にある真の力が宿るところ――民族の魂[4]の中に宿っている。

二

思いめぐらすうちに、大都会の思い出がよみがえる。[5]――天を摩《ま》するまで高く築かれ、大海《たいかい》のように轟《とどろ》く大都会。その轟きがまず脳裏《のうり》によみがえり、ついでその姿がくっきりと目に浮かぶ。山々（住居だ）のあいだを走る深い割れ目（通りだ）。こうした煉瓦造《れんがづく》りの絶壁《ぜっぺき》の谷間を何マイルも歩いて、私は疲れている。いっさい土を踏むことはなく、――どこもかしこも岩盤《がんばん》で、――耳にするのは雷鳴のような喧騒《けんそう》ばかり。この巨大な舗道の下深くに途方もない洞穴世界があることは知っている。地上の交通システムの下に広がる、水や蒸気や火を運ぶためのシステムだ。両側にそそり立つ壁面には横一列に穿《うが》たれた窓が何十という層を成している。太陽の光をさえぎる建築の絶壁である。頭上の隙間にのぞく蒼白《あおじろ》い空は蜘蛛手《くもで》のごとき線でもって迷宮さながらに裁《た》たれている。――無数の電線による蜘蛛の巣だ。右手のブロックには九千人が住む。左手の建物の住民は年に計百万ドルの賃料を払う。その先の広場に影を落とす巨大ビルは工費が七百万ドル以上。――こうした街が何マイルも続く。ビルの階段はスチールとセメント、真鍮《しんちゅう》と石材で造られ、高価な手摺《てす》りがつき、十階も二十階も昇っていく。しかし誰も使おうとはしない。水力や蒸気や電気の力で昇降する。高さに目がくらみ、道のりははてしなく、階段は使いものにならないのだ。ここからほど遠からぬ怪物建築の十四階に五千ドルの家賃を払って住んでいる友人は階段で上ったことがない。いま私は単なる好奇心から歩いているだけで、まともな用があれば歩きはしない。空間はあまりに広く、時間はあまりに貴重で、そんな悠長な真似をする暇はない。――街から街へ、家から職場へ、蒸気機関で移動する。高層はあまりに高いから声も届かない。用事の依頼も返事もすべて機械仕掛けである。遠くの扉も電気で開く。ボタンひとつ押せば百もの部屋にいっせいに電気が灯《とも》り、暖房が通じる。

この途轍《とてつ》もない大都会は無情で、陰気で、押し黙っている。これは堅牢性と耐久性という実利的目的のために数学の力を応用した結果このような途轍もないものが出来上がったのである。これらの殿堂、倉庫、商業建築、その他名状すべからざる建物や名状すべき建物が何マイルも続く様は美しいどころか、不吉である。こうしたものを造り出した途轍もない生命力、その共感なき生命力や、こうしたものの桁外《けたはず》れな力の自己顕示、その憐《あわ》れみなき力には圧倒されるばかりで、人はもうそれだけで意気銷沈《しょうちん》する。こうしたものは、新しい産業時代の自己表現である。車輪の響きや、蹄《ひづめ》の音や、人の足音の騒がしさが、止《や》むことはない。人にものを尋ねる際には、相手の耳元で叫ばねばならない。この高圧な環境の中で見聞きし、理解し、動きまわるには、経験が必要とされる。それに慣れていない者はパニックに襲われ、台風や竜巻に巻き込まれたような恐慌状態におちいる。しかしこれこそが秩序なのである。

怪物のような通りは、石の橋や鋼鉄の橋で、川を跨《また》ぎ運河を渡る。目の届くかぎり、驚くべき数のマストが並び、索具《さくぐ》や艤装《ぎそう》が蜘蛛の巣のように張りわたされ、そのために岸が隠れて見えないが、そこは石の岸壁が切り立っている。森の木々が稠密《ちゅうみつ》に林立していても、森の枝々がぎっしりと密集していても、このマストや柱の計り知れない迷宮と比べたらものの数ではない。しかしこれこそが秩序なのである。

三

一般論として、西洋建築は永続を目指すが、日本の建築は束《つか》の間《ま》のものである。[6] 日本では耐久性を念頭に作られる日用品は少ない。草鞋《わらじ》は道中の宿に着くたびにすり切れて更《か》えられる。和服は着るときに小幅の布を幾枚か簡単に縫い合わせ、洗濯するときにまた解かれる。宿屋では新来の客ごとに新しい箸《はし》が出される。軽い障子《しょうじ》は窓でもあり壁でもあるが、年に二回張り替える。畳《たたみ》は秋ごとに表《おもて》を替える。――こうした日常生活の小事は日本人が束の間の満足で良しとする国民であることを証する無数の例のいくつかでしかない。

日本の普通の住居とはどんなものか。朝自宅を出て、次の通りの角《かど》をよぎると、そこの空地に男たちが竹の柱を立てている。次の日の午前中にはすでに壁がほとんど完成している。――家の骨組みができている。五時間後に帰宅すると、その土地に二階建ての木舞《こまい》と土の壁である。日没までには屋根はすっかり瓦《かわら》で葺《ふ》かれている。翌朝覗《のぞ》いてみると畳が敷かれ、内壁の漆喰《しっくい》塗りが仕上がっている。五日で家の普請《ふしん》は終わる。これはもちろん安普請《やすぶしん》である。立派な邸《やしき》ならば建築と仕上げにもっと時間がかかる。しかし日本の都市はおおむねこうした安普請から成る。安くて簡素なものだ。

シナの屋根の曲線には遊牧時代の天幕の名残《なごり》ではないかという説をどこで読んだかもはや私の記憶にない。それが出ていた書物の名前を失敬にも失念してしまったが、その説はずっと頭の片隅にあった。それだけに出雲《いずも》で古代の神道建築の、破風《はふ》の切妻《きりづま》と、屋根の棟《むね》の上に〔千木《ちぎ》と呼ばれる〕奇妙な十字架状の突起が出ている、特殊な構造を初めて見たとき、名前を失念した著者の説が、シナほどは古くない形の屋根の曲線の起源についてもまた非常な説得力を持ってよみがえった。しかし日本には原始的な建築的伝統以外にもこの民族の先祖が騎馬民族であったことを示唆《しさ》するものがたくさんある。いつであろうと、どこであろうと、西洋人なら堅牢 solidity と呼ぶであろうものが完全に欠如している。日本国民の外的生活のほとんどすべてのものを特徴づけるのは、恒久性のなさ、すなわち無常という性格らしい。ただし例外的に、百姓の着るものと農具の形は太古以来そのままであるらしい。文字に記された日本史は比較的短いが、その期間だけでも都を六十回以上移していて、しかも都の大半は痕跡《こんせき》すら残さずに消えている。この事実はさておくとしても、日本のあらゆる都市は一世代も経《た》たずにすっかり造り直される、といっても過言ではない。いくつかの神社仏閣と巨大な城郭《じょうかく》とは例外だが、一般論として、日本の都市は、一人の人が生きているあいだに、その形はともかく、その中身はすっかり変わってしまう。火事、地震、その他さまざまな原因のせいでもあるが、しかし主な理由は、日本の家屋は長持ちするように造られていないからである。普通の人は先祖伝来の家を持たない。あらゆる人にとって慕《した》わしい場所は、誕生の地でなく、埋葬の地である。死者の憩《いこ》いの場と先祖を祀《まつ》る神域を除いては、日本人にとって恒久的な意味のある場所はほとんどない。

　国土そのものが無常の地である。川は流れを変え、海岸は形を変え、平野は高さを変える。火山の頂《いただき》は隆起あるいは崩落し、渓谷《けいこく》は溶岩流《ようがんりゅう》や地滑りで堰《せ》き止められ、湖が現われては消える。何世紀にもわたり芸術家に霊感を与え続けてきた、あの比類ない富士山の姿、あの雪をいただいた霊峰の姿でさえ、私がこの国に到着した後にもわずかながら変わっているといわれる。少なからぬ数の山々はその同じ短い期間にすっかり新しい形を帯びた。ただ国土のおおよその輪郭、その自然のおおよその姿、その四季のおおよその性格のみが定まっている。日本の風景の美しさそのものでさえ大半は幻覚的で、――移りゆく色と流れゆく霞《かすみ》の美しさなのである。このような自然に親しんだ人でなければ、日本列島の歴史の中で、実際にどのような変化が起きたのか、山の霞に惑《まど》わされ知ることはできないし、これから先どのような変化が起きるのか、幽明境《ゆうめいさかい》を異《こと》にする国からのお告げを聞きとることもできない。

神々は昔のまま、――丘の上の御社《みやしろ》のあたりにおわし、姿もなく体もないゆえであろうか、木下闇《このしたやみ》を通しておだやかな宗教的な畏怖《いふ》の情があたりを払う。人間の住居《すまい》とちがって神の社《やしろ》がすっかり忘れ去られることは滅多にない。しかし神道の社もやはり遅かれ早かれ短い間隔で造り直さねばならない。そしてもっとも聖なる建築――伊勢神宮は太古からの仕来《しきた》りで、二十年ごとに解体され、その木材は何千何万という小さなお守りに切り分けられ、お伊勢参りの信者に配られる。

仏教はアーリア系インドから中国を経由して日本に伝来し、無常という広大な教義をもたらした。日本における最初の仏教寺院の建設者は――設計したのは他民族である――見事な寺を建てた。その証拠に鎌倉でも中国風の建築は何世紀の後までも風雨にたえて聳《そび》えているが、それに対しかつて鎌倉の寺院をとりまいていた往年の大都市はいまや跡形もない。しかし仏教が及ぼす感化力は、いずれの国においても物質的安定性を尊ぶ心性を育《はぐく》みはしなかった。世界は幻であり、人生はかぎりない旅の束の間の休息にすぎない、人や所や物に対するあらゆる執着は悲哀の種《たね》であり、ただすべての欲望を――涅槃《ねはん》を願望することすらも――絶つことによってのみ人間は永遠の平安に達することができる、このように説く教えは、仏教伝来よりも古い日本人の人種的感覚と間違いなく調和したのである。日本人はこの外国渡来の信仰の深淵《しんえん》な哲理にはあまり関心を示さなかったが、無常の教えは、時が経つにつれて、日本人の国民性に深い影響を与えたもののようである。この教えは、人々を諭《さと》し慰《なぐさ》めた。あらゆる試練に果敢に立ち向かう新しい能力を与え、日本民族の一特色である我慢の心を一層強いものにした。日本の芸術でさえ――仏教の影響下に（実際創られたとまでは言わぬが）発展した――諸行無常の教義はその痕跡をとどめている。仏教の教えによれば、天地自然は夢であり、幻であり、変幻自在《ファンタスマゴリア》である。だが仏教はそれだけではなく、人間にその夢のはかなく消える印象をとらえ、それを最高の真理との関係において解釈することもまた教えた。そして日本人はよく学んだ。咲き初《そ》めた春の花の紅《くれない》の色、来たかとみるまに去る蟬《せみ》、散りゆく秋の紅葉、雪のこの世ならぬ美しさ、人目をまどわす波や雲の動き、そうしたものの中に日本人は古い譬話《たとえばなし》を認めたのであった。そこには永遠に続く意味がこめられていた。火事、洪水、地震、疫病などの天変地異も、日本人に生者必滅《しょうじゃひつめつ》の理《ことわり》を不断に教えたのである。

時間の中に存在するものはすべて死滅をまぬがれぬ。森も山も――万物はかくのごとく存在する。有情《うじょう》のものはすべて時間の中に生まれる。

日も月も、釈迦《しやか》その人も、数多くの侍者《じしや》とともに、すべて、例外なく、滅びるであろう。一人として永存するものはない。

初めに事物は決められて固定していたが、終わりにまた四散する。異なる結合は別の実体を作りだす因《もと》となる。天地自然に一定不変の本体はない。

構成される物はすべて老朽化する。構成される物はすべて無常である。一粒の胡《ご》麻《ま》の種といえどもその中に永遠なる合成物はない。万物はうつろう。万物はその中に解体する性質を有している。

すべて構成される物は、例外なく、永続しない。安定せぬ、とるにたらぬもので、定離壊変《じようりかいへん》する。すべては束の間の夢まぼろしのごとく、泡のごとくはかない。陶工の手で造られた土器すらもいつかは壊れるごとく人の命も終わる。

物自体を信じることは述べがたく表わしがたい。——これは物でもなく、物でないものでもない。このことは幼児も知っている。無知無識の人も知っている。

四

国民生活におけるこの規模の小ささとこの無常性になにかそれらを補うような価値が付随しているのだとすればそれは吟味《ぎんみ》するに値する。

日本の生活の特色でもっとも顕著なものはその極度の流動性である。日本の国民は、一つ一つの分子が絶えず循環しているような生活環境[7]を形成している。その運動そのものが特異である。それは西洋諸国民の運動よりも、点と点のあいだに働く力は弱いが、大きな軌道を描き、中心から遠くかけ離れている。その動きはまたきわめて自然である。――あまりに自然であるから西洋文明の中では存在し得なかった。ヨーロッパ国民と日本国民の相対的な流動性はある種の高速度の振動とある種の低速度の振動との比較によって示されるかもしれない。しかしこのような比較に際しては、高速度は人為的な力が応用された結果であり、低速度はそのような力が加えられていないことを示す。この種の相違は表面的な数字が示すよりも多くのことを意味している。アメリカ人が自分たちは大の旅行好きだと思っているのは一面において正しい。だが他面において確実に間違っている。アメリカで一般民衆は旅するかといえば、とても日本の一般民衆とは比較にならない。国民の相対的な流動性を考慮するに際しては、主としてその国の大衆、労働者をとりあげねばならない。――富裕階級という少数者のみを問題にしてはならない。その国内において、日本人は、世界の文明化された国民の中で最大の旅行者である。なぜ最大の旅行者であるかといえば、主に山脈から成る国土であるとはいえ、そこに旅を妨げるものはなにもないと日本人は考えているからである。日本で旅する人は、汽車や蒸気船に乗らなくてもすむ人たちである。

　日本の普通の労働者に比べると、西洋の普通の労働者はそれほど自由でない。西洋の労働者の方が自由でないのは、西洋社会のメカニズムの方がより複雑で、社会によって人々は集団的にかたまり、固く統合するようさまざまな力が加えられるからである。西洋の労働者の方が自由でないのは、彼らが依存せねばならぬ社会的・産業的メカニズムがその機構の特定の必要に応じて労働者を改造し、リシェイプし、人間生得の能力を犠牲にしてもある特別の人為的な能力をもっぱら発達させようとするからである。西洋の労働者の方が自由でないのは、彼らは単なる節約だけではもはや経済的自立を達成することが不可能な水準で生活せねばならぬからである。そうした自立を達成するには、この桎梏《しっこく》から逃れ出ようともがく何千人もの手強《てごわ》い競争相手に優る、例外的な性格と例外的な能力を身につけなければならない。要するに、西洋の労働者の方が社会への依存傾向が強いのは、西洋文明の特別な性格が人間の生得の生きる力、機械や大資本の助けなしに生きることのできる力を麻痺《まひ》させてしまったからである。人間はこのように人為的に生きると、独立して動く力を、遅かれ早かれ、失うことになる。動けるようになる前に西洋人は多くのことを考慮する。動く前に日本人はなにも考慮しない。日本人は好きでない土地をただ離れ、面倒もなしに、望みの土地へ行く。それを遮るものはない。貧しさは妨げにならず、むしろ励みになる。手荷物はなにもない。あるとしてもすぐに片づけることができる程度しかない。遠距離も問題とならない。生まれつき健脚で一日五十マイル[8]以上歩いても平気だろう。西洋人には生きていけないような食物からでも日本人の胃は不思議にもきちんと滋養分を吸収できる。日本人は暑気も寒気も湿気も平然と無視するが、それは日本人が不健康な衣服は着ず、過剰な安楽に耽《ふけ》らず、暖炉やストーヴから暖を求めず、革靴《かわぐつ》を履《は》かないからである。

われわれ西洋人の履物《はきもの》は一般に思われている以上にその特性に意味があるように私には思われる。履物はそれ自体が個人の自由を拘束するものである。価格の高いこともそうだが、それよりもあの形こそが甚だしく自由を拘束している。靴のために西洋人の足は原形から歪《ゆが》んでしまった。足は本来そのために進化してきた仕事ができなくなっている。その肉体的な結果は足にとどまらない。人間の移動器官を妨げるよう直接間接に作用するものは何であれ必然的に身体構造全体に影響を及ぼす。この悪ははたしてそこまでに止《とど》まるのか。ひょっとしてわれわれはあまりに長きにわたり靴屋の専横に屈従してきたために、いかなる文明社会にも比を見ない愚の骨頂ともいうべき慣習に隷属《れいぞく》しているのではないか。西洋の政治や社会倫理や宗教システムには、多かれ少なかれ革靴を履く習慣と関係している欠陥があるのではないか。肉体の束縛に甘んじることは間違いなく精神の束縛に甘んじることを助長するはずだ。

日本の庶民——同業の西洋人職人より安い賃金で苦もなく働ける熟練労働者——は幸いにも靴屋と仕立屋の世話にならずとも済んでいる。日本の庶民の足は眺めて気持がいい。体は健康で、心は自由である。千里の旅を思い立とうと、ものの五分で旅支度はできる。旅装は七十五セントもかからない。身のまわりの品は一切合財《いっさいがっさい》一枚の風呂敷にくるめてしまえる。十ドルもあれば一年は働かずに旅することもできる。また腕があるなら働きながらそれを頼りに旅することもできる。巡礼として旅することもできる。そんなことはどんな野蛮人にだってやれるともいえるかもしれない。それは確かにその通りだが、しかし文明人にはやれることではない。ところが日本人は少なくとも過去千年以上高度に文明が発達してきた国民なのである。それだから現在日本人の能力は西洋の生産者の脅威となりつつあるのだ。

　われわれ西洋人はこのように一人で勝手に動きまわるさまを西洋の浮浪人や乞食の境涯にとかく結びつけて考えてきた。それだからその身軽さが本来持つ意味を正確にとらえることができなかったのである。そのような流動性を不潔とか悪臭とかの芳《かんば》しからぬものとの連想裡《り》に考えてきた。しかしチェンバレン教授が的確に述べたように、「日本の群衆は世界でいちばん甘美である」[10]。西洋人が浮浪人とみなす日本の旅人は五厘《ごりん》の銭《ぜに》さえあれば毎日湯に入る。湯銭《ゆせん》がないときは水浴びをする。小さな風呂敷包みには櫛《くし》、爪楊枝《つまようじ》、剃刀《かみそり》、歯《は》刷子《ブラシ》の類《たぐい》が入れてある。他人様《ひとさま》にむさくるしい姿を見せはしない。旅先に着けば、たとえ質素であろうと、きちんとした、みだしなみのいい客人になるのである。

　家具なしに、余計な物なしに、最低限のさっぱりした衣類だけで生活する能力は、生存競争で日本民族が占める優越した立場を示しているだけではない。西洋文明にひそむ弱点の真の性格をも示している。われわれの日常生活にはなんと多くの無用の物があるのだろうと反省せざるを得ない。肉、パン、バター。ガラス窓、暖炉の火。帽子、白いシャツ、ウールの下着。ブーツや靴。トランクやバッグや箱。寝台、マットレス、シーツ、毛布。いずれもわれわれには必要だが、日本人はこうしたものすべてなしでやっていける。そしてない方がいいのである。すこし考えてみるがいい。白シャツという高価な一アイテムだけでも西洋男性の服装の中ではなんとも大切な品となっている。しかし「紳士のバッジ」などといわれるリンネルのシャツにしてもそれ自体は無用の衣類である。それで温かいわけでも気持よいわけでもない。かつては贅沢《ぜいたく》階級を特徴づけたものの遺物が西洋のファッションになお残っていることを示すにすぎず、上着やコートの袖《そで》に縫いつけられているボタンと同様、今日《こんにち》では無意味で無用の長物《ちょうぶつ》なのである。

五

日本が成し遂げた真に巨大な事業についてなんら巨大な外的兆候が見られないということは日本文明の動き方がいかに特異なものであるかを証している。いつまでもそのようにして動き続けることはできないが、しかしいままでのところはそうした動き方で驚くべき成功を収めてきた。日本は、西洋語の capital の広義の意味での資本もないのに生産を続けている。本質的に機械的にも人工的にもならずに、日本は産業的になった。米の大収穫は幾百万の微々たる農地で生産される。養蚕《ようさん》は幾百万という貧しい小農家で営まれる。茶の栽培は無数の小さな茶畑で行なわれる。世界でも著名な陶工に作品を注文しに京都を訪ねてみるがいい。日本以上にロンドンやパリでその名が知られるような作品の工房であっても、アメリカなら農夫でも住まないような掘立小屋にすぎない。高さ五インチほどの品に二百ドルの値がつく七宝焼《しっぽうやき》の壺《つぼ》の名人が、小さな部屋が六間ばかりの二階建ての住居の裏手でそのような逸品を造っている。帝国中にあまねくその名を知られた日本で最上の絹の帯は、建築費が五百ドルもかからぬ家の中で織られている。これはもちろん手織りの仕事である。しかし機械織りの工場も——はるかに大きな生産力を有する外国産業を潰《つぶ》すほどの上質な仕上がりだが——ごく少数の例外をのぞけば、およそ見栄《みば》えがしない建物である。長く延びた、軽い、一階建てか二階建ての低い小屋で、その建築費は西洋の一列に連なった木造の廏《うまや》程度であろう。しかしこのような小屋から世界中で売られる生糸《きいと》が生産されるのである。ときには人に訊《き》くか機械のうなりを耳にしないかぎり、工場なのやら古い屋敷か旧式の学校なのやら見分けがつかない。——もちろん敷地の門に掲げられた漢字の標札が読めるなら話は別であるが。大きな煉《れん》瓦造《がづく》りの工場や醸造所もあるにはあるが、非常に少なく、それにそうした建築は外人居留地の近くであろうとも日本の風景になじまない。

われわれ西洋の怪物的な巨大建築や機械仕掛けのバベルの塔は、産業資本を統合した巨大な資金力によってこの世に生まれ出たものである。しかし極東にはこのような統合は存在しない。そもそも統合するような資本が存在しない。仮に数世代のうちに日本でもそれに相応するような金力の結合が形成されたとしても、それだからといってそれに相応するような建築物の建設が行なわれるようになるとは容易には想像できない。二階建ての煉瓦建築でさえ商業の代表的中心地に造られながら芳《かんば》しくなかった。地震の恐れがあるかぎり日本では永遠に単純な建築以上のものは造れないと思われる。土地そのものが西洋建築の押し付けに反抗し、ときには鉄道線路をがたがたにし形無しにすることで、新しい交通そのものに反対する。

このようにきちんと統合されないままなのは産業にかぎらない。政府までが同じような状態を露呈している。しっかりと固定しているのは皇位だけである。不断の変化こそ国策に等しい。大臣、知事、長官、監督官など高位の文官も武官もみな不定期に人事異動し、その在任期間は驚くほど短い。そして多数の下級官吏《かんり》はそのたびにあおりをくらって四散する。私が日本滞在の最初の十二カ月を過ごした地方では五年間に四人の違う知事がつとめた。熊本滞在中は、日清戦争がまだ始まる前に、熊本という重要な軍事拠点で師団長が三回も変わった。官立高等学校には三年間に校長が三人赴任した。教育界ではとくにこのような人事異動はめまぐるしい。私自身の在任中にも五人の違う文部大臣が着任し、五つ以上の異なる教育方針が示された。二万六千の公立学校はその経営が地方議会と密接に関係するため、たとえ他の力が働かない場合でも、県議会議員が変わるたびにたえず変化を余儀なくされる。校長や教師は常に転々とポストをわたり歩く。まだ三十歳そこそこで日本のたいていの地方で教えたことのある教師もいる。こうした条件の下でいかなる教育制度であれなんらかの大成果を生み出しえたというのは、まず奇蹟《きせき》といっていいだろう。

われわれ西洋人はなべて真の進歩、大いなる発展のためにはある程度の安定は欠かせないという考え方に慣れている。しかしまったく安定していなくても巨大な発展が遂げられるという紛《まご》うことなき証拠を、日本は突きつけてきた。なぜそのようなことが可能か。説明は民族の性格に求められる。——その性格はわれわれ西洋人の性格とさまざまな点で反対である。日本人はみな一様に動きやすく、それだから一様に感じやすいため、挙国一致で大目標に向かって動いてきた。砂や水が風によって形作られるように、四千万の国民は一丸となってその支配者の意向に沿って形作られてきた。このように従順に新しい形になることを受け入れるのはこの国民の古くからの霊的生活の状態の結果である。——世にも稀《まれ》な無私と全《まった》き信という古くからの状態が続いてきたからである。自己中心的な個人主義が日本人の国民性には比較的稀薄であったおかげで帝国は救われ、この偉大な国民は圧倒的に不利な状況でありながら独立を維持し得たのである。それであるから日本はその二大宗教に対し感謝すべきだろう。二大宗教が道徳の力を生んで維持してくれたのである。神道は、家族や自分自身を考えるより先に天皇とその国を考えるよう日本人に教えてくれた。仏教は、嘆きに克《か》ち、苦しみに耐え、いとおしきものの消滅といとわしきものの悪逆を永遠の法として甘受するよう日本人を鍛《きた》えてくれた。

最近は硬化傾向が顕著である。——このような変化は官僚主義の徹底をもたらしかねない危険な兆《きざ》しである。この官僚主義こそ中国の呪《のろ》いであり弱みであった。新教育の道徳的成果は物質的成果に比べれば大したことはなかった。来たる二十世紀の日本人に対して「自己」――純粋な利己心の意味での自己である――が足りないという非難がなされることはまずあるまい。すでに学生たちの英作文にさえ、知力を攻撃の武器とのみ捉える考え方が示されている。攻撃的な自我主張という新しい感情である。薄れてゆく仏教感情を念頭に一学生は書いた。

「無常こそ人生の本質である。昨日は金持で今日は貧乏となる者はしばしば見られるが、これは進化の法則に基づく人間の競争の結果である[11]。われわれはその競争場裡に立たされている。たとえそれを望まずとも、われわれは互いに戦わねばならぬ。戦いにはいかなる剣を用いるべきか。教育によって鍛えられた知識という剣である」

思うに、自我を養うには二つの形式がある。一つは高貴なる特質を例外的に発展させることである。もう一つは言わぬ方がよいようなものである。しかし新日本が学び始めたのは前者ではない。打ち明けていえば私は次のように考える一人である。すなわち、民族の歴史においても、人の心は人の知性よりもはるかに価値があり、人生というスフィンクスのすべての残酷な謎《なぞ》にもはるかに見事に答えてくれることが遅かれ早かれわかるだろう。また私は、昔ながらの日本人の方がわれわれ西洋人よりもこうした謎への答えの近くにいたものと信じている。日本人は徳性の美を知性の美よりも大切に考えていたからである。結論として、教育に関するフェルディナン・ブリュンティエール[12]の記事をあえて引用させていただく。

「ラムネー[13]は言った、「人間社会は互いに自己を与えあうことの上に築かれている。人が人のために犠牲になる、一人の人が全体のために犠牲になる、その犠牲こそがあらゆる真の社会の本質である」——この名言の意味を、人々の頭にしっかりと叩《たた》き込み深く印象づけるべく努力がなされないのなら、われわれの教育上のあらゆる措置はすべて徒労に帰すであろう。だがわれわれは過去百年近くこの教訓を忘却しようとしてきた。もしわれわれがいま新規に学習せねばならぬとするなら、それはこの教訓の復習である。こうした知識の弁《わきま》えがなければ、社会も教育もあり得ない。——少なくとも、教育の目的が人を社会のために養成するのである以上は、それ以外はあり得ない。個人主義は今《こん》日《にち》、社会秩序の敵でもあるが、教育の敵でもある。過去においては必ずしも敵ではなかったが、いまやそうなってしまった。永久にそうであるはずはないが、いま現在はそうである。それだから個人主義を撲滅《ぼくめつ》しようと努めることはせず——これは一つの極端から別の極端に走ることであるから——家族のため、社会のため、教育のため、国家のためにわれわれがなにかしたいのであるなら、それは個人主義のこの潮流に抗して行なわなければならないのである。そのことをわれわれははっきり認めなければならない」

門《かど》づけ

三味線《さみせん》を脇《わき》に抱《かか》えた女が、七つか八つの小さな男の子を連れて、私の家に唄《うた》をうたいに来た。[1]百姓の身なりで、頭に青い手拭《てぬぐ》いを巻いている。醜《みにく》い女だ。生来《しょうらい》の不器量に加えて天然痘《てんねんとう》にやられた痕《あと》が無残《むざん》である。子供は唄の言葉が刷られた紙束《かみたば》を持っている。すると近所の人が玄関先に集まり出した。――ほとんどが若い母親や背中に子供をおんぶした子守り女だが、年寄りの男女もまじっていた――近所の隠居《いんきょ》である。車曳《くるまひ》きもすぐ先の町角の溜《たま》り場からやってきた。じきに門の中は人でいっぱいになる。

女は玄関の石段に腰をおろすと、三味線の調べを整え、伴奏を一節爪弾《ひとふしつまび》いた。――人々ははっと驚いて、たがいに目をみあわせて微笑した。はや魔法にかけられたかのようである。

というのも女の醜く歪《ゆが》んだ唇から奇蹟《きせき》のような声が波打ってほとばしり出たからで

——若々しくて深い、筆舌《ひつぜつ》に尽くしがたいほど胸に迫る甘美な声であった。

「あれは女かね、それとも森の精かね？」

とそばにいた者が口走った。もちろん只《ただ》の女だ、——だが大《だい》の大芸術家だ。この女が楽器を操る様《さま》はいかに芸達者な芸者といえども舌を巻かずにはおられまい。しかしこの声にいたってはいかなる芸者からもけっして聞くことはできない。またこうした唄も。女はただ百姓だけが歌えるような歌い方をした。——歌声のリズムは、ことによると、蟬《せみ》や鶯《うぐいす》から教わったものか、——洋楽の音符では書き留めようもない微音《びおん》やその半音《はんおん》、さらにその半々音《はんはんおん》でもって女は歌う。

そして女が歌うにつれ、聴衆は黙って泣きはじめた。私は歌詞の一語一語を聞き分けることができない。それでも日本の辛抱強い暮らしの嘆きと優しさが女の声とともに惻々《そくそく》と心に沁《し》みた。——絶対あるはずのないなにかを求める切ない声音《こわね》である。目には見えぬ優しさが私たちのまわりに集まり、かすかにふるえ出すように思えた。すると忘れられた時と場所の感触が、影のような感触——今生《こんじょう》の記憶とは呼べぬ時と場所の感触とがまじりあって、そっとよみがえってくる。

気がついてみると歌っている女は盲《めくら》であった。

唄が終わると、声をかけて女を私の家に上がらせ、いろいろ聞いてみた。[2] かなり裕福な家に育ち、三味線は子供のころに習ったという。小さな男の子は倅《せがれ》である。旦那《だんな》は体が麻痺《まひ》している。自分の両眼は疱瘡《ほうそう》で潰れてしまった。しかし体は丈夫で、遠くまで歩くのはなんでもない。子供がくたびれたときは背負《せお》ってやる。この子も寝たきりの旦那も養うことができる。うたえば、みんな涙を流して銭《ぜに》や食べ物を恵んでくれるから……。そんな身上話《みのうえばなし》であった。私たちもなにがしかの金子《きんす》を包み一飯《いっぱん》を供《きょう》した。そして女は子に引かれて立ち去った。

唄の言葉が刷られた冊子を一冊買った。それは最近の心中事件にまつわる唄である。「玉ヨネ・竹次郎の悲話。竹中よね作、大阪市南区日本橋四丁目十四番地」。明らかに木版で刷られた冊子で、中に二枚小さな挿絵《さしえ》が入っていた。一枚には憂《うれ》い顔の相思相愛の若い男女が、もう一枚は結びでそちらの絵には、机、消えかけたランプ、ひろげた手紙、茶碗に焚《た》かれたお香、樒《しきみ》の挿してある花瓶などが描かれている。——この植物は由来仏《ぶつ》前《ぜん》に供えることになっている。草書体の歌詞は、英文を縦に速記したような奇妙にくねった書体だが、訳せばざっとこんな意味になる。

世にも名高き大阪の西本町の一丁目——
心中《しんじゅう》語りの悲しさよ。
年は十九の玉ヨネを見染《みそ》めて惚《ほ》れた
竹次郎、職人風情《ふぜい》の若者が、

二世《にせい》を契《ちぎ》る哀《あわ》れさよ、
遊女《ゆうじょ》に惚れた悲しさよ。
浮世《うきよ》の憂《う》さも知らぬげに
たがいの腕に彫りつけた「龍《たつ》」の姿と「竹」の文字……。
職人風情の竹次郎、心を千々《ちぢ》に砕けども、
身請《みう》けする五十五円が支払えぬ。
添い遂げることのかなわぬこの世なら、
添い遂げることのかなわぬ夫婦《めおと》なら、
二人してともに旅立つ誓い立て……。
朋輩《ほうばい》に香華《こうげ》をたのむ哀れさよ、
はかなき露《つゆ》と消えていく哀れ二人の死出の旅。
玉ヨネは水盃《みずさかずき》を手に取りて、かたみに水を酌み交わし、
ともに死ぬると誓うなり……。
ああ、世にも名高き心中の世を騒がせし物語、
捨てた命の哀れさよ。

要するに、なにかとりたててこれといった話ではなく、歌詞として格別な点はなにもない。先刻の唄の感動はすべて女の声にあった。女が立ち去ってから長い時間が過ぎて

も、その声は耳元を離れない。——私の身内に優しさと悲しさの感覚がずっと残った。実に不思議な感じで私としてはあの声音の魔力の秘密をどうかして解き明かしたい、という気持になった。

それで以下のようなことを考えたのである。——

およそ歌とか旋律とか音楽とかいうものは、すべて感情の原始的な自然な叫びがある程度進化したものにすぎない。——悲しみにつけ喜びにつけ感きわまって人間が習いもせずに発する言語が進化したもの、その言葉が声音なのである。世の中にさまざまな言語があるように、この声音の組み合わせからなる言葉もさまざまある。われわれ西洋人を深く感動させるメロディーが日本人の耳には無意味なことがあるように、西洋人の心におよそ触れることのないメロディーが別人種の情感には強力に訴えることもある。それというのも彼らの霊的生活とわれわれの霊的生活とでは、青色と黄色が違うように、およそかけ離れているからだ……。それにしても、異邦人である私がいったいなぜかつて習いもしなかったこの東洋の歌、——この国の盲目の女のありふれた歌からこんな深い感銘を受けたのか。間違いなくあの門づけの女の声には一民族の経験の総体を超えたより大きななにかに訴える力があったのだ[3]、——人間の生活と同じように広大無辺《こうだいむへん》で、善悪の知識と同じように古来不易《こらいふえき》のなにかに訴える力が。

二十五年前のある夏の夕べ、ロンドンの公園で、一人の少女が通りがかりの人に、「おやすみなさい」というのを聞いたことがある。ただのひと言、――「おやすみなさい」。その娘が誰かも私は知らない。顔さえ見なかった。その声をふたたび聞くこともなかった。しかし、いくたびか春夏秋冬が過ぎ、百もの季節が去ったいまでも、その少女の「おやすみなさい」を思い出すと、浮き立つような喜びと締めつけられるような痛みが一時に私を襲い、不思議にも心が震える。――この痛みと喜びは明らかに、私のものではない、この現世《げんせ》の私自身のものではない、そうではなく滅び去った数多《あまた》の歳月の前世から来たものだ。

それというのはこうしてたった一度しか耳にしたことのない声にこれほどの魅力を覚える所以《ゆえん》がこの人生には見出し得ないからである。数えきれない、忘れられた、幾代にもわたる人生の記憶のせいである。まったく同じ性質の二つの声が存在したことはない。しかし愛情の吐露《とろ》には億兆《おくちょう》の人類すべての声に共通する優しい響きがある。遺伝された記憶があればこそ生まれたての赤ん坊でさえ、可愛《かわい》がってくれる人の愛撫《あいぶ》する声音の意味がそれとわかるのだ。同様に、共感、悲嘆、憐憫《れんびん》の声音にまつわる私たちの知識は疑いなく遺伝されてきたのだ。それだからこそ極東のこの町でうたう盲目の女の歌声が一西洋人の心にまで訴えかけ、個の存在を超えた深い感情を、――忘れ去られた数々の悲哀から生まれたおぼろげな無言の情念を、――記憶にも残らぬ何代もの先祖たちが感じた愛の衝動のかすかな名残《なごり》を呼び覚ますのであろう。死者たちはけっして完全に死んだわけではない。疲れた心臓や忙しい頭脳の片隅の真っ暗な細胞の中で眠っている、——そしてきわめて稀《まれ》[4]な機会に、過去を呼び覚ます何者かの声がこだまするとき、はっと目を覚ますのである。

旅日記から

一

大阪-京都間の鉄道で
一八九五年四月十五日

公共の乗り物の中で、眠気をおぼえたからといって横にはなれないとき、日本の女はこっくりし始める前に着物の長い袂《たもと》を顔の前にあげる。この二等車輛[1]には三人の女が並んで居眠りしているが、いずれも左の袂で顔を隠し、汽車の振動にあわせて一緒に揺れていて、ゆるやかな流れに浮かぶ三輪の蓮《はす》の花のようである（左手の袖《そで》を使うのは偶然か本能的なものか、おそらく後者だろう。がたんと揺れた際に右手の方が吊《つ》り革や座席につかまりやすいからである)。このような光景は美しくもあり妙でもあるが、ことのほか美しいのは、そこに日本の垢抜《あかぬ》けた婦人が身につけている淑《しと》やかさがよく示されているからである。——その立居振舞《たちいふるまい》はいつもこの上なく上品でおよそ利己的なところがない。だがそれはまた痛ましくもある。袖で顔を隠すのは悲しみのしぐさであり、ときには切ない祈りのしぐさでもあるからだ。こうした振舞はひとえにふだんの躾《しつけ》のせいで、世間にはもっぱら幸せな顔のみを示すべきだという感覚が染み込んでいるのである。

このことが私にある体験を思い出させる。

私の家に長く働いていた下男は、これほど幸せな人はいないという風の男だった。話しかければ、必ずいつもほがらかに笑い、嬉々《きき》として仕事にはげみ、この世の小さな面倒事などなにも知らぬという様子であった。ところがある日、その場に誰もいないと思っているときの下男をたまたま見てしまい、緊張が解かれていたその顔に私はびっくりした。ふだん私が見慣れた顔ではなかった。苦しみや怒りの険しい筋がありありと浮かび、二十歳は老《ふ》けて見えた。静かに咳払《せきばら》いをして私は自分がいることを伝えた。途端に下男の顔は滑《なめ》らかに穏やかに明るくなり、奇蹟《きせき》が生じたかのように若返った。実際、利己的に振舞うまいとする絶えざる無心の自己抑制が生んだ奇蹟である。

京都、四月十六日

二

宿の小さな部屋の雨戸《あまど》が開け放たれるや、朝日がさして、格子《こうし》に区切られた金色に輝く障子《しょうじ》に、小さな桃の樹の影絵がくっきりと浮かぶ。こんな見事なシルエットはいかなる芸術家であろうと――日本の画家であろうと――描《えが》けはするまい。黄色く燃える光を背にして青黒い色で象《かたど》られたこのすばらしいイメージは、目に見えぬ屋外の桃の枝の距離に応じてあるいは強くあるいは弱く色調を変える。それを見ると、屋内の明かりをとるために和紙を用いたことが日本美術に及ぼしたであろう影響を想わずにはいられない。

夜、障子だけが閉まっている家は、紙で四面を貼《は》られた大きな行燈《ランタン》のようである。――この幻灯機《マジック・ランタン》は、外側でなくて、内側の動く影を投影している。昼は、障子に映る影はただ外部からのみだが、朝日がさしそめるときの影は真に驚くべきものとなり得る。いまのように、日光が雅趣に富める庭の空間を通して水平にさしこんでくるような場合である。

美術の起源は壁面に恋人の影の輪郭《りんかく》を思わず写そうとした最初の試みにあるとする古代ギリシャの説を荒唐無稽《こうとうむけい》などとはけっしていえない。およそ芸術感覚というものは、超自然的なるものの感覚と同様、その出発点は単純に影の研究にあったということは大いにあり得る。しかし障子に映る影はそれは見事で、これこそ日本人のあのデッサン力を説明する鍵だと思った。原始的どころか、比類ないほど優れたあの才能を、これ以外で説明するのは難しい。もちろん、和紙の質も考慮に入れる必要がある。和紙はいかなる磨《す》りガラスよりも影をよくとらえる。それから影そのものの性質も考慮せねばならない。たとえば、西洋の植木は日本の庭木のように優雅なシルエットをつくらない。日本の庭木は自然が許すかぎりの美しさを見せてくれるよう何百年も丹精《たんせい》を込めてきた賜物《たまもの》である。

私の部屋の障子紙が、写真の感光板のように、水平にさしこむ太陽光線でできたあの最初の優美な印象をそのまま焼きつけてくれればよいのだが、残念なことに像はもう歪《ゆが》み出し、美しいシルエットは間延びしはじめている。

京都、四月十六日

三

日本でとくに美しいものの中でもっとも美しいものは、参拝のための、あるいは安らぎのための聖なる高い場所に近づいていく道筋である。——その道はどこにも通じない、その石段は行く先に何もない。[2]

その格別の魅力は偶成の魅力である。――人間の手になる造営が、大自然の光と形と色の世にも妙《たえ》なるムードと調和したときに生じる効果である。――雨の日には消えてしまう魅力だが、そんな風に気まぐれであればこそそれだけすばらしい。

登りは石畳《いしだたみ》の坂道とともに始まるだろうか。七、八町ほど続く参道の両側には巨木が聳《そび》えている。一定の間隔をおいて石の怪獣が警護している。やがて幅の広い石段に行き着き、緑の暗がりの中を登ると、さらに大きな老樹が蔭《かげ》をつくっている台地へと導く。そこからさらに段々が高い方へと続くが、いずれも緑陰《りょくいん》の中である。登って登って登りつめ、ついに、灰色の鳥居の彼方《かなた》に、目ざすものが見えてくる。小さな、中は空《うつ》ろの、白木造《しらきづく》りの社《やしろ》――神道のお宮である。荘厳《そうごん》な参道を長く歩いたのち、静まり返った影の中で私たちが受ける、はっとする空虚の感じは、幽邃《ゆうすい》な、霊的なるものそのものである。

これと同じような経験を仏教に求めるならいくらでも味わうことができる。一例として、京都の市中にある東大谷《ひがしおおたに》の寺の境内《けいだい》を訪ねてみるのもいいだろう。一筋の大きな道が寺の中庭に通じ、その中庭から優に十五メートルほどの幅のある石段が、垣で囲まれた台地に続く。これはどっしりした、苔《こけ》むした石段で、見事な手摺《てす》りがついている。その外観はデカメロン時代のイタリアの快楽の庭園にでも通じるかのようである。しかし台地に着いてみると、そこにあるのは門だけで、その先に開けているのは――墓地である！　仏寺の造園師は、人間の栄耀栄華《えいようえいが》は所詮《しょせん》このような寂滅《じゃくめつ》に到るということを教えようとしたのだろうか。

四

京都、四月十九－二十日

私はこの三日間の大半を内国博覧会[3]の見物に費やした。――それでも展示全般の性格や意義をつかむには時間が足りなかった。展示物は主として工芸品だが、どれもこれも見た目に楽しかった。それは各種各様の物産に芸術がものの見事に応用されているからである。外国人商人や私などより眼の鋭い観察者はそこに別の不吉な意味を認めている。――これこそこれまで東洋によって西洋の貿易や産業にもたらされた中でもっとも恐るべき脅威だというのである。ロンドンの『タイムズ』紙の通信員は書いた、「イギリスと比較するなら、どれを見てもすべてが一ペニーに対し一ファージング[4]である〔日本商品の価格は英国商品の価格の四分の一だ〕……。日本によるランカシャー[5]への侵略は朝鮮・シナへの侵略以前に始まった。これは平和裡《り》に遂行された征服である。――無痛の方法による破壊であり、すでに達成されたも同然だ……。京都の展示は日本の産業企業の一大進歩の証拠である……。労働者の賃金が週給三シリングである国は、それ以外の国内諸経費もすべて同じように安価である以上、――他のことがすべて同等であるかぎり——競争相手の国の息の根を止めずにはおかない。なにしろ相手の支出は日本の四倍なのだから」

確かに産業面でも日本の柔術《じゅうじゅつ》が思いもよらぬ成果を挙げることが予想されている。博覧会の入場料もまた意味のある一件である。わずか五銭だ！　ところがそれでいて莫大な収益が見込まれている。——見物人が群をなしているからで、多数の百姓が連日田舎《いなか》から上京してくる。——たいてい徒歩で、さながら巡礼のようである。事実、多くの人にとってこれは巡礼の旅であるのだ。真宗の最大の寺[6]の落慶式《らくけいしき》が執《と》り行なわれたからである。

美術部門の展示そのものは一八九〇〔明治二十三〕年の東京博覧会[7]よりだいぶ見劣りがすると思った。見事な作品もあるが、数は少ない。これはおそらく日本国民がその持てる精力と才能のすべてをもっぱら金が儲《もう》かる方面に傾けている証拠であろう。それというのは芸術が産業と結びついている部門——たとえば陶磁器、七宝《しっぽう》や琺瑯《ほうろう》、象嵌《ぞうがん》細工、刺繍《ししゅう》——では出品点数も多く、これほど見事で高価な作品が展示されたためしはかつてない。実際、そこに出品されているある種の価値ある物品を見ると、日本の一友人が述べた次のような思慮深い言葉への返答はここに秘められているかに思われる。「もしシナが西洋の工業方式を採用するようになれば、シナ人は世界のあらゆる市場で安売りしまくってわれわれを出し抜くでしょうね」

「安物については多分そうなるでしょう」と私は答えた、「しかし日本はなにも安価な生産だけに頼る必要はない。日本人は自分たちの優れた芸術性や趣味性にもっと信を置いていいはずです。一国民の芸術的資質には特別な価値がある。安価な労働力だけでそれに勝てるはずはありません。西洋諸国の中でもフランスはいい例です。フランスが豊かなのは、隣国よりも安く生産できる力があったからではありません。フランス製の商品は世界でも最高価です。美しくて贅沢《ぜいたく》な品物を商《あきな》っているが、それがあらゆる文明国で売れている。なぜならその方面の第一級の品だからです。日本が極東のフランスとならないようなことがありましょうか」

　美術の展示[8]で一番の弱みは油絵——西洋式の油絵だった。日本人が芸術表現における日本独自の方式に倣《なら》ってすばらしい油絵が描けない道理はない。しかし西洋の方式に倣おうとする試みは、きわめて写実的な手法を要する習作においてのみようやく人並みの域に達した程度にすぎない。油絵の理想画は、西洋美術の基準から見ると、依然として水準以下である。いつの日か日本人は、油絵の場合ですらも、その民族的特質から生じた独自の必要に応じて西洋の方式を適応させることで、自分たちで美への新しい道を見つけ出すかもしれない。しかしそのような傾向の徴候すらもまだ見られない。

　たいへん大きな鏡に映る自分の一糸まとわぬ裸体を眺める女を描いたカンバス[9]はむしろ不快感を与えた。日本の新聞はその絵の撤去を求め、西洋の美術観念に対し芳《かんば》しからぬ意見を吐《は》いた。とはいえ、その絵の作者は日本人である。上手な作ではない。それでも三千ドルという法外な値がつけられていた。

皆がどんな反応を呈するのか観察しようと、私はしばらくその絵のそばに立っていた。参観者は大半が百姓だが、絵を見つめると、軽蔑《けいべつ》の笑いや侮辱の言辞を洩《も》らし、立ち去って、掛軸《かけじく》の方に歩《ほ》を移す。わずか十円から五十円程度の軸物ばかりだが、どうして実際ははるかに注目に値する。彼らの感想は主として趣味の良し悪しについての「外国の」考え方に向けられた（カンバス中の女性は西洋人の頭をしていた）。誰もこの絵を日本人の作品とは見做《みな》していないようだった。これが日本人女性を描いた作だったなら、参観者たちがこの絵の陳列を咎《とが》め立てしなかったかどうかは疑問である。

この絵そのものに対するこうした蔑視はまっとうである。この作品には理想的なるものは何もない。女ならば誰でも人に見られたくない様《さま》の裸婦をただ単に写しただけである。もし芸術が理想主義を意味するなら、単なる裸婦の絵は、それがいかに手際よく描かれていようとも、けっして芸術とはいえない。この作の写実主義が見る者を不快にしたのだ。理想の裸体は神々しく、――超人について人間が思い描くありとあらゆる夢想の中でもっとも神に近いものであろう。しかし裸の人間にはおよそ神々しさがない。理想的な裸体は帯もガードルも必要ない。それというのはその魅力は美しい線にあるので、蔽《おお》ったり遮ったりすることが惜しまれるからである。実際に生きている人間の体にはそのような神々しい幾何学《きかがく》的均整美はない。そこで質問がある。芸術家は、裸体から実際の個人的な痕跡《こんせき》をことごとく取り去らないで、その裸体をそのもののために創作することは許されるのだろうか。

その個性を抜きにして物事を見ることができる人のみが賢者であると仏典にはある。真の日本芸術の偉大を作り出すものは、このような仏教的な見方である。

五

こんな考えが浮かんだ。——

神々しい裸体、それは絶対的な美の抽象であるが、それは見る人に驚きと喜びと、物悲しさもなしとしないショックを与える。このような衝撃を与える芸術品は稀《まれ》である。なぜなら完成の域に迫る作品はきわめて少ないからである。しかし世界にはそのような大理石像や宝石細工がある。そして愛好家協会 Society of Dilettanti が出している版画集に見られるような何点かのすばらしい裸体習作もある。眺めれば眺めるほど驚嘆の情がつのる。それというのもたとえ一本の線であろうとも、いやその線の一端であろうとも、その美しさがあらゆる記憶を超越しないようなものはないのだから。それだけにこの種の芸術の秘密は長いあいだ超自然的なものと思われていた。それに、本当に、それが呼び覚ます美の感情は人間の域を超えている、——現存する生の外にあるという意味で、それは超人間的であり、——従って人間の知りうるいかなる感覚知覚よりも超自然的である。

そのようなショックとはいかなるものか。

それは初恋を経験した際におぼえる精神的衝撃に奇妙なくらい似ている。間違いなく両者は類縁関係にあるのだ。プラトンは美から受ける衝撃を、魂が神々しいイデアの世界を突然おぼろげながらに思い出すことと説明した。

「人はこの世界でかの世界にあるもののイメージやそれと似たものを見たとき、雷《かみなり》に打たれたごときショックを受け、いわば忘我《ぼうが》の境地に入る」

ショーペンハウアーは初恋の際に受ける衝撃を種族の魂がもつ意志の力と説明した。今日《こんにち》、スペンサーは実証心理学で、人間の情熱の中でもっとも強烈な情熱が初恋の姿で現われるとき、それは一切《いっさい》の個人的経験に絶対に先立つものだと確言している。このように古代思想も近代思想も、——形而上学《けいじじょうがく》も自然科学も、人間の美について個人が覚える最初の深い感動はけっして個人的なものではないということを認める点では完全に見解が一致している。

至高の芸術から受ける衝撃についても、同じことが言えるのではないか。このような芸術に表現された人間の理想は、見る者の感情生活の中に大切に納められたすべての「過去」の経験に、——数かぎりない祖先から遺伝されてきたなにものかに、訴えるものなのである。

実際、数かぎりない！

あるフランス人数学者の計算によれば、三世代で一世紀とし、血族結婚はないものと仮定すると、現存するフランス人一人の体内には西暦一〇〇〇年当時の二千万人の血が混ざっていることになる。これを西暦元年から計算すれば、今日の一人の人間の祖先は総計18×10^{18}人。だが人類の生きてきた時間に比べれば二千年などたかが知れている。

ともあれ、美から受ける感動とは、他のすべての感動と同様、測り知れない過去から現在に至る、想像を絶する無数の経験の遺伝的産物であることは間違いない。あらゆる美的感動の中には脳という魔法の土壌の中に埋め込まれた、何億何兆という先行世代の霊的な記憶がかすかに動いているのである。人間は一人一人が自分の内に美の理想を抱《かか》えているが、その美の理想とは、かつて祖先たちが目にして心を打たれた形や色や優雅な魅力に対する認識が数かぎりなく集まってできた合成物にほかならない。それは眠れる存在で、この理想は、——本質的に潜在性ゆえ、——私たちの思いのままに想像裡《り》に呼び出すことはできないが、漠《ばく》とした親和力が作用して生身の人間の五感に認知されるや、雷に打たれたように光り輝く。すると生命と時間の流れが突然逆流し、それとともに奇妙な、悲しい、甘美な震えが生じる。この震えるような感動こそ、過去何百万年の、何万世代の感動が一瞬の感激に凝縮されたのである。

世界の諸文明の中で、ただひとつ、ギリシャ文明の芸術家たちだけが、自分自身の魂の中から民族の美の理想を切り離して、そのさだかならぬ輪郭を大理石や宝石に刻み込んで固定するという奇蹟を成し遂げることができた。彼らは裸体を神聖なものとし、彼らが感じたとほとんど同じような神聖さをいまなお私たちにも感じさせずにはおかない。

このようなことが成し得たのは、エマソンが示唆《しさ》したように、ギリシャ人には完全な感覚が備わっていたからであろう。彼ら自身がその彫像のように美しかったからでは無論ない。いかなる男女であれそのようなことはあり得ない。確かなこととして、これだけはいえる、――ギリシャ人は自分たちの理想を見分け、それをはっきりと固定した、――その理想とは幾百万の死者たちが目や瞼《まぶた》、喉《のど》や頬《ほお》、口や顎《あご》、身体や手足などに認めた魅力の記憶の合成物なのである。

絶対的な個性などというものは存在しない、――体が無数の細胞から成る合成物であるのと同様、心は無数の魂から成る合成物である、ギリシャの大理石彫刻そのものがそのことを証明している。

六

京都、四月二十一日

宗教建築として日本帝国全土を通じてもっとも高貴な模範例ともいえるものがこのほど完成を見た。これによって寺院の大都《だいと》である京都にはさらに二大建築物がいま新たに加えられた。これは過去十世紀に及ぶ京都の歴史に比べてけっして見劣りしない造営物で、一つは官の手になる寄進《きしん》であり、一つは民の手になる寄進である。

政府が建築したのは大極殿《だいきょくでん》で、第五十一代桓武《かんむ》天皇[11]の平安奠都《てんと》を記念する祭典に際して建てられた。この天皇の御霊《みたま》のために大極殿は奉献されたのである。それだからこれは神道の社殿であり、あらゆる神道社殿の中でもっとも壮麗なものである。しかしそれにもかかわらず神道様式の建築ではない。桓武天皇の元の御所《ごしょ》をそのままの規模で模《も》して造られたものである。従来の形式から逸脱して造られたこの壮麗な大極殿が国民感情にいかばかりの影響を及ぼすのか、またこのような大極殿を復元をさせた祖霊《それい》に対する畏敬《いけい》の念がいかに深い詩的感情に由来するのか、それをきちんと理解するには、日本とは事実上いまだに死者によって支配されている国だということを知らなければならない。大極殿の建物は美しいという以上のものである。京都は日本でもっとも古雅な都会だが、その中でも人目を驚かさずにはおかない。その角《つの》のように突き出た屋根の反《そ》りかえった曲線のどれ一つを見ても過ぎ去った世の物語が感じられるが、この建物はそうしたファンタスティックな過去の物語を空に向けて話しかけている。全体でもっとも異様に人目をひくのは二層で五つの塔のある門である。――正真正銘の唐風《からふう》の夢といえるだろう。形も風変わりだが色もおとらず奇妙に面白い。これはとりわけ屋根が多色で、そこに古風な緑色の瓦《かわら》が用いられているからである。建築学的降霊術によって過去がこのように気持よく再現されたことを桓武天皇の御霊《みたま》は必ずやお喜びのことであろう。

しかし京都に対する民の寄進はさらに壮大である。それは真宗の東本願寺の建立《こんりゅう》という壮麗な形をとった。それがどの程度のものか、建設に八百万ドルの費用と十七年の歳月がかかったといえば西洋人読者にも見当がつくだろう。体積だけなら日本の安価な建築物でもっと大きいものもある。しかし日本の仏教寺院建築に通じている人ならば、高さ百二十七尺、[12]奥行き百九十二尺、間口二百尺以上の寺院を建てることがいかに難事であるか、即座にわかるであろう。その独特な寺院という様式と、とくに巨大で長く裾《すそ》をひく屋根の関係で、本願寺は実際以上に大きく、山のように見える。これはどこの国にあろうとも驚嘆すべき建築物に相違ない。梁《はり》の長さは四十二尺、厚さは四尺である。周囲九尺の柱も使われている。正面の須弥《しゅみ》壇《だん》の後ろを仕切る屏風《びょうぶ》の蓮の華《はな》の絵だけでも一万ドルかかったというのだから、内部装飾がいかなる質のものか想像もできよう。このすばらしい造営の大半は額《ひたい》に汗して働く農民たちの銅銭の寄進によってなされた。それなのに仏教はこの国では死に絶えようとしているなどと主張する人がいる！

落慶式《らっけいしき》がはなばなしく執り行なわれたときには十何万という農民たちが上京してきた。広い寺院の境内にははるか向こうまで筵《むしろ》が敷かれ、たいへんな数の人がそこに腰をおろしていた。私は午後三時にみんながそうして待っている様《さま》を見た。境内はさながら人の海である。しかし式が始まる七時まで、暑い日盛りの中で、飲食物もなしに辛抱していた。境内の一隅に二十名ほどの若い女性の一団がいた。――みな白衣を着て奇妙な白い帽子をかぶっている。――あの人たちは誰ですか、と尋ねると、そばにいた人が「あれは看護婦さんたちです。ここでみんな何時間も待たされるから、具合の悪くなる人も出るかもしれない。そのときに介抱するためです。担架もある。人夫《にんぷ》もいる。お医者さんも何人も待機している」

皆の辛抱と信心に私は感心した。しかしこうした農民たちは壮麗なお寺さんが建立されるのが嬉《うれ》しいのだ。——本当に自分たち自身で建てたお寺なのだ、直接的にも間接的にもそうである。建立にあたり実際の仕事の少なからぬ部分は無償の愛の奉仕によってなされたのである。屋根の巨大な梁は遠くの山の斜面から京都まで曳《ひ》いてこられたが、その綱は信徒の妻女たちの髪の毛で編まれたものである。その綱の一本が寺に保存されているが、長さは三百六十尺（百メートル）以上、直径は約三寸（八センチ）に及ぶ。

国民の宗教的感情の印であるこの二つの壮麗な記念建築は、国家の繁栄にともなって、その感情の倫理的な力と価値もまた必ずや増大するであろうことを示唆していると私には思われた。このところ仏教が明らかに衰微しているのは日本の目下の衰勢に由来する。しかし大いなる富の時代が始まろうとしている。仏教の外的形式の中には滅亡せねばならぬものもあるだろう。神道の迷信の中には死滅せねばならぬものもあるだろう。だが核となる真理は必ずや世人の認めるところとなる。それは一層強くなり、世にひろまり、民族の心の中にいよいよ深く根をおろし、日本民族がこれから突入せねばならぬ一層大きく厳しい生存の試練の数々に耐えていく上で精神の支えとなるだろう。

七

神戸、四月二十三日

兵庫の海に面した庭園で開かれている魚と漁業の展示会を見物に来ている。その庭園の名は和楽園《わらくえん》、英語でいえば The Garden of the Pleasure and Peace の意味で、昔の風景庭園の趣《おもむ》きがあり、その名にふさわしい。庭園の縁《へり》の向こうに大きな湾が広がっているのが見える。漁師の乗った舟、光に燦然《さんぜん》と輝く白帆が沖合いを滑ってゆく。そしてそれらすべての彼方に、水平線を屏風のようにかざって、高く美しい山脈《やまなみ》が薄紫にかすんで連なっている。

さまざまに趣向をこらした形の池を見た。澄んだ海水が引かれて、美しい色の魚が泳いでいた。水族館へ行くとそこではさらに奇妙な種類の魚がガラス越しに泳いでいた。──小さな凧《たこ》のような姿の魚、太刀《たち》のような姿の魚、体が裏返しになったかに見える魚。蝶《ちょう》のような色をした可愛《かわい》くておかしな魚もいた。袖のような鰭《ひれ》をひるがえしながら動く様は舞子《まいこ》さながらである。

あらゆる種類の舟や網や釣針《つりばり》や魚をとる仕掛けや夜の漁撈《ぎょろう》のための篝火《かがりび》用の籠《かご》などを見た。さまざまな漁《りょう》の仕方の絵や、男たちが鯨《くじら》を殺す場面の模型と絵を見た。その一枚は怖ろしい図だった。——大きな網にかかった鯨の断末魔で、赤い泡が渦巻く中を小舟が何艘《そう》も躍り、大空を背景に裸の男がひとり怪物の背に乗って大きな鋼鉄の棒で叩《たた》きつけている。叩かれるたびに血潮《ちしお》が噴水のように噴き出す……。私のそばで日本人の両親が小さな男の子にこの絵の説明をしていたが、母親がこう言うのが聞えた、——

「鯨は死ぬときに、仏さまのお慈悲を乞《こ》うて「南無阿弥陀仏《なむあみだぶつ》」というそうよ」

庭の別の一角に行ってみた。そこには馴《な》れた鹿と檻《おり》に入れられた一頭の「金色熊《きんいろぐま》」がいた。鳥舎には孔雀《くじゃく》が、また猿も一匹いた。見物人は鹿や熊に餌《えさ》をやり、孔雀に尾をひろげさせようとしきりと試みた。また猿を手ひどくいじめた。私は鳥舎の近くの茶店の縁側に腰をおろして一休みした。すると先刻捕鯨の図を眺めていた一家が同じ縁側にやってきた。男の子がこんなことを言うのが耳に入った。——

「お父さん、お年寄りの漁師がひとり舟に乗っていたけれど、なぜ浦島太郎みたいに竜宮城へ行かないの？」

「浦島は亀をつかまえたが、それがじつは亀でなくて竜王のお姫さまだった。親切にしてやったお礼に浦島は竜宮へ行けたのだ。お年寄りの漁師はまだ亀をつかまえたことはないのだろう。また捕まえたとしてももう年を取りすぎて、婿《むこ》にはなれまい。だから竜宮城へ行くことはないだろう」

すると男の子は花や噴水を眺め、白帆が浮かぶ日の光を浴びた海やそのはるか先の薄紫にかすむ山々を眺め、大きな声で言った、——

「お父さん、世界中にここよりきれいな場所があると思う？」

父親は嬉しそうに笑って、なにか答えようとしたとき、男の子が歓喜のあまり叫び声をあげ跳ね上がり手を打った。孔雀が突然そのすばらしい尾をひろげたからである。みんな急いで鳥舎の方へ駆《か》けて行った。それで私はあのあどけない質問への答えをついに聞きそびれた。

しかし後になってこんな答えでもあったろうかと私は勝手に考えた。——

「坊や、この庭はたしかに美しい。でも世界は美しさに満ちている。だからこのお庭よりもっときれいな場所もあるかもしれないよ。

だがね、いちばん美しいお庭はこの現世《げんせ》にはないんだよ。いちばん美しいお庭は阿弥《あみ》陀《だ》様のお庭で、西方浄土《さいほうじょうど》にあるんだ。

生きているあいだに悪さをしなかった者は死んだ後でそのお庭に住めるかもしれない。そこには極楽の鳥といわれる神々しい孔雀が日輪《にちりん》のように尾をひろげて七覚分《しちかくぶん》と五力《ごりき》[13]を唱えている。

そこには宝池《ほうち》があり、その中に咲く蓮の花の美しさは名づけようもない。この花々からはたえまなく虹《にじ》の光が立ち昇り、次々と仏さま[14]が新しく生まれ精霊が昇っていく。

そこの水は、蓮の蕾《つぼみ》のあいまで、蕾の中の霊魂に向かいささやくように話しかける。十劫久遠《じっこうくおん》すなわち無限の記憶と無限の姿について、そして四つの無限の感情すなわち四無量心[15]についてを。

そしてその浄土では神さまと人さまの区別はない。阿弥陀様の輝かしいお姿の前でだけは特別で、どんな神さまでも頭《こうべ》を垂れ、みな口を揃《そろ》えて讃歌を唱える、「おお、無量《むりよう》壽光《じゆこう》[16]の阿弥陀様」と。

しかし天の川の声は、何千もの人の合唱の声のように、歌い続けるんだ、「是《こ》れ未だ高しとせず。さらに高きものあり。是れ実《じつ》にあらず、是れ平和にあらず」と」

阿弥陀寺《あみだじ》の比丘尼《びくに》

一

　夫が領主《りょうしゅ》に呼び出されて都に赴《おもむ》くこととなったとき、お豊《とよ》は先のことを案じはしなかった。しかしただ悲しかった。夫はお豊の遠縁で、好《す》いた者同士であったから、婿養子《むこようし》としてお豊の家に入ったが、二人が夫婦になってから別れ別れになるのはこれが初めてである。といっても父も母もそばにいるし、それに両親にもまして大事な、――とはさすがに自分に向けても言わなかったが、――可愛《かわい》い男の子もいた。しかも、お豊はいつもひどく忙しかった。せねばならぬ家事が多く、機織《はたおり》も――絹織《きぬおり》も木綿織《もめんおり》も――結構せねばならなかった。

一日に一度、決まった時刻、お豊は家を留守にしている夫のために、夫の気に入りの座敷に、上品な漆塗《うるしぬ》りの膳《ぜん》にお印《しるし》のような食事をきちんと用意した。――ご先祖様の霊前や神前にお供《そな》えするのと同じような真似事《まねごと》の食事である。[1] こうした食事は座敷の東側にお供えし、お膳の前には夫の座布団を敷く。東側に据えるのは、夫が東に向けて旅立ったからである。食事を下げる前に、お豊は汁物の小さなお椀《わん》の蓋《ふた》を必ず開けて、漆塗りの蓋の裏側に湯気《ゆげ》がついているか確かめた。供えられたまま汁物に被《かぶ》さった蓋の裏に湯気がついているなら、留守にしている人は達者《たっしゃ》であるといわれていたからである。だがもし湯気がついていないなら、もはやこの世の人ではない。――それは霊魂が食物《しょくもつ》を求めて舞い戻ってきた印だからである。来る日も来る日もお豊が開けてみると、漆の蓋には湯気の玉がびっしりついていた。

子供はお豊の変わらぬ喜びの種《たね》だった。年は三つで、神様でなければ答えられないようなことを好んで質問した。遊びたがるときは、お豊は仕事をそちのけにして相手となった。休みたそうなときは、すばらしい話をして聞かせた。誰にもわかりっこない質問については可愛《かわい》らしい信心深い答えを言って聞かせた。夕方、神棚《かみだな》や仏壇にお燈明《とうみょう》があげられると、お豊は子供に父親の無事を祈る言葉を口ずさむよう教えた。子供が寝つくと、枕元《まくらもと》に仕事を持ってきて、子供の静かな愛らしい寝顔をじっと見つめた。ときに夢を見て笑顔になる。お豊には、観音様《かんのんさま》[2]が子供と夢の中で遊んでいてくださるのだとわかり、「称名《しょうみょう》の音声《おんじょう》を常に観じ給ふ」この菩薩《ぼさつ》の御名《みな》をそっと唱えるのであった。

空がからっと晴れ上がった季節に、お豊はときどき息子をおんぶして嵩山《だけやま》に登った。こうした行楽《こうらく》を子供はたいそう喜んだ。母親が見るものをいろいろ教えてくれるばかりか、なにに耳を澄ませばよいかも教えてくれたからである。登る路《みち》は木立《こだち》や森を抜け、草の生えた斜面をよぎり、奇岩の脇《わき》をまわって行く。物語をその心の中に秘めた花が咲き、樹霊《じゅれい》を宿した大樹がそびえる。鳩《はと》はコラップ、コラップと鳴き、山鳩《やまばと》はオワオ、オワオと悲しげに啼《な》く。蟬《せみ》はジージーと鳴くかと思えば笛を奏《かな》でるように鳴きまた鈴のような音《ね》を立てた。

愛する者の帰りを待つ人は、できるなら、嵩山詣《だけやまもう》でをする。嵩山は松江の市中《まちなか》のいたるところから望まれる。その頂《いただき》からは何カ国もが見渡せる。山頂にはほとんど人間と変わらぬ背丈《せたけ》と姿形をした岩が真っ直ぐに突っ立っている。小石が岩の前にも上にも積まれている。その側《そば》に小さなお宮があって古き代《よ》の姫の御霊《みたま》が祀《まつ》られている。姫は愛する人の不在を嘆き、この山頂から帰りを待ちわびて眺めていたが、やつれ果ててついに岩に変じた。人々はそれでお宮を建て、大事な人の帰りを待ち望む人々はいまでもそこで祈る。そして誰もが祈願した後、そこに積まれた小石の一つを家へ持って帰る。そして大事な人が帰ってきたときは、小石はまた山頂の小石が積まれた山に返さねばならず、その際は感謝と記念の印に、ほかの小石も持って行かねばならないのである。

こうした日は、お豊と息子が家に帰り着く前に、あたりがそっと暗くなるのが常であった。嵩山への道は長く、市《まち》のまわりの広く荒れた水田は往復とも舟で渡らなければならなかったからである。――ずいぶんとゆっくりとした遠出であった。星や蛍《ほたる》が道を照らしてくれることもあった。月が照らしてくれることもあった。――するとお豊は出雲《いずも》のお月さんの童歌《わらべうた》をやさしく歌って聞かせた、――

ののさん、
お月さん、
いくつ？
「十三、ここのつ」
それはまだ若いよ。
若いえ[3]も道理、
赤い色の帯と[4]、
白色の帯と
腰にしゃんと結んで。
馬にやる？
「いやいや！」
牛にやる？

「いやいや！」

そして青い夜に向かって、この延々と続く水田から大きな合唱がぶくぶくと湧《わ》き出てくる。これはまさしく大地そのものの声だ——蛙《かえる》の歌声である。するとお豊はその歌声が「メカユイ！　メカユイ！」——「目がかゆい、眠たい、眠たい」と鳴いているのだ、と言って聞かせたのである。

すべて幸せなときであった。

二

ところが、わずか三日のあいだに、その深慮は永遠に人智の測り知らぬところである生死を司《つかさど》る神々は、お豊の心を二度打ちのめした。無事をあれほど祈った優しい夫が二度と帰らぬ人となった、あらゆるものがそれを借りて形を成していたにすぎない、元の塵《ちり》に帰してしまったことをまず知らされた。それに引き続いて男の子が深い眠りに落ちたことを知った。漢方医にも目覚めさせることはできなかった。こうしたことをお豊が覚《さと》ったのは、稲妻《いなづま》の光で事物が見えたと同じにすぎない。二度、一瞬光ったその狭間《はざま》とその後はすべてが絶対無明《ぜったいむみょう》の闇《やみ》である。だがそれが神仏のお慈悲であった。

それが過ぎ去るや、お豊は起き上がって、敵《かたき》と相対《あいたい》せねばならなかった。その敵の名は「記憶」である。他のすべての者の前でお豊は、以前と同じように、にこにこと優しい顔をしていた。しかしこの訪問者が訪ねてくると、お豊の気力は失《う》せた。そのときは畳の上に小さな玩具《おもちゃ》を並べ、小さな着物をひろげて眺め、ささやくように話しかけ、黙って微笑《ほほえ》んだ。だがその微笑みは必ずわっという激しい号泣で終わった。お豊は頭を床《ゆか》に打ちつけながら、神様に詮《せん》ない質問を繰り返すのであった。

ある日お豊は奇妙な慰《なぐさ》みを思いついた。――出雲で「とりつばなし」といわれている、死者を呼び戻す儀式のことである。ほんの一分でもよいからわが子を呼び戻せないものか。それは坊やの御霊を煩《わずら》わすことになるかもしれないが、しかし一分くらいなら、きっと、お母さんのために我慢してくれるだろう。

「死者を呼び戻すにはこの呪《まじな》いの祭儀を司る心得のある祈禱師《きとうし》――仏僧なり神官なりのところへ、故人の位牌《いはい》を持参しなければならない。

それからお祓《はら》いの儀式が執《と》り行なわれる。位牌の前にお燈明がともされ、お香《こう》が焚《た》かれる。お祈りあるいはお経の一節が唱えられる。お花とお米が供えられるが、この場合は生米《なまごめ》でなければならぬ。

万事が整うと、祈禱師は左手《ゆんで》に弓のような形をしたものを持ち、右手《めで》でそれを素早く打ちながら、死者の名前を呼んで、「来たぞよ！　来たぞよ！　来たぞよ！」と叫ぶ。[5]

そう叫ぶうちに、声の調子が次第に変わり出し、死んだ人の声になる。——死者の霊がのりうつったのである。

すると死者は口早に発せられる質問に答えはするが、それでも絶えず叫び続ける、「早く、早く。帰ってくるのは苦しいのだ。もう長くはいられないぞ！」。そして答え終えると、霊は行ってしまう。祈禱師はうつ伏せで息も絶え絶えである。

しかし死者を呼び戻すことはよくない。呼び戻すとその人たちの地位が悪くなる。冥《めい》土《ど》へ戻ったとき、前にいた場所よりも下の場所へ行かねばならぬからである。

今日《こんにち》この種の儀式は法律で禁止されている。かつては人の慰めとなった儀式だが、禁止令は良い法律で、真っ当である。——それというのも世間には人間の心中にある神性をひそかに嘲《あざけ》り笑う連中もいるからである。」

そういうわけでお豊は一夜、市のはずれの淋《さび》しい小さな寺で、わが子の位牌の前に跪《ひざまず》き、呪《まじな》いの言葉に耳を傾けた。やがて、祈禱師の口から母に聞き覚えのある言葉が洩《も》れた。母がこよなく愛した声である。——だが微《かす》かでか弱く、風がすすり泣くようだった。

その細い声が母に叫んだ、——

「早く、早く聞いてください、母さま！　路《みち》は暗くて遠いのです。ぐずぐずしているわけにはいきません」

そこで母はおろおろ震え声で尋ねた、——

「なぜわたしは子供のためにこんな悲しい思いをしなければならないのでしょう。神様は何を正しい報《むく》いとお考えなのですか」

答えが返ってきた、——

「ああ、母さま、そんな風に僕のことを嘆き悲しまないでください！　僕が死んだのはただ母さまが死なないためでした[6]。あの年は病気と嘆きの厄年《やくどし》。母さまが死ぬはずとわかってぼくが願《がん》をかけて身代わりになりました。

母さま、ぼくのために泣いたりなどしないでください！　涙は死んだ人のためになりません。冥土への道は黙々と涙の川を越えて行きます。世の母親たちが泣くと、涙の川の水嵩《みずかさ》が増して、魂は渡ることができなくなり、あちこちさまよわねばなりません。ですから、母さま、お願いです、どうか嘆かないでください！　ただときどき、水を手向《たむ》けてください」

三

そのときから、お豊が涙を流すさまはふっつりと見られなくなった。昔と同じように、軽やかに黙々と、両親のために優しく尽くすようになった。

歳月が過ぎた。父親はお豊に新しく婿《むこ》を見つけてやろうと思い、母親にこう言った、

――

「娘にまた息子が出来たら、娘も喜ぶであろうし、わしらにも嬉しいことだが」

だが母親は賢い人でこう答えた、――

「娘は不幸ではございませんよ。再婚などとてもできないことでございます。娘は世の中の罪も苦労も知らぬ、幼な子のようになってしまいました」

お豊は本当にこの世の真の苦しみを知らぬ人になってしまった。小さなものばかりを好むという奇妙な癖がついていた。[7]まず寝床が大きすぎると言い出した。――おそらく子供を失くした空虚な喪失感のせいだろう。それから、日が経《た》つにつれ、ほかのものも大きくなりすぎたようだった。――住居《すまい》そのものも、住み慣れたはずの部屋も、床の間《とこのま》も、その大きな花瓶も――しまいには食器や調理用具も。ご飯を頂くのにも幼児が使うような小さな茶碗とままごと用のお箸《はし》で食べるようになった。

こうしたものの中で娘はにこにこと機嫌がよかった。それ以外のことでは風変わりな様子もない。年老いた両親はいつもお豊のことを案じた。父親がついに言い出した、――

「娘が先々赤の他人と暮らすようになっては辛《つら》かろう。わしらも年をとった、いずれお暇《いとま》せねばならん。お豊を尼《あま》さんにでもしてやれば暮らしの目途《めど》は立つと思うが。娘のために小さなお堂でも建ててやったらどうだろう」

翌日、母親がお豊に尋ねた、――

「おまえさんは尼様になって、たいへん小さなお堂の中でたいへん小さな御仏壇《ごぶつだん》と小さな御仏像と一緒に暮らすという気はないかね。わたしらはいつもお傍《そば》にいるようにします。もしそうお望みなら、お坊様をお招きしてお経を教えてもらうようにします」

お豊もそれを望んだ。そして自分のために格別小さな法《のり》の衣を作ってくれと言った。しかし母は言った、――

「良き尼さまはなんでも小さなものをお持ちになるのが宜《よろ》しいが、法衣《ほうえ》だけは違います。大きい衣をまとうこと――それが仏様の掟《おきて》です」

こうしてお豊もほかの尼僧たちと同じ法衣《ほうえ》をまとうこととなった。

四

娘のために小さな尼寺《あんでら》が建てられた。そこは空地《あきち》だったが、かつては阿弥陀寺《あみだじ》というもっと大きな別のお寺が建っていた。この尼寺もまた阿弥陀寺と呼ばれ、阿弥陀如来《あみだにょらい》を始めとする仏様を祀《まつ》ることとなった。たいへん小さな仏壇が設けられ仏具もすべて小型のものが揃《そろ》えられた。小さな経机《きょうづくえ》に小さなお経が置かれ、小さな衝立《ついたて》と鐘と掛物《かけもの》が用意された。両親に先立たれた後も女はそこにずっと住んでいた。世間は女を阿弥陀寺《あみだじ》の比丘尼《びくに》と呼んだ。英語で言えば The Nun of the Temple of Amida である。

寺の門をすこし出たところに地蔵があった。これは特別な地蔵で――病気の子供たちに親切にしてくれるといわれていた。その前にはたいていいつも小さなお餅《もち》のお供《そな》えがあげてある。病気になった子供のために祈った人がいたしるしで、お餅の数はその子の年を示している。おおむね二つか三つだが、たまに七つとか十がお供えされていた。阿弥陀寺の比丘尼がその地蔵の世話をし、線香をあげ、寺の庭から花を摘《つ》んでお供えをした。尼寺の裏手は小さな庭になっていたのである。

毎朝ひとまわり托鉢《たくはつ》をすませると、比丘尼はきまってたいへん小さな機《はた》の前に坐《すわ》り、布を織る。幅が狭すぎて実用には供せないような布である。しかし比丘尼が織った布は、女の身上《みのうえ》を知るお店の主人たちが進んで買い求めた。そんな人たちがたいへん小さな茶碗やごく小振りの花瓶や庭に置く奇妙な盆栽を贈ってくれた。

比丘尼の無上の楽しみは子供たちと一緒にいることで、お仲間のいないようなことはけっしてなかった。日本の子供たちはたいていお寺の境内《けいだい》で遊んで過ごす。多くの子供たちはその阿弥陀寺の境内で幸福な幼年時代を過ごした。その界隈《かいわい》の母親たちはみな自分の子供がそこで遊ぶことを望んだ。しかし比丘尼さんを笑ったりしてはいけないと言い聞かせた。

「ときどき妙な振舞をなさるかもしれませんが、それは前にお子さんを亡くして、あまりに辛《つら》すぎて、母として心が怺《こら》えきれなかったのです。だからいい子にして失礼な真似《まね》をしてはいけませんよ」

子供たちはお利口だった。ただし敬意を表するという意味で敬《うやま》ったわけではない。そんなことよりもっとよくわかっていた。みんなはいつも「比丘尼さん」と呼んで、きちんと挨拶《あいさつ》したけれど、それ以外は自分たちの仲間の一人のように接したのである。一緒にいろんな遊びをした。比丘尼さんはみんなにたいそう小さな茶碗でお茶を出してくれた。大豆の粒くらいの大きさのお餅をたくさん拵《こしら》え、自分の機《はた》で子供たちの人形に着せるために木綿《もめん》の布や絹の布を織ってやった。こうして比丘尼さんは子供たちの実の姉さんのようになった。

子供たちは毎日比丘尼さんと遊び、やがて年頃になるともう遊びはせず、阿弥陀寺の境内を去って、この世の辛い仕事に就く。やがて父親となり母親となるが、すると今度は自分たちの子供を代わりに遊びに行かせたのである。その子供たちもかつて両親がそうだったように比丘尼さんが好きになった。そしてこの尼寺が建てられたときのことを覚えている人の子供の子供の子供たちと遊ぶまで比丘尼さんは長生きした。[8]

世間の人は比丘尼さんが何不自由することのないよう気を配った。本人が必要とする以上のものがいつも贈られたから、比丘尼は自分のほぼ思い通りに子供たちによくしてやった。そして小さな動物たちにたっぷり餌《えさ》を与えた。鳥は寺に巣を作り、比丘尼の手から餌を啄《ついば》み、仏様の頭にとまってはいけないことを習った。

比丘尼の葬式がすんで数日後、子供たちが大勢で私の家にやってきた。[9] その中で九歳になる女の子がみなに代わってこう言った、——

「先生、亡くなられた比丘尼さんのためにお願いがあってまいりました。たいへん大きなお墓が比丘尼さんのために建てられました。立派なお墓です。しかし比丘尼さんのために小さな小さなお墓も立ててあげたいのです。比丘尼さんはわたしたちと一緒のときにご自分はたいへん小さなお墓が欲しいとよく言われました。石屋さんにお願いしたら、作ると約束してくれました、お金が出せるなら、とても可愛いお墓にするよ、と。それでぜひすこしばかりお出しいただけないでしょうか」

「もちろん出しますが」と私は言った、「でもこれで遊ぶところがなくなりましたね」

すると女の子はにこにこ笑って答えた、――

「わたしたち、これからも阿弥陀寺のお庭で遊びます。比丘尼さんはあそこに埋められました。皆が遊ぶ声を聞けば、きっと喜んでくれます」

戦後に

兵庫、一八九五年五月五日

一

今朝《けさ》、兵庫の町は清澄《せいちょう》なすばらしい光に包まれている。——筆舌に尽くしがたい春の光は霞《かすみ》たなびき、それを通して見える遠くの風物に一種の幻影に似た魅力を添えている。物の輪郭《りんかく》はくっきりとしているが、本来その物に属していない淡い色のおかげでほとんど理想化されている。そして町の背後の大きな丘陵《きゅうりょう》は雲ひとつない燦然《さんぜん》とした青い輝きへのびている。それは青そのものよりもむしろ青の精霊のようである。

瓦屋根《かわらやね》の青灰色の斜面の上に、まことに不思議な形のものがはたはたと翻《はため》き、ふるえている。——じつは私にとっては目新しい光景ではないのだが、いつ見ても爽《さわ》やかである。いたるところで、巨大で色あざやかな紙の魚が——大変高い竹竿《たけざお》につながれて——中空に漂い、まるで生きているかのように動いている。大きなものは長さが五尺から十五尺に及ぶ。しかしあちらこちらに一尺足らずの小さな魚が大きな魚の尾に小付《こづ》けにつないであるのも見える。一竿に四、五匹つないである竿もあって、魚の大きさに比例して、一番大きいのから順に上から下へ並んでいる。これらの魚は形も色もそれは巧《たく》みなもので、知らぬ者が初めて見たら驚きに息を呑《の》まずにはいられない。吊《つ》り上げている紐《ひも》は魚の頭の中で結《ゆ》わえつけられていて、あいた口から風が吹きいると、胴体を完全な形にふくらますだけでなく、泳ぐようにはためかせる。——上がったり、下がったり、曲がったり、よじれたり、本物の魚にそっくりだ。尾の動きも鰭《ひれ》の動きも非の打ちどころがない。私の隣家の庭に上がる二匹もすばらしい実例である。一匹は橙色《だいだいいろ》の腹に青みがかった灰色の背、もう一匹は全身銀色がかった色で、二匹とも大きなぎょろりとした眼をしている。大空を背にして泳ぐその二匹のはためきは、まるで砂糖黍畠《さとうきびばたけ》を吹く風の音だ。少し先に見えるとても大きな魚は、その背中に小さな赤い子供がしがみついている。赤い子供は金時《きんとき》で、日本で生まれた一番力持ちの子供だという。まだ赤ん坊のころ、熊と相撲《すもう》を取ったり、わなを仕掛けて鳥のお化けを退治したりしたそうだ。

誰もが知る通り、これらの紙の鯉《こい》が上がるのは男の子の誕生を祝う五月の節句の時期だけである。家の上に鯉のぼりがあるのは男子誕生のしるしだ。本物の日本の鯉が急流を流れに逆らってぐんぐんのぼってゆくように、息子がこの世であらゆる障害を乗り越えて自分の道を切り拓いて進めるように、という両親の希望を象徴している。日本の南部や西部の多くの地方ではこうした鯉のぼりを見かけることは滅多にない。その代わり目に入るのは、幟《のぼり》と呼ばれる非常に細長い綿布でできた旗で、帆のように、竹竿に桁《けた》と乳《ち》とで垂直に結わえつけられている。そして滝のぼりをする鯉をはじめ、鬼を退治した鍾馗《しょうき》さまや、松、亀などのおめでたい象徴が色とりどりに描かれている。

二

しかし皇紀二千五百五十五年の輝かしいこの春、これらの鯉は単なる親の希望以上のなにか、——戦争を通して生まれ変わったこの国の大きな自信をも象徴しているように思える。日本帝国の軍事的復活——新日本の真の誕生——は日清戦争の勝利とともに始まった。戦争は終わり、将来は暗雲が立ちこめているけれども、それでも大きな希望を約束しているかに見える。それに、さらに雄志をのばして、もっと永続する成果を挙げるために、どれほどの難関が前途に横たわろうとも、日本はもはや危惧《きぐ》したり逡巡したりすることはない。

おそらく将来の危険はまさにこの途方もなく大きな自信の中にある。それはなにも今度の勝利によって創り出された新しい感情ではない。それは一種の民族的感情で、勝利の報《しら》せのたびに強められてきたにすぎない。宣戦布告の瞬間から、最後には日本が勝つことについての疑いはまったく生じなかった。あまねく深い熱狂はあったけれども、感情的な興奮を外部に現わすことはなかった。人々はすぐさま日本の速戦連勝の歴史を書き出し、それらの歴史は――週刊や月刊の発行で、写真石版や木版画が添えられて――全国で販売された。まだまだ外国人観察者の誰もがこの戦役の最終結果について予測を下すのを差し控えていた段階ですでにこうだった。初めから終わりまで日本国民は自国の力に自信を持ち、清国の無力を信じていた。人形製造業者は突然おびただしい数の精巧な仕掛け人形の清国兵士を売り出した。敗走する兵や日本騎兵に斬《き》られる兵、自分たちの弁髪《べんぱつ》でもって縛られた捕虜、日本の名高い将軍の前に叩頭《こうとう》して許しを乞《こ》う清国兵の人形もあった。鎧《よろい》をまとった昔風の武者《むしゃ》人形にとってかわって、日本陸軍の騎兵、歩兵、砲兵などの――陶製、木製、紙製、絹製の――人形がよく売れ、要塞や砲台の模型や軍艦の模型も出た。熊本旅団による旅順口の防御陣《ぼうぎょじん》襲撃も精巧な機械仕掛けの玩具《おもちゃ》の題材となった。同じように巧妙な、松島艦《まつしまかん》と清国装甲艦の戦いを再現した玩具もできた。ポンと大きな音を立ててコルクの弾《たま》を圧縮空気で発射する玩具の鉄砲も、玩具の刀も、小さな喇叭《らっぱ》も、無数にあった。ひっきりなしに喇叭を吹き鳴らされると、私はニューオーリーンズのとある年の大晦日《おおみそか》の夜、皆で派手に騒いだことが思い出されてならなかった。勝利の報が届くたびに錦絵《にしきえ》がおびただしく刷られて売られた。安っぽくて仕上げもぞんざいで、たいていは作者の想像で描かれたにすぎなかったが、それでも勝利に酔う世間の気分を盛り上げるのにもってこいだった。面白い趣向の将棋も現われた。駒《こま》の一つ一つが清国か日本の将校や兵士になっているのである。

その間、芝居小屋ではさらに徹底的に戦争が謳歌《おうか》されていた。戦役のエピソードがほとんどすべて舞台の上で再現されたといっても誇張ではない。役者たちは場面や背景の取材として戦地訪問まで行ない、人工的な吹雪《ふぶき》の助けをかりて、満洲における陸軍の艱《かん》難辛苦《なんしんく》を写実主義的に再現しようとつとめた。義侠《ぎきょう》的な武勇談は、報道されるやほとんどただちに劇作化された。喇叭手白神源次郎《しらかみげんじろう》の戦死、城壁を乗り越えて内側から城門を開いて友軍を招き入れた原田重吉《はらだじゅうきち》の天晴《あっぱ》れな勇気、わずか十四騎で敵の歩兵三百に抗した日本騎兵の武烈、徒手空拳で清国一大隊を見事敗走させた軍夫たち――これにとどまらぬ数多《あまた》の武勲が何千という芝居小屋で上演された。忠君愛国、帝国万歳の文字を記した提灯《ちょうちん》がおびただしく吊るされ、あかあかと皇軍の勝利を祝し、汽車に乗って戦地へ赴《おもむ》く兵士たちの眼を喜ばせた。神戸では、絶えず軍用列車が通過したが、こうした提灯は幾晩も幾晩も何週間にわたり吊るされていた。そしてどの通りに住む人々も、戦勝記念のアーチや旗を建てるために、さらに進んで寄付に応じたのである。

この戦争の栄光の数々を祝賀して、国内各種の大産業もまたこぞって消費財を繰り出した。数々の勝利や犠牲的武勇伝を記念して、新デザインの封筒や便箋《びんせん》ばかりか、陶器、金属細工、高価な織物なども現われた。戦争柄のキャラコや手拭地《てぬぐいじ》などの安物プリントの反物《たんもの》は無論のこと、羽織《はおり》[2]の絹の裏地、女の縮緬《ちりめん》[3]のハンカチ、帯の刺繍《ししゅう》、絹のシャツや子供の晴着にも記念の意匠がほどこされた。漆塗《うるしぬ》りの皿や盃《さかずき》の内側、彫刻細工を施した箱の側面や蓋《ふた》、刻み煙草《たばこ》入れ、カフス・ボタン、ヘア・ピンの模様、女の櫛《くし》、さては箸《はし》にさえも祝賀が表現された。小箱に入った爪楊枝《つまようじ》の束が売りに出されたが、その楊枝の一本一本に、極小の文字で、それぞれ異なる戦争の詩が刻んであった。そして講和のときまで、少なくとも交渉最中の清国全権を殺害しようと一壮士[4]が襲いかかるという気違い沙《ざ》汰《た》が起きるまでは、万事は日本国民の希望と期待の通りに進んだのであった。

しかし講和の条件が公表されるや、ロシアが干渉し、フランス、ドイツと手を結んで日本を威《い》嚇《かく》した。この三国の提携に対して反対する術《すべ》はなく、日本政府は柔術の手を用いた。期待を裏切って、思いがけない譲歩を行なったのである。日本は自国の軍事力についてはすでに不安を抱いていない。その軍事的余力はおそらくこれまで考えられている以上にはるかに強大で、また二万六千の学校を有するその教育制度は巨大な軍事教練の機械である。本土の上でならいかなる外敵とも対決できるだろう。弱点は海軍であり、そのことは日本もよく承知していた。小型の軽巡洋艦艦隊はすばらしく、操艦技術も見事である。艦隊司令長官は、一隻《せき》の艦艇も失うことなく、二回の海戦で清国艦隊を撃破した。しかしいまだに欧州の三大国の聯合《れんごう》海軍と対決するほどに十分な重武装は整っていない。日本陸軍の精鋭もまた海を越えた大陸にいた。日本に干渉する時機は巧妙に最適のときが選ばれたのであり、おそらく単なる干渉以上のものが意図されていたのであろう。ロシアの重武装戦艦は戦闘準備をしていた。そしてこのロシア艦隊だけでも日本艦隊を制圧することは可能だったにちがいない。もっとも勝利には高価な犠牲をともなうこととなったであろうが。しかしイギリスが日本側に好意を寄せるという不吉《ふきつ》な言明によってロシア側の動きはふいに制約を受けた。イギリスの力をもってすれば、三国聯合の全装甲艦をただの一戦で撃破できる艦隊を数週間のうちにアジア水域まで送り込むことができるのである。それだけにロシアの巡洋艦が一発弾を射《う》っていたなら、全世界が戦争にまきこまれていたかもしれない。

しかし日本海軍の内部にはただちに三国聯合と一戦を交えたいという狂おしい主張があった。もしそうなれば、日本軍の司令官は降伏など夢想だにせず、日本の軍艦も旗を降ろすことなど考えもしない以上、一大戦闘が展開されたことであろう。陸軍も同じく戦争を主張した。はやり立つ国民を抑え留めるには、政府の態度が毅然《きぜん》たる不動のものでなければならなかった。言論の自由は抑圧され、新聞には厳しい箝口令《かんこうれい》が敷かれた。そして遼東《りようとう》半島を清国に還付し、その代わり以前予定されていた戦争賠償金を増額することで、平和条約は確定した。日本政府は実際、非の打ちどころない智恵のある対応策を講じたのである。日本が現在の発展段階で、ロシアと高価な一戦を交じえたならば、産業、商業、財政にとって壊滅的な結果になるであろうことは目に見えていた。それでも日本国民の自尊心は深く傷つけられ、いまだに政府に対する非難の声は鳴りを潜《ひそ》めないのである。

三

兵庫、五月十五日

清国から帰還した松島艦は、和楽園《わらくえん》の前に碇泊《ていはく》している。非常な武勲をたてながらも、巨艦ではない。それでも明るい光の中に横たわる様《さま》はかなりの偉容で、――石のような灰色をした鋼鉄の要塞が滑らかな青い海面からそそり立っている。軍艦見物の許可が出て、喜んだ人々はお寺のお祭のときのように晴着を着て、私も同行させてもらっている。着いてみると、港内の小舟がすべて見物客用に雇われたかと思うほど、装甲艦の周囲はおびただしい数の小舟が波間に漂っている。これほど大勢の見物人を一度に甲板にあげられないから、順番を待たねばならない。何百人もの人々がかわるがわる乗艦しては下艦する。しかし涼しい潮風に吹かれながら待つのは不快ではないし、民衆の歓喜の情を見物するのも一興だ。順番が来るとなんという殺到ぶり！　たいへんな人だかりで押しあいへしあい。女の人が二人、海中に落ち、青い服の水兵たちに助けられたが、その言い草がいい。落ちても恨《うら》みはおまへん、松島艦の水兵さんに命を救われたと自慢できるんやさかい！　もっとも溺《おぼ》れたくても溺れられなかったろう。手を差しのべてくれる一般の船頭が群をなしていたのだから。

しかし若い二人の女の命より国民にとってもっと大切ななにかを松島艦の水兵たちは救ってくれ、人々はいみじくも親愛の情でその恩に報《こた》えようとしている。——贈り物で報えたいと願う人も多いだろうが、それは軍規によって禁じられている。士官も乗組員もくたくたにちがいないが、それでもにこやかに群衆に応対し、質問に答える。すべてが公開され細かく説明されている。三十センチの巨砲とその装塡《そうてん》装置に回転機構、速射砲、水雷とその発射管、探照灯とその指揮装置。私は外国人だから、特別許可が必要だったが、艦内をくまなく、上から下まで案内され、司令官室内の天皇皇后両陛下の御真影《ごしんえい》までかいま見ることが許される。そして黄海の海戦の感動的な話を聞かせてもらう。こうして、港町の頭の禿《は》げた老人も女も赤ん坊もこのすばらしい黄金の一日、松島を占拠する。士官も候補生も水兵も愛想を惜しまない。ある者はお爺《じい》さんに話しかけ、ある者は自分たちの剣の鍔《つば》を子供たちがつかむにまかせ、また両手を上へふりかざして「帝国万歳」と叫ぶやり方を子供たちに教えている。疲れた母親たちのためには茣蓙《ござ》が敷かれ、甲板と甲板のあいだの日蔭《ひかげ》で蹲《しゃが》んで休める。

この甲板は、ほんの数カ月前まで、勇敢な水兵たちの血に塗《まみ》れていた。いくら磨き石で磨いてもとれない、まだ各所に残る黒いしみを、人々は敬愛の情をこめて見つめている。旗艦松島は二回にわたり巨弾の砲撃を浴び、艦の脆弱《ぜいじゃく》な部分は小さな弾の乱射を浴びて穴だらけになった。松島は交戦の矢面《やおもて》に立ち、乗組員の半ば近くを失った。排水量はわずか四千二百八十トンだが、その直接の相手はそれぞれ七千四百トンの清国の装甲艦二隻だった。外部からは、松島の装甲はとくに深傷《ふかで》を負うているように見えない。傷んだ部分が取り換えてあるのだ。――しかし案内してくれた士官は誇らしげに、おびただしい修理の跡が残る甲板や戦闘檣楼《しょうろう》を支える鋼鉄製のマスト、――そして露砲塔《ろほうとう》の厚さ一フィートの鋼鉄の装甲板にできた恐ろしい弾痕と、それらから放射状にひろがる細かな亀裂を指でさし示す。私たちを引き連れて下へ降り、三十・五センチ砲弾が艦を貫いた箇所をたどっていく。

「その弾が当たったときは」と士官は言った、「ショックで水兵たちはこれくらいの高さまで（と手を甲板上二フィートほどの高さにやる）吹き飛ばされました。その瞬間すべて真っ暗になり、自分の手も見えないほどです。そのとき右舷前方の速射砲の一つが潰されて、そこにいた者は全員やられました。一瞬のうちに四十名が戦死し、さらに多数が負傷しました。艦のその部分にいた者は一人も助かりませんでした。甲板は火に包まれました。砲用の弾薬が誘爆したのです。それで敵と戦うと同時に消火作業にも当たらねばなりませんでした。重傷を負った水兵までが、手や顔の皮膚《ひふ》が剝《は》がれているのに、まるで痛みも感じないかのように働きました。死にかけている者まで水を運ぶのを手伝ったのです。それでもわれわれは主砲をもう一発くらわせて定遠《ていえん》を沈黙させました。清国海軍には西洋人の砲術員が加勢をしていたのです。西洋人の砲手が相手でなかったなら、勝ったからといって別に自慢にならないですよ」

　その説明に士官の本心が出ている。この麗《うら》らかな春の日、松島艦の乗組員がなによりも喜ぶことは「各員戦闘準備、沖合に碇泊中のロシアの大装甲巡洋艦を襲撃せよ」という命令が下ることであろう。

四

神戸、六月九日

昨年、下関から首都への旅行中、私は戦場に向かう聯隊《れんたい》を多数目にした。みな白い制服だった。まだ暑い季節だったからである。こうした兵士たちは私が前に教えた学生たちにいかにも似通っていたから(事実、何千名もの兵士は学校を出たばかりであった)こうした若者が戦場へ送られるのはいたましい気がした。まだ子供っぽさをたたえた顔はいかにも率直で、陽気で、この世の悲惨の数々をまるで知らぬように見えた。
「心配することはないですよ」と一緒に旅をした英国人で、その半生を軍隊で送った人が言った、「あの人たちは立派にやってみせますよ」
「それはわかっていますが」と私は答えた、「しかし熱病と寒気と満洲の冬を考えると、これらはシナ軍のライフル銃よりよほど恐ろしい気がします」[5]
日没後の点呼や就寝時間を告げる喇叭《らっぱ》の音は、日本の師団所在地に住んでいた私には毎年夏の晩の楽しみのひとつであった。しかし戦争のあいだは、消灯喇叭のあの長く尾を引く、物憂《ものう》い調べは、いままでとは別様に胸を打った。そのメロディが特殊とは思わないが、ときに特殊な感情をこめて吹かれているように感じた。そして星月夜の下で一師団の全喇叭が同時に吹かれると、その無数にまじりあう音色は、忘れられない切ない甘美さを帯びた。そして幻の喇叭手が年若く力猛《ちからたけ》き者たちを永遠の休息の影深い沈黙へと誘《いざな》うような幻想が脳裏《のうり》に浮かんだものだ。

ところで今日、私は聯隊の帰還を見に行った。神戸駅から楠公《なんこう》さん――楠木正成《くすのきまさしげ》の英霊を祀《まつ》る大きな神社――にいたる、聯隊が通る通りには緑のアーチが作られていた。市民たちは凱旋《がいせん》する兵士たちを最初の食事でもてなすために醵金《きょきん》をして六千円が集まった。そして多くの大隊がすでにその種の温かい歓迎を受けていた。お寺の境内《けいだい》には總《ふさ》で飾られた小屋が設けられ、そこで兵士たちを饗応をした。どの部隊にも贈り物――飴《あめ》や箱入りの煙草、武勲を讃《たた》えた歌が印刷された小さな手拭い――が用意されていた。神社の鳥居の前にはじつに見事な凱旋門が建ち、その両面には歓迎を意味する金文字の漢字が記され、その天辺には地球儀が載せられ、その上に両の翼をのばした鷹《たか》が一羽とまっている。[6]

私は最初、うちの爺《じい》やの万右衛門《まんえもん》と一緒に、神社のすぐ近くの停車場の前で待っていた。汽車が着くと、憲兵が見物人にプラットフォームから外へ出るように命じた。外の通りでは、警察が群衆を押しとどめ、一切《いっさい》の交通を遮断した。数分経って、大隊がアーチ型の煉瓦口《れんがぐち》を抜けていつもと同じように隊伍を組んで行進してきた。――すこし跛《びっこ》をひき加減の半白《はんぱく》の将校が、巻煙草をふかしながら先頭に立って進んでくる。群衆は私たちのまわりにぎっしり詰めよせていたが、みな、万歳も唱えず、話し声さえ立てない。――その静けさを破るものは、ただ通過する兵隊たちの歩調正しい靴の音だけである。これが去年出征のときに見たのと同じ兵士たちだとは、どうしても思えなかった。ただ肩章の番号だけが去年見たのと同じだった。どれもこれも日に焼けた恐い顔をして、髯《ひげ》をぼうぼう生やしたのが大勢いる。濃紺の冬用の軍服は擢《す》り切れて破け、靴など履《は》き減らされて原型をとどめていない。しかしその力強い大股《おおまた》の歩調は、艱難辛苦に耐えた兵士の歩調だった。もうただの若者ではない、屈強な男だ。世界中のどんな軍隊とでも互角に戦える。敵を殺戮《さつりく》し襲撃した男たち、今後も口には出せぬ数々の苦しみに耐えた男たちだった。その表情には喜びの色もなければ得意の色もなかった。鋭いその眼差しは歓迎の幟《のぼり》や飾りや地球に影を落とす鷹のとまる凱旋門にはほとんど一瞥《いちべつ》もくれなかった。――その眼はきっと人間を深刻にするような事どもをあまりにも数多く見てしまったのだろう（ただ一人だけ通りしなに笑顔を浮かべている兵士がいた。そのとき私は少年時代にアフリカから凱旋した一聯隊を見ていたとき、一人のズワーヴ兵の顔に浮かんだ笑み――突き刺すような嘲《あざけ》りの笑みを思い出した）。出迎えの多くの人は、その変化のわけを直感して、明らかに心動かされた様子だった。しかしとにかく、この兵士たちはいまや優秀な兵士となったのだ。これから歓迎や慰藉や贈り物を受け、人々の深く温かいもてなしを受けるだろう――そして元の懐かしい兵営に戻って、ゆっくり休養を取るのだろう。

私は万右衛門に言った、「今晩、この兵隊さんたちは大阪か名古屋だね。消灯喇叭を聞いて、二度と帰らぬ戦友をしのぶことだろうね」

爺やは、真剣そのものの顔をしてこう答えた、「西洋の方は、死んだ者は二度と帰らないと思《おぼ》し召《め》しでしょうが、私どもはそうは思いません。日本人は誰でも死ねば帰ってまいります。帰る道を知らない者などおりません。シナからも朝鮮からも、荒れた海の底からでも、戦死した者は、みんな帰ってまいりました、――みんな！ いまは私どもと一緒におりましてな。日が暮れると、集まって自分たちを故郷へ呼び戻した喇叭の音に耳を傾けておりますよ。そしていまにまた、天子様の陸軍がロシアとひと戦《いくさ》やる召集令が下るときにも、喇叭の音を聞きに集まって参りますぞ」

春

春《はる》はおもに家庭で、古風な躾《しつけ》のもとに育てられた。世界でも類を見ないやさしいタイプの女性をつくってきたこの家庭教育は、素直な心や自然で優雅な立居振舞《たちいふるまい》、従順さ、義務を大切にする気持を育《はぐく》んだ。日本でしか養われたことのないこうした徳性は、あまりに優しくあまりに美しくて、日本の旧社会を除いてはおよそ通用しない。明治の新社会のたいそう苛烈《かれつ》な生活を生き抜くには最良の賢い心構えとはならなかった。――それでも昔ながらの徳性はいまも生きのびている。上品な娘は、建前としては、夫の意のままになるように躾《しつ》けられてきた。嫉妬《しっと》、悲嘆、怒りを露《あら》わにしてはならない、――たといそうした感情がすべて抗しがたく湧《わ》きあがるような事情であろうとも。主人の不行跡《ふぎょうせき》にはひたすら優しく接することで夫の態度をあらためさせることが期待された。それは人間業《わざ》ではないが、すくなくとも外見《そとみ》には、完全な無私の理想を実現することが望まれたのである。だがこうしたことは夫が自分と同じ身分で、心づかいの細やかな人——妻の気持を察して、傷つけないようにしてくれる人でないかぎり不可能なことであった。

春は夫よりもはるかに上の家柄の出であった。この夫にはすこし出来の良すぎる妻である。実際、夫には妻がよくわからないことがあった。二人はたいへん若くして結婚し、当初は貧乏暮らしだったが、次第に裕福になった。夫は商才ある男だったのである。だが春は二人がつましい暮らしをしていたころの方がずっと自分を愛してくれていたように思うこともあった。こうしたことについて女の直観が間違うことはまずない。

春はいつでも夫の着物はすべて自分で仕立てた。夫は針仕事をほめてくれた。春はなにくれと気をつかい、夫が着物を着るのも脱ぐのも手助けし、小綺麗《こぎれい》な家の中で夫を身も心もくつろがせた。朝、夫が仕事に出るときは気持よい挨拶《あいさつ》で送り出し、帰宅するとにこやかに出迎える。夫の友人を愛想よくもてなし、家事を見事に無駄なくこなす。金のかかるような贅沢《ぜいたく》は何ひとつ夫にねだらない。そもそもそんなことを言いだす必要が春にはほとんどなかった。というのも夫は物惜しみせぬ性質で、妻が着飾る姿——美しい銀色の蛾《が》が羽を何枚も折り重ねてわが身を包むような姿——を見るのも、芝居や物見遊山《ゆさん》に連れて行くのも好きだったからである。妻はお伴をして春には桜、夏の夜には蛍《ほたる》、秋には紅葉の行楽地にでかけた。ときには舞子《まいこ》で一日二人きりで過ごした。浜辺には松が舞妓《まいこ》のように汐風《しおかぜ》にゆらゆれていた。清水《きよみず》でとある午後をいかにも古い亭《あずまや》で過ごしたこともある。そこではすべてが五百年以前の昔の夢さながらに思われた。——高い木立《こだち》の大きな影が広がり、洞穴《ほらあな》からほとばしる冷たい澄んだ水が歌をうたい、姿は見えぬが横笛の悲しい音《ね》が古風な調べでやさしく流れつづける。——心を愛撫《あいぶ》するその調べの和《やわ》らぎと悲しみの入り交じる様《さま》は、落日の金色《こんじき》が夕闇《ゆうやみ》の青に溶け込むがごとく。

このようなちょっとした楽しみや遠出をのぞけば、春が外出することは滅多になかった。自分の唯一の身内も、夫の親戚も、住まいは遠いよその県なので、訪ねて行く先もほとんどない。家にいることが好きな春は日々、床の間《とこのま》に花を活《い》け、神棚《かみだな》や仏壇に花を供《そな》え、部屋をかざり、庭先の池の金魚に餌《えさ》をやる。金魚は春が近づくと、一斉に水面に頭をあげる。

子供がなかったので人生の新しい喜びや悲しみを春はまだ知らずにいた。人妻らしい髪型をしていたが、一見まだ若い娘のようである。そして事実、春は子供のようにあどけなかった。——もっとも夫は家事を上手にこなす妻の小事《しょうじ》についての才覚に感心して、仕事の上の大事《だいじ》についても助言を乞《こ》うこともあった。するとおそらくお頭《つむ》よりも心を働かせて、夫のためによい判断を下した。直観によるか否《いな》かは別として、春の助言が間違ったためしはなかった。こうして五年のあいだ幸せに夫と暮らした。——夫はその間、世の若い商人として自分より性格の良い妻に対し、この上なく気をつかい大事にしてくれたのである。

だがその態度が突然冷たくなった。——あまりに突然であったから、これは子宝《こだから》に恵まれぬ妻が恐れねばならぬこととは関係ないと春は確信した。本当の理由がわからないので、自分になにか落度があったのだと春は思いこもうとした。だが良心に咎《とが》めはない。それでどうかして夫の気に入るようにつとめた。しかし夫の態度は冷たいままである。別に不親切な言葉を口にするわけではない。――しかし春は押し黙った夫がそうした言葉をぐっと抑えていることを感じた。日本で身分のある者は妻に向かってきついことを滅多に口にしない。はしたないと思われるからである。普通の気性《きしよう》の教育ある男は、妻に叱言《こごと》を言われてもおだやかに答える。男らしい男ならそうした態度をとるのが日本の作法にかなった日常の礼儀であり、またそれだけが無難な態度なのである。上品な感じやすい女性は粗野な扱いをされて長く我慢することはない。夫が腹立ちまぎれに言ったひと言が原因で気位《きぐらい》の高い女が自害して果てることもある。そうなれば夫は生涯を恥辱の中に送ることになる。しかし世の中には言葉よりも悪質な残酷さというものがある。じわじわと責め、しかも無難な――たとえば、無視するか冷たい素振《そぶ》りをするかして、妻に焼餅《やきもち》をやかせることだ。日本の妻は嫉妬心を示してはならぬと躾けられてきた。しかしその感情は躾よりも古い――愛の感情と同様に古く、愛があるかぎり末永《すえなが》く生きる。さりげない表情の裏に日本の妻は西洋の妻と同じ思いを秘めている。――西洋女性が、華麗な社交の夜を楽しそうに振舞いながら、心の内でははやく一人になってこの苦しみから解き放たれるときが来ないかと待ち望んでいるのと同じことである。

　春には嫉妬《しつと》すべき理由があった。しかしおさない春にはその理由がすぐには呑《の》みこめなかった。使用人たちも春を好いていたから口に出さなかった。それまで夫は夜は家にいようと出かけようと、妻と一緒に過ごした。ところが最近は立てつづけに夜、家を留守にする。最初は仕事を口実にした。やがて口実も作らなくなった。そして何時に帰宅するかさえ言わなくなった。このごろは口も利《き》かず春を平然と無視する。すっかり人が変わってしまった。――「魔がさしたのかしら」と使用人たちは噂《うわさ》した。じつは夫は巧妙な罠《わな》に嵌《は》まっていたのである。芸者が耳元に囁《ささや》いた一言《いちごん》で夫の意志は萎《な》え、嫣然《えんぜん》たる一笑《いっしょう》で夫の眼は眩《くら》んでしまった。その芸者の器量は妻よりもはるかに劣る。しかし網を張る術《すべ》にかけてはなかなかの巧者《こうじゃ》で、――その色仕掛けの網に弱い男がからめとられると、じわじわと締めつけられ、挙句に嘲笑《ちょうしょう》のうちに破滅するのであった。春はそんなことはつゆ知らない。夫の不審な振舞が当たり前のようになるまでは悪いことなど疑いもしなかった。――そうなっても何かがおかしいと感づいたのは、誰か知らぬ人の手に金が渡っていることに気づいたためだ。だが夫は毎晩遅くまでどこで過ごすかを春に言うことはない。自分が焼餅をやいていると夫に思われるのがいやさに春は尋ねようともしない。気持を言葉で口に出す代わりに、いよいよ優しく夫に接した。ここでもうすこし頭のまわる男なら察するところがあったであろう。しかし夫は、仕事以外では頭の鈍い男である。毎晩のように遅くまで家を留守にした。夫の良心は鈍るだけだから、家を留守にする時間はのびる一方である。良妻は夜は夫が帰宅するまで起きて待つものと教えられて春は育った。その通りにするうちに春は神経を病み出した。不眠症にかかり微熱が続く。それでもふだん通りの時刻に使用人に優しく声をかけ彼女らを下《さが》らせ、その後はひとりきりでもの思いにふけり、寂しさに苛《さいな》まれる。一度だけ、たいへん遅く戻ってきた夫が春に、「私のためにこんな夜分遅くまで起きていてくれて済まない。こんな風に待つことはもう二度としないでくれ」と言ったことがあった。すると春は夫が本当に自分のために心を痛めたのかと心配して、朗《ほが》らかに笑いながら答えた、

「眠くございませんよ。疲れてもおりません。どうかわたしのことはお考えにならないでくださいませ」

それで夫は喜んで、言葉を字義通りにとり、妻のことを考えなくなった。まもなくして夫は一晩中家を空《あ》けた。その次の夜も、また三晩目の夜も。そして三晩目の翌朝は朝飯に帰宅することさえしなかった。春は妻として話さねばならぬときがついに来たと知った。

春は午前中ずっと待ち続けた。夫の身の上を案じ、自分の身の上もまた案じた。女心をもっとも深く傷つける不義の事態に気づいたのである。忠実な使用人たちに告げられていた話があった。後は聞かずとも察しがついた。体をすっかりこわしていたが、その自覚はなかった。自分が腹を立てている——我儘《わがまま》かもしれぬが腹を立てていることにだけは、痛みを感じていたから気づいていた。残酷な、刺すような、身を削られるような痛みを。正午になったが、春は坐《すわ》ったまま、いったいなんと言えば身勝手にならずに言うべきことを言えるのか——自分がはじめて口にする非難の言葉を考えていた。そのとき春の心臓がはげしく鼓動すると、目の前の一切《いっさい》がかすみ、視界がぐるぐるとまわった。

――人力車の音がして使用人が声を立てたのである。

「お帰りでございます！」

春は辛《かろ》うじて玄関まで夫を迎えに出た。熱と苦痛で細い体は全身ふるえ、その苦しみが外に漏れることを恐れた。夫は驚いた。ふだんはにこやかな笑顔で出迎える妻が、夫の絹の羽織《はおり》の胸元をふるえる小さな片手でつかんできたからである。――春は夫の顔をのぞきこみ、真心のかけらを探しもとめるかのように両眼でじっと見すえ、――そしてなにか言おうとしたが、ただひと言、「あなた?」と発しただけであった。それとほぼ同時に胸元をつかんだ手はゆるみ、両眼は不思議な笑《え》みを浮かべたまま閉じられた。そして夫が手を差しのべて支えるより先に、春はばたりと倒れた。夫は起き上がらせようとしたが、かぼそい命の糸はすでにこと切れていた。春は死んだ。

当然、みなは驚いた。泣く者、むなしく名前を呼ぶ者もいた。ともかく医者を呼びに人を走らせた。だが春は色白く静かに美しい姿で横たわっている。あらゆる苦痛も怒りもその顔から消えて、婚礼の日と同じように微笑《ほほえ》んでいる。

医師が二人、公立病院からやってきた。――軍医である。単刀直入に質問を浴びせた。――質問は男の心を心底《しんそこ》まで切り裂いた。そして医師は男に真実を――鋼鉄の刃《やいば》のごとく冷たく鋭い真実を告げると、男を死んだ妻とともに残して立ち去った。

世間は男が出家しなかったことを意外に感じた。――それほどありありと男は良心に目覚めたのである。昼間は京都の絹織物や大阪の紋織物の反物《たんもの》の包みの中に坐り、黙々と仕事に精出している。店の者は良い主人だと思っている。けっして荒い言葉で叱《しか》ったりしない。夜遅くまで働いていることもよくある。男は住居《すまい》を替えた。かつて春が住んでいた小綺麗な家にはいまは見知らぬ他人が住んでいる。家主《やぬし》がそこを訪ねることはない。そこへ行けばほっそりとした人の影が、いまでも花を活け、池の金魚の上で花菖蒲《はなしょうぶ》のように優雅に身を屈《かが》めている姿が見えるように思えるからかもしれない。しかしどこで休もうとも、夜のしじまの時刻に男の枕元には物言わぬ同じ姿がふっと見えることがある、——縫物《ぬいもの》をし、着物を伸ばしている。そっと綺麗に夫の羽織を手入れしているらしい。かつて妻を裏切ったときに着ていた羽織だ。また別の時刻には——忙しい商人の一番忙しい最中に——大きな店の喧騒《けんそう》が突然ふっと途絶《とだ》えて、大福帳《だいふくちょう》の字が薄れて消える。そして神々も消すことをお許しにならぬ、かぼそい嘆きの声が、男の心の孤独の中に問いかけるように、あのひと言を発する——「あなた?」と。

趨《すう》勢《せい》一《いち》瞥《べつ》

一

開港場《かいこうじょう》の外国人居留地[1]はその極東の周辺環境といちじるしいコントラストをなしている。通りの整然たる醜悪《しゅうあく》さには地球のこちら側のものでないなにかが感じられる。——西洋の断片が魔法のように海を越えて運ばれてきたかのようだ。リヴァプールが少々、マルセーユが少々、ニューヨークが少々、ニューオーリーンズが少々、そして一万二千から一万五千マイル離れた熱帯植民地の都会も少々。商業用建物は——軒《のき》の低いちゃちな日本の店に比べいかにも巨大で——財力を誇示し威嚇《いかく》するがごとくである。住宅は、ありとあらゆる様式——インドのバンガロー風から、小さな塔や張り出し窓のある英仏の荘園風の邸《やしき》まで——が並び、刈り込まれた灌木《かんぼく》の月並みな庭に囲まれている。白い道路はテーブルのように固くて平らで、箱植えの並木が続く。英米本国でおなじみのものは居留地にはまずなんでもある。見渡せば、教会の尖塔《せんとう》、工場の煙突、電信柱、街燈がある。輸入煉瓦造《れんがづく》りの鉄製シャッター付き倉庫、板ガラスの飾り窓がある店先、歩道、鋳鉄《ちゅうてつ》製の欄干《らんかん》がある。新聞は朝刊、夕刊、週刊がある。クラブ、読書室、ボウリング場。玉突き場、酒場。学校、船員用礼拝所。電気会社、電話会社。病院、裁判所、監獄、外人警察官がいる居留地ポリス。外人の弁護士、医師、薬剤師。外人の食料品店、菓子屋、パン屋、牛乳屋。外人の婦人服屋に紳士服屋。外人の学校教師に音楽教師。自治行政を行なう役所は、さまざまな集会のためのタウン・ホールでもある。——アマチュアの芝居や講演会、音楽会も開催され、そしてごくたまには本格的な劇団が、世界巡業の途次《とじ》に立ち寄り、本国におけると同様、男客を抱腹絶倒させ女客の紅涙《こうるい》を絞《しぼ》る。クリケットのグラウンド、競馬場、公園《パブリック・パーク》——英国流に呼べばスクエア——、ヨット倶楽部、陸上競技同好会、水泳場もある。周囲の雑音も延々とポロポロ続くピアノの練習、ガチャガチャした市中楽隊、ときおりゼイゼイ息切れするようなアコーディオンなど耳慣れたものばかりで、実際、耳にしないのは手まわしオルガンくらいだ。住人はイギリス人、フランス人、ドイツ人、アメリカ人、デンマーク人、スウェーデン人、スイス人、ロシア人で、それにイタリア人と地中海東部の人が多少まじる。言い忘れたがシナ人もいる。数だけは多くて、シナ人だけで固まって開港場の一隅を占めている。しかし有勢なのは英米人で、イギリス人が過半数を占めている。極東という茫漠《ぼうばく》たる未知の砂漠の中でここだけは西洋風生活ができるオアシスで、いかにも小さなコミュニティーの中では、誰もが顔見知りだから、これら世界の主人公をもって任ずる人種のあらゆる欠点も多少の美点も、ここでは海の彼方《かなた》の本国以上にとくと研究することができる。書くにも値せぬ醜聞《しゅうぶん》を耳にすることもあれば、高貴で高潔な話――エゴイストを装いふだんは面をかぶって世間から美しい心根を隠している人の思いもかけぬ立派な善行の話など――を聞くこともある。

しかし外人の領域はすぐに歩きつくせる限られた範囲内である。そして、すぐその理由《わけ》を述べるが、数年も経《た》たぬうちに元通りに消え失せるかもしれない。居留地は――アメリカ大西部に茸《きのこ》のごとく簇生《そうせい》した新開地「マッシュルーム・シティ」のように――早熟に発展し、出来上がった途端にもう限界に達してしまったらしい。

居留地の周辺やその先には「現地人の町」native town――本当の日本の町――が、よくわからぬあたりまで延びている。居留民一般にとってはこの現地人の町は不可思議な世界である。十年暮らしていても、そちらの世界に入り込んでみる価値があると一度も思わない人もいる。現地の風俗の研究者でもない、単なる商売人だから、関心などないわけだ。その世界がどんなに風変わりか、と考えるひますらない。居留地の境を越えるだけでも太平洋を越えるのとほとんど同じである。――いや、太平洋の方が両人種のあいだの差異ほどは広くない。[2]日本人街のどこが果てだかわからぬ狭い迷路の中にひとり入り込むと、犬に吼《ほ》えられ、子供たちには初めて外国人を見たかのような目つきでじろじろ見られるだろう。背後から「異人《いじん》」「唐人《とうじん》」「毛唐人《けとうじん》」などと呼ばれもするだろう。「毛唐人」とは「毛むくじゃらの外国人」という意味で、もちろん褒《ほ》め言葉ではない。

二

長いあいだ居留地の商人たちは万事につけて自己流を押し通し、現地の商人に対して、西洋商人なら絶対承諾しないような商慣行を強要してきた。――その慣行からは日本人はみな詐欺師《さぎし》という偏見が露骨にうかがわれる。外国商人たちは現物を入手して検査し再検査し「徹底的に」精査した後でなければ代金を支払わず、――また輸入品の注文については「手付金《てつけきん》の応分な支払」[3]がなされなければ受け付けなかったのである。日本人の買い手、売り手が抗議をしても無駄で、外国商人側の要求に従わざるを得なかった。しかし日本側は時機を待っていた。――いつかは見返してやるぞ、と隠忍自重《いんにんじちょう》していたのである。外国人地区の急激な発展と、そこに投資され高利潤をあげた巨大な資本を目《ま》のあたりにして、この手強《てごわ》い相手から多くを学ばねば自立できないことを日本人は思い知らされた。西洋人に驚きはしたが憧《あこが》れはなく、内心では外人を毛嫌いしながらも、彼らと取引し彼らのために働きもしたのである。旧日本では商人の社会的地位は農民よりも下だった。しかし外国から来た侵入者たちは王侯貴族のごとき口調で命令を下し、征服者のごとき傲慢《ごうまん》さを振りまいた。雇い主としては苛酷《かこく》で、ときに残忍だった。だがそれにもかかわらず金作りにかけては驚くほど賢く、王者のごとき生活を送り、高給を支払った。日本が外国支配の下に移行することのないように学ばねばならぬことは多く、外人の下で辛《つら》い目にあいながらも働き、身をもって学ぶことは若者たちにとって望ましかった。――いつかはわれらも日本自前の商船隊を持ち、自前の銀行代理店を外国に持ち、外国取引の信用を得、この高慢ちきな異人どもの支配から脱却するが、当座は連中を教師として堪え忍ぶしかあるまい。

そうしたわけで日本の輸出入貿易は完全に外国人の手に握られたまま、ゼロから数億の規模にまで成長し、日本は存分に搾取《さくしゅ》されたのである。しかし日本はお金を払って学んでいるだけにすぎないことを知っていた。そのあまりの忍耐強さに、日本人は痛みを感じないのかと思われるほどであった。日本に好機会が訪れたのは必然の成り行きであった。一財産築こうとして来日する外人の数が膨《ふく》らんだのが日本にまず有利に働いた。彼ら同士の競争が激化し、古い商慣習が破れた。新設の会社は手付金なしで喜んでリスクを冒して注文を取った。あらかじめ巨額の前払いが要求されることはもはやあり得ない。と同時に外国人と日本人の関係がよくなった。――というのは日本側は不当な取り扱いに対してすばやく団結し、たとえ拳銃を突きつけられてもたじろがず、いかなる種類の侮辱《ぶじょく》も許さなくなったからである。物騒な外人の悪党であろうともあっという間《ま》に退治する術《すべ》も弁《わきま》えるようになった。すでに開港地には日本の下層民の屑《くず》ともいうべきやくざ連中が、なにか事あらば目にもの見せてくれようと腕まくりして構えていたのである。

当初はこの国全体が西洋の領土になるのはただ時間の問題だと思っていた外国人たちは、居留地が開かれて二十年も経《た》たぬあいだに、自分たちがあまりにも日本人を見くびりすぎていたことに気づき始めた。日本人は実に見事に学習した――「シナ人とほとんど同じくらいに」などといわれた。次第に外人の小さな店は日本人に取って代わられ、各種の事業も日本側との競争にさらされて店仕舞《みせじまい》を余儀なくされてきた。大商店にとっても濡れ手に粟《あわ》の時期は去ってしまった。経営に苦心せねばならぬ時期にさしかかっていたのである。開港初期は外国人の身のまわりの品はすべて必然的に外国人によって供給された。――それだから卸商《おろししょう》がうしろ楯《だて》になって日用品の小売業が大きく伸びた。しかし居留地の外人小売業の前途は明らかに暗かった。いくつもの支店が姿を消した。残った店も目に見えて縮小した。

今日《こんにち》、商館に勤める西洋人社員や助手は、経済の観念があるかぎり、現地のホテルで暮らすほどの余裕はないことを承知している。日本人の料理人を安い月給で雇うか、一品五銭から七銭程度の食事を日本人レストランから取り寄せるかである。住まいは「半洋風」建築の家で、家主《やぬし》は日本人である。床《ゆか》のカーペットや敷物類は日本製。家具は日本の指物師《さしものし》が備えたもの。洋服、シャツ、靴、ステッキ、傘も「日本製」で、洗面台の石鹼《せっけん》にすら日本の文字が刻まれている。煙草《たばこ》好きの人がマニラ葉巻を日本人の煙草屋で買えば、外人のどの店よりも一箱につき半ドルは安く買え、品質は変わらない。洋書が欲しければ、外国商人の手を介さずに日本人の店で買う方が値段もずっと安いし、品揃《しなぞろ》えもよく在庫も多い。写真を撮《と》りたければ日本人の写真館に行く。となると外人の写真屋は日本ではあがったりである。骨董品《こっとうひん》が欲しければ日本人の店にかぎる。——外人の店だと百パーセントは高く請求される。

一方、家族持ちの身なら、日々の買い物は日本人の肉屋、魚屋、牛乳屋、果物屋、八百屋で賄《まかな》える。当面は英米製のハム、ベーコン、缶詰《かんづめ》などを外人の食料品店から買いもするだろう。しかし日本の店もいまや同等の品をさらに安い価格で提供していることに気づいている。うまいビールを飲んだなら、それは多分日本の醸造所のビールである。並の葡萄酒《ぶどうしゅ》やリカー類なら日本の店の方が外人輸入業者よりもずっと安い価格で良品質のものを仕入れてくれる。日本人の店で買うことのできぬものといえば、高くて買えない品——よほどの金持でなければ買わないような高級品くらいである。そして最後に、家人が誰か病気になったとする。日本人医師に診《み》てもらえば以前外人医師に支払った額の一割方は安く済む。いまや外人医師は、医療以外になにか収入源がないと、生活困難におちいってしまう。外人医師が一回の往診を一ドルまで下げたとしても、日本のAクラスの医者は二ドル請求しても競争に勝てるだろう。それというのは自分で薬を調剤して出すからで、その代金が安いから外人の薬局にはとても太刀打《たちう》ちできない。もちろん、他の国と同様に医者もさまざまだが、しかし日本の医師でドイツ語を話し、公立病院や陸軍病院の院長であるような人は、その道の技倆《ぎりょう》にかけては容易に他の追随《ついずい》を許さない。並の外人医師ごときでは到底かなわない。日本の医者は薬局に持参すべき処方箋《しょほうせん》は渡してくれない。薬局が医師の自宅か彼の病院の一室にあるからである。

数多くの中から適当に拾い出したこうした事実は、外国人の店 shop ――アメリカでいうところの store ――はやがて立ち行かなくなるだろう、ということを示している。こうしたストアがなお閉店せずに存続しているのはひとえに一部の悪質な日本商人が世にも愚かな不必要なインチキをやらかすからである。――これらの悪徳商人は外国の瓶に外国のラベルを貼《は》り怪しげな液体[4]を詰めて売ったり、輸入品を安物で水増ししたり、商標を模造したりしている。しかし大半の日本商人は良識ある人たちで、この種の悪徳商法に強く反対している。悪はやがて自ずと正されるだろう。現地の商人は悪さはせずとも外国商人よりも安値で売ることができる。自身の生活費が安いおかげだが、競《せ》り合ううちに一財産築くこともできるからである。

こうしたことは開港地ではもうかなり前から周知の話だ。しかし輸出入を扱う大商会の地位は揺るがないという不敗神話が支配していた。大商会ならば西洋との貿易の総量を依然としてコントロールできるだろうが、日本人の商事会社は外国資本の重みに対抗できる手段もなければ、外国資本が採用するようなビジネス・メソッドを身につける方法も見出せないだろう。なるほど小売業は消え去るだろうが、それは些事《さじ》にすぎない。

大商会は依然として増え続け、規模も拡大し続けるであろう。——そんな迷妄からいまだに抜けきらずにいたのである。

三

この外面的変化の全時期を通して人種間の真の感情——東洋人と西洋人の相互の敵意——はつのる一方であった。開港場で発行される九紙ないし十紙の英字新聞の大半は、毎日のように、この一方の側の嫌悪の情をあらわに書き立てて、相手を滑稽《こっけい》化し侮辱した。すると強力な現地側の新聞は同じように猛烈に反論したが、それは危険きわまりないほど効果的であった。仮にこれら「反日」英字新聞が実際には西洋側の絶対多数の感情を代弁していないとしても——私は代弁していると思うが——、すくなくとも外国資本の圧力と居留地の支配的影響力を示していることは間違いない。「親日」英字新聞は、卓抜した才能のある敏腕記者たちの手で発行されているが、同業他紙の言説によって燃えさかった強烈な怨恨《えんこん》感情を宥和《ゆうわ》するまでにいたっていない。英字新聞から野蛮や不道徳の誹《そし》りを受けて日本の日刊紙はたちまち応酬し、開港場におけるスキャンダルを次々と書き立て、——帝国全土の数百万の人の知るところとなった。人種問題は、強固な同盟を組む排外主義者の手で、日本国内の政治問題と化した。外国人居留地は悪徳の温床《おんしょう》として公然たる非難を浴び、国民的な怒りは恐ろしいほど高まり、政府当局が断乎《だんこ》たる措置《そち》を講じなければ惨憺《さんたん》たる事件が起こりかねないほどだった。

それにもかかわらず燻《くすぶ》っている火に外国人記者は依然として油を注ぎ続け、日清戦争が勃発《ぼっぱつ》するや公然と清国支持を表明し、その政治的立場を戦役中つらぬき通した。戦いのたびに日本軍が敗北を喫《きっ》したという虚報を臆面《おくめん》もなく印刷し、否定できない勝利の事実はわざと小さく報じ、戦争の帰趨《きすう》が決するや、日本は「危険な国家となることが許された」と大々的に報じた。ついでロシアが干渉するや、英国人の血が流れていながらそれを歓迎して英国の日本へ寄せた同情を糾弾《きゅうだん》したのである。このような時期にこのような発言をしたことは許すべからざる侮辱を日本国民に浴びせたことになり、国民はけっして許さないであろう。そのような英字新聞の主張は憎悪の論説だが、それはまた警戒の論説――外国人はすべて日本の司法権の下に置かれることになるという、新条約の締結に刺戟された警戒感――でもあった。さらに、また排外騒動が起こるのではないかという怖れの表れでもあった。根拠がないわけではない。なにしろその背後には、自国と国力に日本国民が抱き始めた、空恐ろしいほどの自信が控えているからである。そのような排外騒動の予兆は実際目に見えていた。外国人を小馬鹿にし嘲笑《あざわら》う傾向は世間一般に顕著になり、まだ暴力沙汰《ざた》は稀《まれ》ながらも大事にいたる前ぶれである。政府は事態を放置できず、国民感情の暴発を防ぐために、またもや布告や警告を発した。すると騒動は始まったかと見る間《ま》に静まった。だが、この沈静化は日本人が大海軍国イギリスの友好的態度を是《ぜ》とし、この世界平和の危機の瞬間に際し英国が行なった日本政策の価値を認めたことの結果であることはほぼ間違いない。まず英国が、極東在留の英国臣民の強烈な反対にもかかわらず、日本人の悲願であった条約改正を可能にした。日本国民の指導者も英国に恩義を感じている。さもなければ居留民と日本人とのあいだで憎悪感情は爆発し、怖れていたきわめてまずい事態となったことであろう。

この相互の敵対感情は、最初はもちろん人種的な対立であり、それだけに自然発生的だった。後になって広がった理不尽な暴力沙汰は、偏見と悪意がからんでいたが、双方の利害が一致せず摩擦衝突が増える一方であった以上、それは不可避的なものだったといえよう。この情勢を真に見据えた外国人なら、居留民と日本人とのあいだに和解が成り立つ見込みなどあり得るはずがないと判断したはずである。人種的感情、情緒の違い、言葉、作法や信仰などの障壁は今後何世紀経とうとも乗り越えがたいのではあるまいか。もちろん、相手の気持を直感的に見抜くことのできる例外的な性質の持ち主が相互に惹《ひ》かれあって温かい友情で結ばれる例もあるにせよ、外国人は一般に日本人を理解することすこぶる薄い。それは日本人が外国人を理解することすこぶる薄いのと同然である。しかし外国人にとって理解不足よりさらに具合が悪いのは自分が侵入者の立場にいるというきわめて単純な事実である。普通の場合、外国人が日本人と同じように扱われることを期待しても無駄である。これは外国人の方が自由に使える金を持っているがゆえばかりではない、むしろ人種ゆえである。外国人料金と日本人料金は別、というのが通則である。——例外は外国取引が専門の日本人店舗ぐらいのものだ。たとえば日本の芝居小屋に入ろうとする。見世物でも、いかなる娯楽場でも、宿屋でもいいが、なんにせよ、いわば外国籍に対する税金を払わねばならない。日本の職人、人夫《にんぷ》、事務員は、外国人が相手となると日本人並みの料金では働かない。——給金以外の狙いがなにかあるなら話は別だが。日本の宿屋の主人は——欧米人旅行者のためにとくに建てられたホテルの場合を除き——外人客の勘定書に普通の金額は書かない。このようなルールを維持するために大きな宿屋組合が作られた。日本国中の何十もの施設を管理するこの組合は、地方の小旅館や小商店に対し設定料金はしかじかと申し渡すだけの力がある。正直にいえば、外国人が日本人より高い宿代を払わねばならないのは無理もない。事実、外国人客はしょっちゅう面倒を引き起こすからである。しかしこうしたことの背後にも人種感情は明白に見てとれる。もっぱら日本人客を念頭に大中心地に宿屋を開いた主人たちは、外国の習慣を顧慮しないし、外人客のためにしばしば損もしている。——一つには、払いのいい日本の客は外国人が贔屓《ひいき》にするような宿屋を好まないからであり、また一つには、日本人団体客なら五人なり八人なりで一部屋を借りてくれて儲《もう》けがあがるところ、西洋人客は一人で一部屋を借り切ってしまうからでもある。これと関係して一般によく理解されていないもう一つの理由は旧日本では宿屋のサービスに対する心づけの額は客の意向次第ということだ。日本の宿屋はいつもほとんど実費すれすれの食事を提供した(田舎《いなか》ではいまでもそうであることが多い)。実際に利が上がるか否《いな》かはお客の良心次第なのである。だから宿屋では客が渡す「茶代」が重要になる。貧乏人からは少額しか期待しないが、金持からはもっと多額の茶代が、サービスに応じて期待されていた。それと同様、使用人は自分がした仕事に応じた対価としてというよりも、主人の支払い能力に応じて給金が得られるものと期待していた。良きパトロンのために仕事をする芸術家は作品の値《ね》を自分から言うことを好まなかった。あれこれ取引をして儲けようとするのは商人のすることで、——商人風情《ふぜい》だからこそ許された徳義的ならざる特権だったのである。しかし支払いはお客の気持次第というこの慣習が西洋人相手ではうまくいかなかったことは容易に想像がつく。売買に関することはすべて〝ビジネス〟だとわれわれ西洋人は考える。西洋におけるビジネスの運用は純粋に抽象的な道徳に基づいて行なわれるわけではなく、せいぜい相対的、部分的な道徳に則《のっと》って行なわれるだけである。気前のいい人は自分が買いたいと思う品の代を「お心もち次第で」といわれるとひどく困惑する。それというのも品物の価値や手間代をはっきり知らないと、適正価格より高いと自信が持てるくらい余分に払わなければいけないような気持になるからである。一方でこすっからい人はこれ幸いとそうした状況につけこんでほとんど只《ただ》で済ませようとする。それゆえ外国人相手の取引には万事、日本人の手によって特別料金を設定する必要があるのである。しかしそうした取引自体、状況によっては、人種的反感ゆえに、多少喧嘩《けんか》腰《ごし》になる。外国人は腕のいい職人を雇う際には高い賃金を求められるのみか、家を借りるにしても、割高の契約にサインして高い家賃に甘んじなければならないのである。外国人家庭が日本人の使用人を雇う場合、高賃金を払っても最下級の人材しか雇えない。

しかも普通は長く居つかない。言いつかる仕事に不満があるからである。教育を受けた日本人が外国人に雇用されることを熱心に望んでいるように見えても、それはだいたい誤解である。彼らの本当の目的は、たいていの場合、日本の商社や店やホテルで働くことで、そのために単にその仕事に馴《な》れておきたいのである。普通の日本人なら同胞のために一日十五時間働くことの方が、外人経営者のために一日八時間働いてより高い給料をもらうことよりも良しとしている。使用人として働く大学出の日本人を見たことがあるが、彼らは特技を習得することのみを目的に働いていた。

四

四千万人の全エネルギーを結集して完全なる国家独立を成し遂げようとしている国民が、自国の輸出入貿易の業務を外国人の手に委ねたままで安閑としているはずはない。——とそんなことは実際いかに鈍感な外人であろうとも察しがついていたはずである。——とくに開港場の空気からそのことはわかっていた。日本に外国人居留地があり、しかも領事裁判権の下にあるということは、それが国家の無力を示しているだけに、それだけで国民の誇りを傷つけ、くりかえし燃え上がる激昂《げきこう》の火種となった。そのことは新聞冊子で喧伝《けんでん》され、排外主義者の演説や、議会の演説でも取り上げられた。日本の貿易はすべて自分たちの手で管理したいという国民感情はわかっていたから、居留地の外人に対する敵意が表明されるたびに、不安をかきたてられたが、それはいつも一時的なものにすぎなかった。外国人仲介者を排除しようとする日本側のいかなる試みも日本側に損害を与えるだけだと強く信じられていた。日本の法律下に置かれる見通しにおののきつつも、居留地の商人たちは、法そのものが犯されないかぎり、巨額の利益をかすめ取られる事態が起こり得ようとは想像もしていなかった。

日本郵船会社が日清戦争中に世界最大の船会社のひとつとなり、日本が直接インドやシナと貿易を始め、日本の銀行代理店が海外諸国の大きな工業中心地に設立されつつあり、日本の商人は健全な商業教育を授けるために子弟を欧米に留学させるようになってきたが、そうしたことは居留地の外国商人にとって大したことではなかった。日本人の弁護士が多くの外人から依頼を引き受けるようになり、日本人の造船技師、建築技師、技術者がお雇い外国人に取って代わって政府のために働くようになったが、だからといって欧米との貿易を取りしきる外国人代理店がお役御免になる日が来ることは決してない。国際通商の複雑な仕組みが日本人の手におえるはずはない。ビジネスの才能があるかどうかは他の職業の能力から推し計れるものではない。日本に投資された外国資本は、それに対抗するために組まれたいかなる資本の結合によっても、その地位を脅《おびや》かされることはない。日本の商社は規模の小さな輸入業を営めるところはあろうが、輸出業は世界の反対側の商業事情を完全に理解した上で、人脈と信用が必要となるが、日本人にはそのいずれも手に入れようがない。外国人輸出入業者はそのように信じていたが、一八九五年七月、この自信は手痛く傷つけられることとなる。英国の一商会が注文の商品引き取りを拒否した日本の一商社に対し日本の法廷で訴訟を起こし、英国商会は約三万ドルの勝訴判決を得たが、するとにわかに予測していなかった強烈な日本側の同業組合《ギルド》と対決しその脅威にさらされることとなったのである。日本側商社は判決に対し控訴せず、もし求められるなら、ただちに全額支払う用意がある旨《むね》表明した。しかしその商社の加盟する同業組合は勝訴した原告に対して示談《じだん》で和解する方が良策であろうと勧告した。そして英国商会はこのままだと自分たちは取引拒絶同盟《ボイコット》によって、完全に倒産する危機に直面していることに気づいた。――日本帝国全土のあらゆる産業中心地にボイコットの網は張りめぐらされていたのである。示談はただちに成立したが、英国商会は相当な損害をこうむった。[6] これには居留地は狼狽《ろうばい》した。日本側のやり口に対して不徳義の非難が盛んに発せられた。しかしそのやり口に対して法律は無力であった。ボイコットは法の下では満足に解決できないからである。そしてこの件は日本側には外国商社を自分たちの意向に服させ得る――公正な手段が無理ならば汚い手段を用いてでも――力があることを立証した。日本の大産業は巨大な同業組合を次々に組織してきた。――団結し、電報を駆使して完全に足並みを揃えて動くことで、敵対者を破産させることも、法廷の判決すら無視することもできたのである。日本人は以前にもボイコットを試みてきたが、ほとんど成功したためしがなかったため、日本人は団結のできない国民だとみなされていた。しかし新事態は彼らがこれまでの敗北を通していかによく学習したかを示していた。そればかりでない、組織をさらに改善することにより、外国貿易を自分たちの手中に収めることはできなくても、自分たちの管理下に置くことはできると、日本側は当然のように考えるようになった。この次に来る日本の大飛躍は「日本人のみのための日本」Japan only for the Japanese という国民的願望の実現であろう。日本に外国人居留地が開かれていようとも、外国の投資は常に日本の団結力に翻弄されることになるだろう。

五

以上の現状報告は短いながらも、日本における重大な意味をもつ社会現象の進化を証するには十分だろう。もちろん新条約の下で予期されるさらなる門戸の開放、産業の急速な発展、米欧との年間貿易量の巨大な増加などは、おそらく外国居留民を多少は増加させもするだろう。そんな一時的な結果に惑わされて事態の不可避的な動向について誤った予測を立てる人が多いようだ。しかし老練な商人たちがすでに広言しているように、日本各地の港が今後さらに発展するならば、競合する現地商業の成長が現実のものとなり、その結果、外国商人は駆逐されてしまうにちがいない。コミュニティーとしての外国人居留地は消滅し、文明化された世界各地の大きな港に必ずあるような大きな営業代理店のみが少数ながら残るだろう。居留地の外人が立ち去ったあとの通りや、高台の贅《ぜい》沢《たく》な洋館には日本人が住むようになるだろう。日本の内陸部で巨額の外国投資が行なわれることはまずあるまい。キリスト教の宣教事業も日本人の伝道にまかされるだろう。それは仏教が日本で今日《こんにち》あるような姿で根づいたのは仏の教義を説くことが日本人の僧侶の手に完全に委ねられた以後であるのと同じである。——キリスト教もまた、日本民族の情緒的・社会的生活と調和するように造り直されないかぎり、あるきちんとした姿形をもつ宗教として日本に根づくことはないであろう。たとい造り直されたとしても、小さないくつかのセクトに分かれて存続するのがせいぜいであろう。

このように露呈した社会的現象は比喩《ひゆ》で説明するのがいちばんわかりやすい。多くの点で人間社会は有機体としての個人と生物学的に比較しうる。社会にせよ個人にせよそのシステムの中に異物が強制的に導入され同化不可能であるとき、その異物が自然に排除されるか人工的に摘出されるかしないかぎり、組織は炎症を生じ部分的崩壊を引き起こす。現在の日本はこの不穏な要素を排除することによって身体の強化をはかっている。あらゆる居留地を取り戻し、領事裁判権を撤廃し、日本帝国内の何物も外国人の管理下に置かないとする決意こそこの自然的なプロセスの表れである。それはお雇い外国人の解雇や、日本のキリスト教諸会派が外国人宣教師の権威に対して示した抵抗や、外国商人に対する断乎たるボイコットなどによっても示された。そしてこのようなあらゆる民族運動の背景には民族感情以上のものがある。そこには外国人の助けを必要とするのは世界国民の無力を証するものであり、その輸出入業が異国人の手に委ねられているのは世界の商業界で恥をさらすものである、という確信に支えられている。いくつかの日本の大手商社は外国仲介業者の支配を完全に脱した。インドやシナとの大貿易は日本の汽船会社の手で行なわれている。そして綿の直輸入のために、米国南部の諸州との交易も日本郵船会社によって近く開かれる。しかし外人居留地は依然として絶えざる炎症の源である。たゆまぬ国民的努力によってその居留地を商業的に征服できたならば、それこそ日本人を満足させるだけではなく、日清戦争以上に、列国の中における日本の真の地位が奈辺《なへん》にあるかを証してくれるであろう。この征服は、私見では、間違いなく達成される。

六

日本の将来はどうなるか? 現在の趨勢《すうせい》がそのままはるか先の将来まで続くという仮定に基づいて有益な予見を述べることはできない。とりあえず戦争が起こる暗い見通しや、国内秩序の混乱の結果、憲法が無期限に停止され、軍事独裁政権となる、——近代的な軍服をまとい幕府が復活する、——などといった可能性については脇へ置き、大変化は、良かれ悪しかれ、間違いなく起きる。しかしながら、このような変化が通常の範囲内であるとすれば、日本民族は、動と反動の時期を急速に交代させつつ、新発見の知識をもっとも有効に吸収し続けるであろう、という理にかなった推定に基づいて、留保をつけた上で、いくつかの予見を述べることは許されるであろう。

肉体的には、日本人は二十世紀の末までには現在よりもよほど向上するであろう。こう信ずる理由は三つある。第一は、日本帝国の身体優良の青年を組織的な軍事教練や体育で鍛《きた》えているからで、数世代のうちに、身長の増加、胸囲の拡大、筋肉の発達など、ドイツにおける軍事教練と同じ成果が上がるであろう。第二は、都市部の日本人は以前よりも豊かな食事――肉をふくむ食事――をとるようになったことで、滋養に富む食事は成長を促進するという生理学的結果をもたらすであろう。各地に無数の小さな食堂が簇生《そうせい》したが、そこでは「洋食」を和食とほとんど変わらない安さで提供している。第三は教育と兵役によって婚期が必然的に遅れることで、以前よりも優良な子孫が生まれるであろう。以前は通例であった早婚はいまや例外となりつつあり、それに応じて虚弱体質の子供の数も減りつつある。現在のところ日本人が集まれば身長の差が必ず顕著だが、このことはより厳格な社会的規律の下に置けば日本人種が大きく肉体的に発達するであろうことを証している。

道徳的改善はまず望めない――むしろ逆である。日本人の古来の道徳的理想はすくなくともわれわれ西洋の道徳と同じように高貴なものだった。穏やかな温情主義の家長政治時代には男子は事実その理想に則して生きることもできた。統計からもわかるように、不実、不正、残忍な犯罪は以前の方が少なかった。犯罪率はこの数年来確実に上昇している。――これはもちろん、ほかに理由もあろうが、生存競争が激化したためである。世間でいわれる貞操という古くからの観念は、われわれ西洋社会よりも発達段階の低い社会の観念であった。しかしだからといって日本の前近代の道徳事情の方が現代西洋よりも悪かったとは正直誰にも言えるまい。すくなくとも一点に関して昔の日本人は間違いなく上だった。一般論として日本の妻の徳性はあらゆる時代を通して疑うべからざるものであった。[7] 日本の男の徳性はそれに比べれば非難すべきところははるかに多かったが、しかし西洋の事情がそれよりましと言えるかどうかはレッキー[8]の史書を引くまでもないだろう。日本では早婚が奨励された。これは若者が乱れた生活に溺《おぼ》れないようにするためである。そして大半の場合好結果が得られたことは認めなければならない。蓄妾《ちくしょう》は、金持の特権だったが、悪しき側面もあった。しかしそのおかげで妻は次から次へと子供を生むという肉体的負担から免れることもできたのである。日本の社会的条件は西洋宗教が最良のものと考える条件と非常に違っていたから、その是非についての公平な判断を宗教者が下すことは本来あり得ない。しかし次の点だけは議論の余地なく確かである。――そのような条件は売春業には不利に働いた。多くの大きな城下町――大名が居住する町――では遊郭《ゆうかく》の存在は認められていなかった。すべてを公平に考慮したとき旧日本は、その家長制的システムにもかかわらず、性道徳の面においてすら多くの西洋諸国に比べて、非難すべき点が少なかったのではないか。日本の民衆は、法律が民衆にかくあれと要求するよりもずっと善良であった。両性の関係が新しい法典で規制されるようになったいま、――新しい民法法典が実際に必要とされる時期となったいま、これによってもたらされる諸変化は必ずしもただちに好結果を生みはしないだろう。法律を制定したところでにわかに改革ができるものではない。法律は直接に感情を創り出しはしない。真の社会進歩は長いあいだの規律と訓練によって発展した倫理的感情の変化を通してのみ可能となる。目下のところは人口圧力の増大と競争の増大が、日本人の頭脳の回転を速くさせもするだろうが、同時に性格を硬化させ、利己心を助長させるだろう。

知的には疑いなく多くの進歩が成し遂げられるだろう。しかし過去三十年に日本は真に自己変革を成し遂げたと思う人たちがわれわれ西洋人にそう信じてもらおうと願うほど速い進歩とはなるまい。民衆のあいだにいかに広く科学教育が普及しようとも、そうすぐに実際の知力の平均が西洋レベルまで上がるものではない。世間の人々の能力はなお数世代にわたって西洋より低いままであろう。もちろん瞠目《どうもく》すべき例外は数多く出る。知性の新貴族ともいうべき人々がすでに登場してきた。しかし真の国民の将来は少数者の例外的な能力よりも多数者の一般的な能力に左右される。とくに数学能力の発展に左右されるのではあるまいか。目下、数学能力は全国いたるところで涵養《かんよう》されている。現時点ではそれが日本の弱点で、多数の学生が毎年数学の試験で落第するために上級のより重要なクラスへ進めずにいる。しかし海軍兵学校や陸軍士官学校では、じきにこの弱点を克服できると示すに足る成果が出ている。このような分野で頭角を現わした人々の子供たちは理系の学問の最大の難関である数学もそれほど恐ろしいとは思わなくなるであろう。

他のいくつかの点では、一時的な後退が予想される。なにしろ日本は自分の力の通常の限界を超えたことを試みてきたのだから、そのためにどうしてもその限界まで、むしろその限界の下まで戻らざるを得ないだろう。このような後退は必然でありかつ自然なことで、より強固でより高貴な努力のために力を回復させる準備以外のなにものでもない。そうした兆候は官庁の仕事の中においても看取される。――文部省の仕事はまさにそれである。東洋人の学生に西洋人学生の平均能力以上の勉学コースを課すという発想、英語を日本の国語とする、すくなくとも国語のひとつとするという発想、そうした訓練によって先祖伝来の感じ方や考え方をもっとよいものに変えようとする発想、こうした発想はいずれも常軌を逸脱していた。日本は自己の魂を豊かにせねばならない。他人の魂を借用できるはずがない。生涯を言語学《フィロロジー》に捧げた私の友人が日本人学生のマナーの低下について語りながら、こんな感想を洩《も》らしたことがある。

「いやどうも、英語そのものが学生のモラルを低下させたらしい」

この観察には深い意味がある。日本国民全体に英語を勉強させるというのは（なにしろ英語は自分たちの「権利」については年中説きながら自分たちの「義務」についてはおよそ説くことのない国民の言語である）、軽率だったといえよう。その政策は闇雲に大規模でしかも性急すぎた。莫大《ばくだい》な金と時をかけたが、その結果、倫理感情を内から崩す方向に作用した。将来的に日本の英語学習は英国におけるドイツ語学習と同じようなものになるであろう。しかし英語の学習がある方面では徒労に帰したとしても、すべての方面で無為に終わったわけではない。英語の影響は日本語の変革に効果があった。日本語はそのおかげで豊かに、柔軟になり、近代科学の発見にともない創られた新しい思想形式も表現し得るようになった。この影響は今後も長く続くであろう。かなりの数の英語が――おそらくフランス語やドイツ語も――日本語に吸収されるだろう。この外来語の吸収は教育ある階級の人々の話し言葉の変わりようにもすでに認められる。開港場で用いられる会話にも西洋の商業用語が奇妙に変形して混ざりこんでいる。そればかりでない、日本語の文法構造が影響を受けつつある。最近、東京の腕白《わんぱく》小僧が旅順陥落の報を受動態を使って告げた（「旅順口《りょじゅんこう》ガ占領セラレタ！」）ことについてある牧師はこれこそ「神意」の働きを示すものだと言ったが、私はその説には同意できない。[9] それは日本民族の天性が同化する力に富んでいるのと同じように、日本語は新しい事態に直面してそのあらゆる要求に対応する能力があることの証《あか》しだと私は考える。

日本はおそらく外人教師のことは二十世紀に入っても現在よりも好意的に記憶してくれているだろう。しかし日本が明治維新以前に中国に対して覚えたような、古風な作法に則した「敬愛する師に対する恩」に類した畏敬《いけい》の感情を西洋に対して覚えることはないのではあるまいか。それというのは中国の英知は日本人が自発的に追い求めたが、西洋の英知は力ずくで日本に押し付けられたからである。日本には日本人自身によるキリスト教諸会派が存続するだろう。しかしかつて日本の若者に教えを説いた中国の大師たちはいまなお追慕されているのに対し、米英の宣教師たちはそれほど記憶されることはないのではないか。この国がわれわれ西洋人の日本滞在の名残《なごり》を尊い形見のごとく、七《なな》重《え》の絹に丁寧に包み美しい白木の箱に納めて末永く保存することはないであろう。なぜならわれわれはこの国に教えるべき新しい美の教訓を——この国の人の情緒に深く訴えるような何ものをも持ちあわせていなかったからである。

業《ごう》の力

好《す》いたお方とお天道《てんと》さんの顔は
みつめようとてできやせぬ
日本の諺《ことわざ》[1]

一

初恋の情は、その本人にとっては「すべてのこれに関する経験に絶対的に先立つ」ものであると近代科学は確言している。[2] いいかえると、あらゆる感情の中でもっとも厳密に個人的なものと思われている恋愛感情ですらも、全然その人ひとりの個人的なものではない、ということである。哲学はこれと同じ事実をとうの昔に発見した。恋愛の情熱の神秘を説明しようとして、見事に理論化している。[3] 科学は、現在のところ厳格に態度を留保し、この問題については若干《じゃっかん》の示唆《しさ》を述べるにとどまっている。しかしこれは残念なことに思われる。それというのは、哲学者は次の点についてかつて詳細な説明をきちんとしてくれたことが一度もなかったからである。——初恋の人の顔を見た途端に、生まれる以前から私たちの中に眠っていた神々しい真理の記憶がまざまざとよみがえるというのか、それとも初恋の人の顔を見た途端に生じる幻は、肉体化を求めるまだ生まれていない霊たちによって作られたというのか。しかしいずれにせよ科学と哲学はきわめて重要な論点については意見が一致している。それは、初恋の男女にはその当人たちには自主的な選択の余地はなく、彼らはある影響の下に動いているにすぎない、ということである。この点について科学はさらにはっきりと断定している。初恋の責任は生者たちにはない、死者たちにある、とすこぶる明快に述べられている。初恋にはどうやら未生《みしよう》以前の霊的な記憶のごときものが働いているらしい。仏教と違って近代科学は、われわれ人間がある特別な条件下では前世のことをおぼろげに思い出す、とは認めていない。生理学に基礎を置く心理学は個人的な意味では記憶が遺伝する可能性を否定してさえいる。しかしそれでいながら、記憶の遺伝よりもさらに強力でさらに不確定ななにかが遺伝するのは確かだとしている。——計算できないほどの数の先祖伝来の記憶の総体、——何億何兆という経験の総体が遺伝するというのである。なるほどそれならば私たち人間のもっとも謎《なぞ》めいた感触、——相互に矛盾《むじゆん》する衝動、——きわめて奇妙な直観も説明がつく。それならば一見いかにも非合理的な惹《ひ》きつける力も、反撥《はんぱつ》する力も、——漠然たる悲しさや喜ばしさも、これらのようなけっして個人的な経験だけでは説明のつかないあらゆる感情について説明がつく。しかしそれでも心理学は初恋については十分に説明してくれていない。——目に見えぬ世界との関係において、初恋こそ人間感情の中でもっとも不可思議な、もっとも謎めいたものなのであるが。

　西洋ではこの謎は次のように説明されている。育ちざかりの正常な生活を送る健康な青年には、先祖返りに似た時期がやってくる。その時期になると青年は弱い性である女性に対して、肉体的優越の自覚から生じる原始的な侮蔑《ぶべつ》感情を覚えるようになる。ところが少女たちと一緒にいることにおよそ興味がなくなったはずのそのときに、青年は突如として狂い出す。青年の人生行路をかつて見たこともない少女が横切った。——人間の娘としてほかの娘たちととくに違っているわけではない、——普通の人の目にはとりたててすばらしい娘でもない。だがその一瞬、突然身内に血潮《ちしお》が湧《わ》き上がり、衝撃に胸は高鳴る。青年の五官は恍惚《こうこつ》となる。それからというもの、その狂気がおさまるまで、青年の命はすべてこの新しく見そめた人に帰属してしまう。だがその人についてまだじつはなにも知らない。だが太陽の光がその人にふれるや、その光が以前にもまして美しく感じられる。いかなる人智も娘の性的魅力から青年をもはや振りほどくことはできない。だがこの魔力はいったい誰の力なのか？　この魔力はこの生きた偶像である娘の中にひそむ力であるのか？　そうではない。心理学はこの力は娘を偶像視する青年の中にあるいまは亡き祖先たちの力だと説明している。死んだ者が呪縛《じゆばく》するのだ。恋する青年の心中に生じた衝撃は祖先たちの衝撃なのだ。娘の手にはじめてふれたとき、青年の血管を走り抜けた電気のような震えは祖先たちの震えなのだ。

だが祖先たちは、ほかの娘たちでなく、なぜこの娘を選んだのか？　それはさらなる謎である。ドイツの偉大な悲観論者[4]が提示した解答は科学的心理学と調和することはないであろう。死者たちの選択は、進化論的に考えるならば、過去の記憶に基づくものであり、将来に対する知見に基づくものではないからだ。この謎は気味のよいものではない。

じつは、ロマンティックな可能性としては、先祖たちがこの娘を選んだのは、この娘の中に、ちょうど合成写真のように、過去において祖先を愛した女たちのそれぞれの面影が生き続けているからかもしれない。しかし別の可能性として、先祖たちがこの娘を選んだのは、この娘の中に、過去において彼らが報《むく》われることなく愛したあらゆる女たちの数多くの魅力のなにがしかがまた現われているからかもしれない。

この空恐ろしい後者の説をとるならば、人間の情欲はいくら埋《うず》めようとしても埋めきれず、埋《う》もれ火《び》は消えることなくまたいつか燃え上がるものと考えられる。愛して報われずに終わった人は、一見死んだかに見えるが、じつは何代にもわたって子孫の心中に生き続け、いつかはその望みがかなうことを望んでいる。彼らはもしかすると何世紀ものあいだ、愛した姿の生まれ変わりが現われることを待っている。——さまざまな記憶のおぼろげな合成を青春の夢の中に永遠に織り込もうとして。そのために到達し得ない理想が生じる。——正体が明かされることのない女性に取り憑《つ》かれた悩める魂がそれなのである。

極東では考え方はこれとは違っている。以下に書き記すことは仏陀《ぶつだ》による解釈に関することである。

二

ある僧侶が最近きわめて特異な事情で亡くなった。その僧は大阪近くの村の古い宗派に属する仏寺の住持《じゅうじ》であった（その寺は関西鉄道摂津線で京都へ行くとき車窓から見ることができる）。

僧は若く、真面目で、たいへん美男であった。——僧にしておくのは勿体《もったい》ない、あまりに美しすぎた、と女たちは噂《うわさ》した。ありし日の偉大な仏教彫刻の最盛期に造られた美しい阿弥陀如来《あみだにょらい》の生き写しであるかと思われた。

檀家《だんか》の男たちは僧が純粋で学識のある人と考えていた。そして事実その通りだった。だが女たちは僧の徳性とか学識とかばかりを考えているわけではなかった。僧は不幸にも、自分の意志とは関係なく、一人の男性として、女たちを惹きつけてやまぬ力を持っていたのである。僧は檀家の女たちの憧《あこが》れの的だった。よその寺の檀家の女たちも夢中になった。その熱のあげ方がどうも聖職者相手にふさわしくない。はた迷惑もいいところだが修行の妨げとなり瞑想《めいそう》の邪魔立てとなる、そんな讃仰《さんぎょう》ぶりであった。女たちはもっともらしい口実を設けて朝から晩まで寺に来る。なんのことはない、僧を一目見てひと言口を利《き》きたいのである。質問されれば答えねばならない。お布施《ふせ》をお断りするわけにはいかない。なかには宗教上のことと無関係な質問をする女もいて、若い僧は顔を赤らめることもある。厳しい口調で相手をぴしゃりとたしなめてわが身を護《まも》るということが生まれつき優しい僧にはどうしてもできない。すると都会から来た生意気な娘が田舎《いなか》の娘なら絶対口にしないようなことを平気で言うこともある。——そのときはなにとぞこの境内《けいだい》からお引き取りくださいと言うより仕方がない。しかし内気な娘のうっとりとした眼差しや厚かましい女の阿諛追従《あゆついしょう》のお喋《しゃべ》りに閉口して、身を縮めれば縮めるほど、僧侶はいよいよしつこくつきまとわれた。ついには生きていくのが苦痛となってきた。

僧の両親はずっと前に亡くなっていた。世俗の絆《きずな》は別にない。僧職を天職と心得、その学業に一心に励んだ。禁制とされている愚かな沙汰《さた》に身を持ち崩す気持はさらさらなかった。人並みならぬその美貌《びぼう》——生き仏として崇《あが》められる美貌——こそが僧侶の不幸だったのである。巨額の富の寄進の申し出もあったが、僧侶として口にも出せぬ条件が付いていたりした。自分の足元に身を投じる娘もいる。そして恋心を打ち明けるが、僧侶が応ずるはずもない。恋文は次々に届いたが、返事は一切《いっさい》出さなかった。なかには謎解きに類した古風なつけぶみもあり、「逢《あ》ふことの岩を枕にかたければ」「面影にただよふ波」「滝川のわれても末に逢はんとぞ思ふ」などとあった。そんな技巧を弄せずに、率直に初恋の気持を優しく打ち明けた、情緒纏綿《てんめん》たる手紙などもあった。

そうした手紙が何通届こうとも若い僧侶は長いあいだ心動かされることはなかった。

彼は仏様にそっくりだといわれ、外見はあくまで仏様のごとくであった。しかし本人はもちろん仏様ではない。僧侶は弱い一人の人間にすぎなかった。となるとその立場は辛《つら》いものである。

ある夕方、小さな男の子が寺に手紙を届けに来ると、その送り主の名前を小さな声でささやいて、暗闇《くらやみ》の中へ走り去った。寺の小僧が後に申し立てたところによると、僧侶はその手紙を読み、封筒に戻すと、座布団《ざぶとん》の脇《わき》の畳の上に置いた。思いに耽《ふけ》るかのように、長いあいだじっと動かずにいたが、硯箱《すずりばこ》を取り寄せると、自分もまた手紙を書いた。それは僧侶の導師へ宛てたものであった。それを文机《ふづくえ》の上に置くと、時計を見、列車の時刻表を調べた。まだ時間は早かった。夜は風が吹いてあたりは暗い。僧は仏壇の前に跪《ひざまず》いてしばし祈ると、漆黒《しっこく》の中へ急いで出ていった。そして時刻きっかりに線路に着くと、僧侶はレールの中央に正坐し、神戸発の急行列車が轟音《ごうおん》を立てて驀進《ばくしん》してくるのを見つめた。次の瞬間、男のえもいわれぬ美しさに憧れた人たちがもし見たならば悲鳴をあげたに相違ない、提灯《ちょうちん》の明かりにも著《しる》く、僧侶の現世《げんせ》の形見が無惨に鉄路を朱に染めていた。

導師に宛てた手紙は見つかった。そこには僧侶は自身の精神の力が失せたことを感じ、このままでは罪を犯すことになる、そうならぬために死ぬ決心をした、とだけが書かれていた。

もう一通の手紙は僧侶が畳の上に置いたまま残されていた。――女言葉で綴《つづ》られた手紙である。その一字一字がつつましやかで、読む人の心を愛撫《あいぶ》せずにはおかない。こうした手紙の常として（郵便で出されることはない）日付も、名前も、頭文字もなく、封筒にも住所は記されていなかった。日本語に比べると英語はいかにも無骨な感じだが、強《し》いて訳すとこうなる、[6]――

ぶしつけにもほどがあるとお思いでございましょう。それでもあなた様にお伝え申し上げずにはいられず、筆をとりました。はじめてお顔を拝しましたのは彼岸《ひがん》の法会《ほうえ》のおりでございました。そのときからもの思う身となり、いまではかたときも忘れることができません。日ごとにあなた様への思いはいや増すばかり、思い乱れて深き淵《ふち》に沈んでおります。眠れば夢に見、覚めればお姿は見えず、夕べの恋はまことではなかったと思い知り、涙にくれるばかりでございます。どうかお許しくださいませ、この世に女として生まれた身ゆえ、いと尊き御身に憎からず思《おぼ》し召《め》しいただきたいとの切なる願いをここにしたためました。はるか雲の上のお方への恋にすすんで身を苛《さいな》まれるなど、愚かで浅ましいこととお考えでございましょう。でもこの思いを抑えるなどはかなわぬこと、それゆえ胸の奥底より、この拙《つたな》い言葉を絞り出し、慣れぬ筆にてしたためため、恋しい思いをお送りいたします。なにとぞ哀《あわ》れと思し召しくださいませ。むごい言葉をお返しくださいますな。あふれる胸の思いでございます。このつましき身になにとぞ、わずかなりとも、ご温情をおかけくださいませ。深き嘆きの淵に沈む心より、分《ぶん》をかえりみず、この文を差し上げるのでございます。どうかご慈悲をもってお察しくださいませ。嬉《うれ》しきお返事がいただけますことを一日千秋《いちじつせんしゆう》の思いでお待ち申し上げます。

めでたく　かしこ

今日この日

御存じより

いとしき、したわしき御方にまいる。

三

私は日本の友人の仏教学者を訪ねて、この事件の宗教的側面について二、三質問を呈した。人間の弱みを告白したものだとしても、若き僧侶の自殺は私にはヒロイックな行為に思われた。

ところが友人はそうは思わなかった。友人は非難の語を発した。罪を逃れる手段としての自殺はそれを仄《ほの》めかす者でさえ仏陀によって、精神的人非人《スピリチュアル・アウトカースト》――聖者とともに生きる資格のない不適格者――と認定される。死んだ僧侶についていえば、これは釈尊《しやくそん》が愚か者と呼んだ一人である。自分の肉体を破壊することによって自分の内にある罪の源も破壊できると思う者は愚か者である。

「でも」と私は反論した、「この人の生涯は清らかでした……。考えてください、この人は自分でも知らぬままに、他人に罪を犯させることのないよう死を求めたのですよ」

友人は皮肉な笑いを浮かべて、おもむろに口を開いた、――

「日本にこんな婦人がおりました。高貴の身分に生まれたいへん美しかった婦人ですが、尼《あま》となることを望んだ。さる寺へ行き、その意向を伝えた。しかし上人《しょうにん》が婦人を諭《さと》してこう言った、

「あなたはまだたいへんお若い。宮廷の生活を送ってこられた。世間の男の目にはあなたは美女である。あなたのような美貌の持ち主には俗世《ぞくせ》に戻りたいという快楽の誘惑はさぞかし多いであろう。そもそもあなたの出家のご希望は現世《げんせ》の束《つか》の間《ま》の憂いのせいであるやもしれぬ。であるから、只今《ただいま》あなたのご意向に沿うわけには参りませぬ」

しかしなおもしつこく懇願するので、上人はこれはいきなり座を立つにかぎると思った。炭が赤く燃えている大きな火鉢《ひばち》のある室内に、婦人はひとり残されていた。鉄の火《ひ》箸《ばし》を赤くなるまで熱すると、恐ろしくも自分の顔に突き刺し、縦横に傷をつけた。その美しさは永久に破壊された。そのとき肉が焼ける匂いに只事《ただごと》でないと察した上人が、大急ぎで室内に戻り、目の前の有様に深く心を痛めた。だが婦人は、声を震わすこともなく、また懇願した。

「あなた様はわたくしが美しいから弟子にはとらぬと言われました。これで尼になれま

しょうか」

女は入門を許され、尼僧となった……。さて、二人のどちらが賢いとお考えですか、この婦人ですか、それともあなたが立派だとお褒《ほ》めになった若い僧侶ですか」

「でもまさか」と私が言った、「僧侶には自分の顔を傷つけて醜《みにく》くする義務があったのでしょうか」

「もちろんありません。ご婦人がしたことも、もしそれが誘惑から身を護《まも》るためだけでしたら、とるにたらぬ行為です。自己を傷つけることはいかなる毀損《きそん》であれ仏の法によって禁じられています。婦人はその禁を犯しました。しかし、顔を焼いたのはただちに道に入るためのみであって、自分の意志では罪の誘惑に逆らえないと思ったからではない。だから婦人の罪は軽い罪なのです。それに対して、自己の命を奪った僧はたいへん大きな罪を犯した。本来なら、自分を誘惑しようとした者を改心させ道に導くべく努めるべきであった。しかしあまりに弱かったからできなかった。僧侶として罪を犯さずにはいられないと感じたのなら、還俗《げんぞく》すればよかったのです。そしてそこで戒律《かいりつ》でなく、できるだけ俗世の掟《おきて》に従って暮らせばよかったのです」

「それでは仏教によると、この僧はなんの善果《ぜんか》も積んだことにはならなかったのですか」と私が尋ねた。

「善果を積んだという風に考えるのは無理でしょう。その僧の行為を讃《たた》える人は仏法を知らない人だけです」

「では仏法の心得のある人にとって、僧の行為の結果は、僧の行為の業《カルマ》[7]は、どのように考えられるのでしょう」

友人は暫時《ざんじ》沈思してから、思慮深げに答えた、――

「その自殺の真実をすべて知ることはできません。もしかすると今度が初めてではなかったのかもしれない」

「というと前世でも自分の肉体を破壊することで罪を逃れようとしたことがあるのかもしれない、と?」

「そうです。それも何度も、前世のまた前世でも」

「では未来の世ではどうなりましょう」

「それについて確かな答えを言えるのは仏様だけでしょう」

「教えにはどう出ていますか」

「その男の頭の中を知ることは私どもにはできません。そのことをお忘れなく」

「罪を犯すまいとのみ念じて死を求めたと仮定した場合はどうでしょう」

「だとすれば彼はこれから先も繰り返し似たような誘惑に直面せずばなりますまい。そしてそれにともなうあらゆる悲しみやあらゆる苦しみにも。左様、幾千万回でも、自分で自分に打ち勝てるようになるまでは。克己《こっき》、自己征服こそがもっとも必要とされることです。死によってもそれを逃れることはできません」

別れた後も、友人の言葉は脳裏《のうり》にこびりついて離れなかった。いまも消えない。この文章の最初に述べた理論についても別様に考えざるを得なくなった。恋愛の神秘についてのこの仏教学者による奇妙な解釈が、西洋的解釈よりも、考慮に当たらないと言い切る自信はいまの私にはない。人を死に導くような恋愛は、埋もれ火となった情熱がその成就《じようじゆ》を望んで霊となっても餓《かつ》えている恋心よりさらに多くを意味しているのではあるまいか。そのような愛は現世に生きる私たちが忘れている前世の罪に対する不可避的な罰を意味するのではあるまいか。

ある保守主義者

あまざかる日の入《い》る国に来てはあれど
大和錦《やまとにしき》の色は変らじ

一

彼は内陸の町で生まれた。三十万石の大名《だいみよう》の城下町で、かつて外国人など来たことのない土地であった。位の高い侍《さむらい》だった父親の屋敷は、主君の城を取り囲む外濠《そとぼり》の内にあった。それは広い屋敷で、屋敷の奥にもまわりにも自然を模した庭がいくつもあり、その一つには軍《いくさ》の神、八幡様《はちまんさま》の小さな祠《ほこら》があった。四十年前にはこうした家がいくつもあった。芸術家の眼を持つ人にとっては、いまでも多少残っているこうした屋敷はさながら童話の御殿《ごてん》のようであり、その庭はさながら仏教の極楽《ごくらく》の夢のようである。

だがその当時は侍の子は厳格に躾《しつ》けられた。そしていまここで話題にしているその侍の子も夢に耽《ふけ》る時間などほとんど持ちあわせなかった。やさしく可愛《かわい》がられた時期は痛ましいほど短かった。はじめて袴《はかま》を着ける――それは当時は大切な儀式だった――前には乳離れするよう、できるだけ女々《めめ》しい環境から遠ざけられ、天然自然の稚心《ちしん》の衝動を自制するよう教えられた。母親と一緒に出歩いているのを小さな仲間たちに見つかれば、

「まだお乳が欲しいのか？」

と囃《はや》したてられた。もっとも家の中で母親の傍《そば》で過ごせるときには、思う存分甘えることもできたが、そのような機会は多くなかった。無為《むい》の楽しみはなんであれ慎《つつし》むよう厳しく躾けられていたので、寛《くつろ》ぐことさえ、病気のときを除けば、許されなかったのである。口が利《き》ける年頃になると、次のように諭《さと》された。この世で一番大事なものは義務である、立居振舞《たちいふるまい》で一番大切なことは自制である、苦痛や死など利己的な意味でとるにたらぬ、と。

このスパルタ風の教育は、親しい家族の内輪にいるときを除いては、気を弛《ゆる》めてはならないという冷厳な態度を若いうちに仕込むよう意図されていたので、さらに気味の悪い面もあった。男の子は血を流す光景に慣れるよう、処刑の場を見せられるのである。その際あらわに感情を示してはならない。帰宅後には、梅干の汁で血の色に染められた御飯を山盛り悠然《ゆうぜん》と食べるよう命ぜられた。年歯《としは》の行かぬ男の子にもっと無理な難題まで言いつけられることもあった。――たとえば深夜、処刑場へ行って、胆《きも》がすわっている証拠に、生首《なまくび》を一つぶらさげて帰ってくる、などということである。というのも侍に

とって死者を恐れることは生者を恐れるのに劣らぬ恥と考えられていたからである。侍の子は何物をも恐れぬことを誓わねばならなかった。こうした胆試《きもだめ》しに際し、望ましい態度は感情を表にまったく示さぬことで、多少でも自慢気に法螺《ほら》でも吹こうものなら、それは臆病《おくびょう》な振舞と同様、厳しい評価を下されたのである。

成長するにつれ、少年はもっぱら体を使うことに楽しみを求めねばならなかった。それは幼時から絶えず行なう武士としての戦さの準備——弓術、馬術、相撲《すもう》、剣術などだった。遊び相手が選ばれたが、みな年上で、家臣の子弟であり、武道の稽古《けいこ》に役立つような力の持ち主であった。泳ぎ方、舟の漕《こ》ぎ方、若き筋肉の鍛《きた》え方を教えるのも年上の子の務めだった。こうした体を使う訓練と漢文による中国古典の学習に一日の大半は費やされた。食事は、量は多かったけれどもけっして美食ではなかった。服装は、あらたまった式の日を除けば、薄い粗末な着物だった。そしてただ単に暖《だん》を取るために火を使うことは許されなかった。冬の朝、勉強しているとき、手がかじかんで筆が持てなければ、血のめぐりをよくするために、手を氷水に突っ込むよう命ぜられた。また寒さで足の感覚が鈍くなったら、足を温めるために、雪の中を走りまわるよう命ぜられた。さらに一段と厳しかったのは武士階級に特別の作法の教えであった。まだごく幼いころから、腰にさしている小刀《しょうとう》は飾りでもなければ玩具《おもちゃ》でもないことを心得るよう諭された。その刀の使い方も教えられた。すなわち、[1]武士階級の掟《おきて》がそう命じた場合には、即座に躊躇《ちゅうちょ》なく、自分で自分の命を断つ作法である。

また宗教に関しても、侍の子の教育は特殊だった。少年は古代の神々を尊び祖先の霊を敬うよう教育された。また儒教倫理の教育も十分受けた。仏教の哲理も信仰も多少習った。しかしそれと同時に、極楽や天国を望み地獄を恐れるのは無智《むち》蒙昧《もうまい》の徒のすることであるとも教えられた。秀《すぐ》れた人士はその出所進退に際しては、利己的な動機に左右されずに、正義を正義自体のために愛するの念と義務を普遍的な法と認めるの念に従うべきだというのである。

少年が青年へと成熟するにつれ、前ほど厳しく自身の行動を監督されなくなる。だんだんと自分自身の判断で行動する自由が与えられるようになるのである。——しかし同時に失策が看過されたり、重罪が完全に容赦されたりすることはけっしてないということもはっきり言い渡された。それだから正当な理由があって叱責《しっせき》を蒙《こうむ》るのは死よりも恐るべきことであった。他方、青年にとって用心せねばならぬ道徳的危険はあまり存在しなかった。当時は娼妓《しょうぎ》は地方の大部分の城下町では厳重に取り締まられており、町の外へ追放されていたからである。そして民間に流布《るふ》した小説や演劇に出てくる程度の人生の道徳的でない面についてさえ、若い侍はほとんどなにも知ることができなかった。柔《にゅう》弱《じゃく》な気持や恋情《れんじょう》に訴える通俗文学は、本質的に男らしくない読物として軽蔑《けいべつ》するよう教育された。そして武士階級の者は芝居小屋へ出入りすることも禁じられていたのである。[2]

というわけで、古い日本の汚《けが》れない地方の生活の中で、一般に若い侍は世にも稀《まれ》なほど純粋な考えとひたむきな心をもって育った。

そして本稿の主人公の青年も同じように育ったのである、——恐れを知らぬ、礼儀正しい、私心を捨て、快楽を蔑視《べっし》し、恩愛、忠義、名誉のためには命も惜しまぬ侍として。しかし体つきも心構えももうすでに武士であったが、年はまだ子供よりほんのわずかに大きくなったころ、日本は黒船の到来によってはじめて国中が動揺したのであった。

二

徳川家光《いえみつ》の政策は、日本人の海外渡航を死刑でもって禁じたが、そのために日本国民は二百年この方、外国世界を知らないままに置かれてきた。海の向こうで急激に力を得つつあった巨大な強国について何ひとつ知らなかった。長崎にはずっとオランダ商館があったが、日本が占める国際的な真の地位については、——すなわちいまや三世紀先んじた西洋世界によって脅《おび》やかされようとしている十六世紀のままの東洋の封建的な国、という点については決して啓発されることはなかった。西洋世界の現実の驚嘆すべき数々のことは、たとい説明されようとも、日本人の耳には子供を喜ばせるための作り話のように聞えたか、蓬萊《ほうらい》の伝説的な御殿にまつわる昔話の類《たぐい》に受け取られたであろう。だが当時「黒船」と呼ばれた米国艦隊が来航したことにより、はじめて政府は自己の弱みを自覚し、外患の危機を意識した。

黒船がふたたび来航するとその報《しら》せは国中を興奮させたが、幕府にこれら外国勢力に対抗するだけの力がないことが露呈したとき、興奮は茫然《ぼうぜん》自失に変わった。これは北条時宗《ときむね》の時代の蒙古来襲《もうこらいしゅう》にもまさる危機にほかならない。元寇《げんこう》の国難に際して人々は助けを求めて神々に祈り、天皇自身も伊勢神宮に参拝し皇祖皇宗の霊に祈り給うた。その祈願は叶《かな》えられ、一天にわかにかき曇り、海は轟々《ごうごう》と荒れ、「神風」と呼ばれる強風が吹き起こって、クビライ・カンの船隊は海の藻屑《もくず》と化した。それならばいままた神々に祈願を捧げるべきではないのか？　無数の家庭で、何千という神社でお祈りが捧げられた。しかしこのたびは神々は祈りに応《こた》えなかった。神風は吹き起こらなかった。侍の子は、父の庭にある八幡の小さな祠に空《むな》しく祈りを捧げては、神々はその力を失ったのか、あるいは黒船の異人たちは日本の神々よりも強い神々の加護の下にあるのか、と疑った。

三

「夷狄《いてき》」――外から来た野蛮人を駆逐《くちく》できぬことはじきに明瞭となった。彼らは西からも東からも幾百人となく入り込んできた。そしてこれら外人を保護するために万全の措置が講ぜられた。彼らは日本の土地に、彼らに固有の奇妙な市街を建設した。さらに政府はあらゆる学校で西洋知識を学ぶよう命令も下した。こうして英語教育が公教育の重要な一課程となり、公教育そのものが西洋流に再編された。政府はまた国家の将来は、かかって外国語と西洋科学の学習・熟達にある、とまで宣言した。それならば、この学習が好成績を生むまでは、日本は実際上、外国支配の下に置かれるも同然ということになる。もっともその事実は、そうあらたまって述べられたわけではない。しかしその新政策の意味するところは間違いようがなかった。そうした状況が明らかになったとき、最初に起こったのは激しい動揺だったが、――庶民は狼狽《ろうばい》し、武士たちは憤怒《ふんぬ》を噛《か》み殺したが、――その次には強烈な好奇心が生じて、この傲慢《ごうまん》な異人たちの容貌・性格を知ろうとした。優越した軍事力を誇示するだけで欲するものをなんでも手に入れることができるようになったこの連中は何者なのだろう。世間のそうした好奇心を多少なりとも満たしてくれたのは、大量に出廻《でまわ》った安物の色刷《いろずり》版画で、そこには夷狄の風俗習慣、居留地の風変わりな風景などが描かれていた。外国人の目にはこうしたけばけばしい木版画はただ単に諷刺画《ふうしが》としか映じなかっただろう。しかし作者の意図はカリカチュアでなく、自分が見たままの外人を絵にしたまでであった。そして作者の目に映じた外人は緑の眼をした怪物で、猩猩《しょうじょう》[3]のような紅《あか》い髪の毛に天狗《てんぐ》[4]のような鼻をして、滑稽《こっけい》な形と色の服を着て、お蔵《くら》か牢屋に似た造りの家に住んでいた。内陸にいたるまで何十万何百万と売れたこうした木版画は、西洋人について多くの薄気味悪い印象を生み出したに相違ない。しかし見慣れぬものを描こうとしたこの企ては、決して日本人に悪気があったわけではない。こうした古い版画類を調べてみたら、われわれ西洋人があの当時の日本人の目にどのように映じたか、いかに醜悪で、グロテスクで、滑稽なものとして映じたかが理解できるだろう。

城下町の若い侍はじきに実物の西洋人を見る機会を得た。それは藩主が侍の子弟のために雇った教師で、イギリス人だった。藩兵に護衛せられてやってきたその男のことは貴人として大切に遇するようお布令《ふれ》が出た。男は日本の版画に描かれている外人たちほど醜《みにく》くはないようだった。髪はなるほど紅くて、眼は奇妙な色をしていたが、しかしその顔はそれほどいやらしくはなかった。男はただちに衆目の的となり、絶えず衆人環視の下にさらされた。その一挙手一投足がどれほど細かく観察されたかは、明治以前の日本におけるわれわれ西洋人に関する奇妙な迷信を知らぬ人にはおよそ推測がつきがたいものである。西洋人が頭の良い恐るべき動物であることは知れ渡っていたが、まったき人間であるとは一般にみなされていなかった。西洋人は人類よりも畜類に近いもののように思われていた。その体は奇妙な形をした毛むくじゃらで、その歯は人間の歯と違い、その内臓も特殊で、その道徳観は鬼のものである。当時、侍はともかく、一般庶民が外人に怖気《おじけ》づいたのは、肉体的な恐怖ゆえではなく、迷信から来た恐怖ゆえだった。日本人は農民といえども臆病だったためしはない。しかしあの当時の農民が外人に対して抱いた感情を理解するには、日中両国に共通する古くからの信仰についても多少知るところがなければならない。超自然の力を備え、人間に姿を変えられる獣《けだもの》や、半人半神ともいうべき種族の存在が伝えられ、怪談の挿絵《さしえ》であれ、北斎《ほくさい》の筆による戯画であれ、古い絵本には荒唐無稽《こうとうむけい》な生き物——長い脚と長い腕をした髯面《ひげづら》の妖怪（足長手長《あしながてなが》）も描かれてきた。実際、新来の異人たちの外見は「中国のヘロドトス」と西洋人が呼ぶ一史家によって記された話の内容を事実として裏付けるもののように思われた。それに異人たちのまとう服装は、じつは彼らが人間ではないことを証する部分を隠すために工夫されたもののように思われたかもしれない。それだから新任のイギリス人教師は、おめでたくも本人は知らなかったが、まるで珍獣でも観察するかのように、こっそりと観察されていたのである。だがそれにもかかわらず、生徒たちはもっぱら丁寧な態度で接した。「師の影を踏まず」という中国風倫理に従って敬したのである。いずれにせよ生徒である若い侍たちにとっては、教師が完全に人間であろうがなかろうが、教えてもらえるかぎり、問題はなかったのであろう。史上の英雄義経《よしつね》は剣術を天狗から教わったといわれる。人間でないものが学者や詩人であった先例もあった。しかし丁寧な礼儀作法の仮面をつけたまま、異人の習慣は細かく観察されていた。そしてこの種の観察比較に基づいて下された最終判断は、まったく有難《ありがた》いものではなかった。教師自身も二本差しの生徒たちからどのように批評されていたか想像もできなかったし、また教室で作文を監督していたとき、生徒たちの交わしていた会話を理解したならば、心の落ち着きがよもや増すことはなかったであろう。

「あの肉の色を見ろ、柔かくて締《しま》りない！　あの首を一刀の下《もと》に刎《は》ねるのはいともたやすかろう」

一度、教師は相撲を取るよう誘われた。ただのお慰《なぐさ》みだろうと彼は思っていた。しかし生徒たちはじつは教師の肉体的な力を測ろうとしていたのである。そして力士としての評価はあまり高いものではなかった。

「腕っ節《ぶし》はたしかに強いが」と一人が言った、「しかし腕を使いながらどう体を使えばよいかがわかっていない。それに腰がたいへん弱い。あの背をへし折るのは難しくあるまい」

「自分が思うに」と別の男が言った、「外人と勝負するのは簡単だろう」

「剣で勝負するなら簡単だろうが」と三番目の男が応じた、「しかし外人は銃砲の術に秀でている」

「そうしたことはすべて習うことができる」と第一の男が言った、「西洋の軍事学を習ってしまえば、もう西洋の兵隊なぞ恐るるに足らん」

「外人は」と別の男が見解を述べた、「われわれ日本人ほど丈夫でない。すぐに疲れるし、寒さを怖れる。冬中、先生は部屋の火を赤々と燃やしている。あの部屋に五分もいると俺《おれ》など頭が痛くなる」

　そんな話を蔭《かげ》ではしていたけれど、若者たちは教師に対して親切で、それに応えて教師は若者たちを愛した。

四

大地震のように、変化は予告もなくやってきた。廃藩置県《はいはんちけん》、武士階級の消滅、社会組織全体の再編成。こうした諸事件は青年の心を悲しみで満たした。もっとも忠義の対象を藩主から天皇へ移すことに抵抗はなかったし、青年の家の資産は激動に耐えて無傷ではあった。青年はこうした国家組織の再編という事態に国民的危機の大きさを感じとった。またその再編に際して古来の高邁《こうまい》な理想とともに、大切なものがほとんどすべて間違いなく消滅することも予感した。しかし青年はいたずらに悔《く》やんでも無益なことを知っていた。自己変革によってのみ日本国家は自己の独立を全うしうる。愛国者たる者の明瞭な義務はこの必然性を認識し、来たるべき将来のドラマにおいて男らしく振舞《ふるま》うことのできるよう、自分自身をその任にふさわしい者に仕立てることである。

侍の子弟を教育する学校で彼は英語を大いに習い、イギリス人と会話できる自信をつけた。丁髷《ちょんまげ》を切り、刀を廃し、もっとよい条件のもとで英語の学習を続けようと、横浜へ出た。横浜では当初あらゆるものが異様で不快に見えた。日本人さえも港町では外国人との接触で人が変わってしまい、突慳貪《つっけんどん》でがさつだった。青年の生まれ故郷ならば町人風情《ふぜい》がしそうにもないことを横浜の日本人は平気で行ない、平気で口にしていた。外国人が青年に与えた印象はさらにいっそう不愉快なものであった。それは新しく居留地へ来た外国人が被征服者に対する征服者の態度でもって臨むことのできた時期で、「開港地」の風俗がいまよりずっと乱れていたころである。煉瓦《れんが》造《づく》りや木造漆喰《しっくい》塗《ぬ》りの新しい建物は青年の脳裏《のうり》に外国風俗の日本画家による着色版画の不愉快な記憶を呼び戻した。そして西洋人について幼年時代に抱いた奇怪な幻想をすぐには追い払うことができなかった。理性の上では、積み重ねてきた知識や体験に基づいて、西洋人が実際何者であるか十分納得していたが、しかし感情面では西洋人も自分たちと同じ人間だという気持がいまだに湧《わ》いてこなかった。人種的感情は知性的発達よりも根深いもので、それだけに人種的感情にともなうさまざまの迷信は容易に拭《ぬぐ》い去りがたい。また彼の内なる武人的感情も、醜悪なことを見聞きすると、ときに、激しく興奮した。――そうした醜悪な事態は邪《じゃ》を正し卑劣な振舞に報復を加えることを己の務めとした祖先たちの血の衝動でもって彼の体内を熱く燃やしたのである。だが彼はそうした不快の情を、知識を求める上での障害とみなして、これを抑えるようになった。自国の敵の真相を冷静に研究するのが愛国者たる者の義務であった。彼は自分のまわりの新生活を偏見なしに観察できるよう苦心して自己を鍛えあげた、――その欠点とともに長所も、またその弱みとともに強みも見るように。するとそこに人情を見出した。理想に対する献身の情もまた認められた、――たしかに彼自身の理想とは異なるものであったが、その理想に敬意を払う術《すべ》は心得ていた。なぜならその理想は、先祖伝来の宗教と同様、多くの自己犠牲を強いていたからである。

このように相手の長所を認めるうちに、教育と伝道に専心没頭する年老いた宣教師に彼は惹《ひ》かれ、その人を信頼するようになった。年老いた宣教師は、この若い侍の中に並々ならぬ資質を認め、格別に熱心に改宗させようとつとめ、青年の信用を博するためにあらゆる労を惜しまなかった。いろいろな方法で青年を助け、青年にフランス語やドイツ語、ギリシャ語やラテン語まで多少教え、相当な規模に及ぶ個人蔵書を自由に使わせた。歴史書や哲学書、旅行記、小説を含む外国の書物を自由に読めるというのは、当時の日本の学生にとっては得がたい特権であった。青年は心から感謝した。だから後日、蔵書の主は難なくこの秘蔵の弟子に『新約聖書』の一部を読ませることができた。青年はこの「邪宗」の教義の中に孔子の訓《おし》えに似た倫理的教訓があるのを見つけて驚きをあらわにした。老宣教師に向かってこう言った、「この教えは私たちにとって格別目新しいものではありません。それどころか間違いなく非常に良い教えです。私はこの本を勉強してこの本についてじっくり考えてみます」

五

聖書を研究しいろいろ思いめぐらすうちに青年は自分で思っていたよりもはるか遠くまで行ってしまった。キリスト教を偉大な宗教と認めた後に別の次元でも次々と知るところがあり、キリスト教を奉ずる諸国民の文明についてさまざまな想像をめぐらせた。

その当時、多くの思慮深い日本人にとっては、おそらくは国の政策を定める鋭い頭脳の持ち主たちのあいだでさえ、もはや日本が全面的に外国支配の下に置かれるのは避けがたい運命であるように思われていた。だが、希望はあった。そしてかすかな希望の幻影でも残されているかぎり、国民各自にとっての義務は明瞭であった。しかし日本帝国に対して行使されるかもしれぬ諸外国の力には抗しがたいものがあった。そしてその力の途轍《とてつ》もなさを学ぶうちに、この東洋の青年は、畏敬《いけい》の念にも似た驚嘆の情で、どこからいかにしてこの力が獲得されたのか、問わずにはいられなかった。その西洋の力は、年老いた師が断言するように、より高度の宗教となにか目に見えぬ関係があるのだろうか。中国の古代哲学において、国の繁栄は人々が天の法を守り聖人の訓えに従うその程度に比例すると説かれているが、それは師の説とも符合する。そしてもし西洋文明の優越した力が真に西洋倫理思想の優越した性格を示唆《しさ》するものであるなら、愛国者たる者の明白な義務はこのより高度の信仰を奉じ、全国民の改宗のために努力すべきことにあるのではないのか。当時の日本の青年は、もっぱら漢文で中国の智恵を授けられていたから、その当然の結果として西洋における社会進化の歴史についてはなにも知るところがなかった。だから物質的進歩の最高の形態は、キリスト教的理想主義とはおよそ合致しない非情な競争原理によってもっぱら実現したものであり、あらゆる偉大な倫理体系にそぐわないものである、などとは想像だにできなかったのである。しかし今日《こんにち》においても西洋でものをよく考えない大部分の人々は軍事力とキリスト教信仰とのあいだにはなんらかの神意が働いていると空想している。西洋の教会の説教壇では政治的掠奪《りゃくだつ》を神の御名《みな》で正当化したり強力な爆弾の発明を天来の霊感と呼ぶようなことが平然と行なわれている。われわれ西洋人のあいだには、キリスト教を奉ずる民族は他の宗教を奉ずる民族から掠奪したりその民族を絶滅させたりすることが神意によって運命づけられている、という迷信がいまなおはびこっている。なかには、われわれはいまでも雷の神トールや学問の神オーディンを信仰している、――ただオーディンは数学者となり、雷神の槌《つち》はいまや蒸気駆動しているだけの違いにすぎない、という信念を披瀝《ひれき》する人もいないではない。しかしそうした人々は宣教師たちから、無神論者で恥知らずの生涯を送る人間であるとして公然と批難される。

ともあれ、若い侍が親族の反対を押し切って、自分はキリスト教徒である、と宣言する決意を固める日がついに来た。それはまことに思い切った一歩であった。しかし幼い日からの躾《しつけ》が青年に不動の意志を授けていた。それだから両親が嘆き悲しもうとも決心をひるがえすようなことはあり得べくもなかった。先祖代々の信仰を捨てたということは青年にとっては一時的な苦痛以上のものを意味した。それは廃嫡《はいちゃく》されることであり、旧友の侮蔑《ぶべつ》を招くことであり、身分を失うことであり、貧窮《ひんきゅう》の結果生ずるあらゆる難儀を身に受けることである。だが侍の子として受けた躾が青年に克己《こっき》の念を教えてくれていた。青年は憂国の人として、真理を求める人として、自己の義務であると信じたところのものを見つめた。そして惧《おそ》れることもなく悔むこともなくその道を進んだ。

六

近代科学から借りた知識の助けで古来の信仰を破壊して入れ替わりに自分たち西洋の信仰を植えつけようとする人々は、旧信仰に対して向けた論証の刃《やいば》がそれと等しい力をもって新信仰に対しても向けられ得ることに想像が及んではいない。近代思想の水準の高さに自分自身到達できないでいるごく平均的な宣教師は、自分よりも天性強力な知力に恵まれた東洋人の頭脳に僅《わず》かばかりであれ自然科学の知識を授けたとき、どのような結果になるのかなど予知できることではない。それだけに宣教師は優秀な教え子ほどキリスト教に留まる期間が短いことに気づくと驚きかつ衝撃を受けるのである。それまで近代科学を知らなかったために仏教的宇宙観で満足していた優秀な頭脳に宿った個人的な信仰を打ち破るのはさして難事ではない。しかしその同じ頭脳に、東洋的宗教感動の代わりに西洋的宗教感動を、中国倫理や仏教倫理の代わりに長老教会《プレスビテリアン》や浸礼教会《バプテスト》の教義を植えつけるのは不可能である。その過程における心理的抵抗を近代の伝道者たちが理解することはけっしてない。かつて安土桃山時代、イエズス会士やその他の修道士たちが植えつけようと努力した信仰が相手側の信仰に劣らず迷信じみていた時期においても、同じように根深い障害はやはり存在していた。そしてスペインから来た宣教師は、その火のような熱情とかぎりない誠実さによって奇蹟《きせき》に近い成果を次々に挙げたけれども、自分の夢を完全に実現するためには、スペインの兵士の剣を必要とする、と感じたことであったろう。今日《こんにち》、改宗事業のための条件は十六世紀に比べてもはるかに悪くなっている。教育は宗教と切り離され自然科学的基礎の上に再編された。西洋における宗教は倫理上必要なものとして社会がただ単に認めている程度のものに変化しつつあり、聖職者の果たす役割は道徳警察のような役割に次第に変わりつつある。そして教会の尖塔《せんとう》は数多《あまた》あるが、それは西洋人の信仰心が増したからではなく、社会的慣習をますます重んじるようになった証《あか》しにすぎない。けっして西洋の慣習が極東の慣習となることはあり得ない。またけっして外国人宣教師が日本で道徳警察の役割を果たすことが許されようはずもない。西洋の教会の中でももっともリベラルな、もっとも幅広い文化的教養をもつ諸派は、宣教事業《ミッション》の空《むな》しさを認めはじめている。しかしこの真実を認めるためにはなにも旧来の教義を捨てる必要はない。十分な教育を行なえばこの真理はおのずから見えてくるはずである。そしてもっとも教育の行きわたった国であるドイツは日本の内陸部で活動するための宣教師を派遣していないのである。義務的になされる新改宗者数の年次報告よりもはるかに意味深い宣教事業がもたらした結果は、日本側の土着の宗教がキリスト教の刺戟《しげき》を受けて再組織されたこと、そして最近の政府の指令により日本人の僧官に高等教育を施《ほどこ》す必要が強調されたことである。実際、この指令よりもはるか以前から財源に富める仏教諸派は西洋的な発想に従って仏教の学校を建ててきた。真宗はパリ大学やオクスフォード大学で教育を受けた自派の学者たちをすでに誇りとするにいたっている。――そうした仏教学者たちの名前は全世界のサンスクリット学者のあいだで知れわたっている。たしかに日本は信仰についてこれまでの中世的な形態とは違ったより高度なものを必要とするだろう。しかしこうしたものは旧来の形態それ自体から進化したものでなければならない。――内側から進化すべきであって、けっして外側から来たものであってはならないのである。西洋科学によって強固に武装された仏教こそ日本民族の将来の必要性に適《かな》う宗教となるであろう。

横浜の若い改宗者はやがて宣教師たちの犯した失敗の著名な一例となった。キリスト教徒となるために、――より正確には外国の一宗派の一員となるために、――自己の立身出世を犠牲に供してから数年も経《た》たぬうちに、この青年はこうした高価な代償を払ってまで受け入れた信仰を公然と棄《す》て去ったのである。青年は同時代の偉大な西洋思想家たちの思想を研究し、自分の宗教上の師たちよりも深くその思想を理解した。宣教師たちは彼が提示する質問にもはや答えることができず、自分たちが読むように勧めた書物はその部分部分は結構だけれども全体としては信仰にとり危険なものだ、と繰り返すのみだった。しかし宣教師たちはこうした書物の中には誤謬《ごびゅう》があると主張しながらもその根拠を説明できなかったから、彼らがいくら注意を促しても無駄だった。青年がキリスト教の教義に改宗したのは不完全な論法によってであった。より広く、より深い論法によって彼は教義を超える自分自身の道を見出した。教会の教義は真の理屈や事実に基づいていない、師たちがキリスト教の敵と呼んだ人々の見解に従うべきだと自分は感じる、と公に宣言した後、彼は教会から離れた。彼の「転向」は非常なスキャンダルとなった。しかし真実の「転向」が起こるのはまだずっと先のことである。類似の体験を経た多くの者と違って、この青年には宗教問題はただ自分の視界から遠退《とおの》いたのみであって、自分がいままで習ったことなどこれから習うべきことに比べればまだほんの端緒《たんちょ》にすぎない、という自覚があった。彼は信仰がもつ相対的な価値——保守的な抑制的な力としての宗教の価値——を信ずる心を失っていなかった。彼が当初間違って改宗へいたる道に迷いこんだのは、彼がある真理——文明と宗教のあいだに存在する関係についての真理——の認識が誤っていたためである。青年がかつて学んだ中国哲学においては、司祭者層のない社会が発展したことはいまだかつてない、という。このことは近代社会学も法則として認めている。また青年がかつて学んだ仏教においては、比喩《ひゆ》や形相、象徴などを本物として無学な庶民に提示する、そのような幻惑においてさえ、人間の善性をのばすための方便《ほうべん》として正当な理由と価値がある、という。そうした観点に立てば、キリスト教は彼にとって依然として関心をそそるものだった。そして自分の師が説いたキリスト教諸国民の道徳的優越性なるものは、開港地の生活では全然実証されていないのを見ても疑わしいものではあったけれども、青年は自分自身の目で西洋において宗教が国民の道徳に及ぼす影響がいかなるものであるかを見てみたい、ヨーロッパ諸国を歴訪し、これらの国の発展の原因とその力のよって来たる理由を調べてみたい、と切望した。

これは思っていたよりも早く実現することとなった。宗教問題において懐疑派となったこの活発な知性の持ち主は、政治問題においても自由思想家となっていた。時の政府の政策に反対する見解を公然と表明したために、政府当局の怒りを買い、そして新思想の刺戟を受けて同じように不謹慎な言動に出た他の人たちと同様、国を去ることを余儀なくされた。こうして世界一周をするにいたる一連の外国放浪が始まったのである。難を避けて彼はまず朝鮮へ渡った。ついで清国へ行き、そこで教師として生活した。そしてついにマルセーユ行きの汽船上の人となった。持ちあわせた金は少なかったが、しかしどうやってヨーロッパで暮らすかについてよくよく考えはしなかった。若く、体は大きく、骨格たくましく、質実剛健で、艱難辛苦《かんなんしんく》に慣れている彼には、自信があった。それに便宜《べんぎ》をはかってくれるであろう外地の人々への紹介状も持っていた。

だが彼がふたたび生まれ故郷を見るまでには、長い歳月が流れることとなる。

七

この歳月のあいだ、彼は日本人としては稀《まれ》なほど西洋文明をよく見た。というのもヨーロッパとアメリカを放浪し、多くの都市に住みつき、さまざまな労働に――ときには頭脳を働かし、たいていは手足を働かして――従事したからである。そのようにして自分の周辺の西洋の生活における最高のものも最低のものも、最善のものも最悪のものも、学ぶことができた。だが彼は極東の人の眼でもってものを見た。そして彼の判断の下し方はわれわれ西洋人のそれとは異なっていた。というのも西洋が極東を見ているように、極東もやはり西洋を見ているが、——ただそこにはこういう違いがあるからである。すなわち、西洋も極東も自分の中でもっとも大切だと思っていることが相手側からはさっぱり評価されそうにないということである。両者はそれぞれ部分的には正しく、部分的には間違っているので、完全な相互理解などこれまでもなかったし、これからもけっしてあり得ないであろう。

西洋は彼が予期していたよりはるかに大きなものとして眼前に現われた、——巨人たちの世界だった。いかに気の強い西洋人でも、友人も資力もなしに大都会へひとり放り出されたとなると、非常に気が滅入《めい》るものだが、その意味でこの東洋の亡命者もさだめし気が滅入ったにちがいない。なにしろ漠然たる不安をかき立てる要素に満ちていた。せわしげに過ぎ行く何百万という人の目に自分の姿は映っていないというあの感じ。人々の声を掻《か》き消してしまう交通機関の絶え間ない騒音。魂のない巨大建築の怪物性。人々の頭も手も、ただ安価な機械として、可能なかぎりその極限まで酷使する富の目に余る誇示。おそらく彼は、ギュスターヴ・ドレがロンドンを見たと同じような気持でこれらの大都市を見ただろう。陰鬱《いんうつ》なアーチ状の建築のいかにも気難しげな荘厳さ。遥か彼方《かなた》まで次々と続く花崗岩《かこうがん》の奈落《ならく》また奈落。石造建築の山また山とその裾《すその》野で蠢《うごめ》く労働者の人海《じんかい》。そして何世紀もかけて徐々に蓄積された秩序ある力がもつ陰惨さを如実に示すあの記念碑的な空間。日の出も日の入りも、空も風もさえぎってしまうこうした果てしない石の断崖絶壁の谷間からは彼の目に訴えるような美的なるものは何もなかった。われわれ西洋人を大都会に惹《ひ》きつけるようなものは、なにもかも彼にとっては不快な、圧迫的なもののように感じられた。光に満ちたパリさえもたちまち倦怠《けんたい》に満ちた。パリは彼が長く滞在した最初の外国の都であった。フランス美術は、ヨーロッパの中でももっとも才能に恵まれた民族の審美思想を反映したものだけに、大いに驚かされはしたが、一向に魅了されなかった。とくに驚かされたのはヌードの習作だった。不忠や卑怯《ひきよう》と並んで、彼が受けた禁欲主義的教育がもっとも蔑視するよう教えこんだ人間の一弱点がそこに公然と認められているように感じられた。近代フランス文学は別の意味で驚きであった。彼には物語作者の驚くべき技法がまるでわからなかった。職人的な仕事そのものの価値は彼の目には見えなかった。そしてもし彼が仮にヨーロッパ人と同じようにその価値を解するにいたったとしても、天分ある者がこのような小説を書くことは社会的堕落であるという確信は変わらなかっただろう。そして次第に、パリという首都の豪奢《ごうしゃ》な生活それ自体の中に、その当時の美術や文学によって示唆されてきた信念の実証を見出す思いにとらわれた。彼は歓楽街や遊楽地を訪ね、劇場に通い、オペラ座に出入りした。そして禁欲的な武人の眼で物事を眺め、西洋人が人生において価値ありとするものが極東の人が狂気とみなし懦弱《だじやく》とみなすものとほとんど違わないことに驚きを覚えた。上流社会の舞踏会を見、極東の人の慎みの感覚からいえば耐えがたい、肌の露出した正装を見た。——日本の女ならば恥ずかしさのあまり死んでしまいそうなことを仄《ほの》めかすよう芸術的に工夫された姿であった。では、これまで聞かされていた批判の言葉はなんであったのだろう。西洋人は夏の炎天下に働く日本人がごく自然に、つつましく、健康的に半裸の姿でいることを批判していたではないか。また数多くの大聖堂や教会を見た。それらの近くには悪徳の館や猥褻《わいせつ》な芸術品を密売して利益をあげる施設が並んでいた。有名な大説教家の説教にも耳を傾けたが、あらゆる信仰や愛に対する罵詈《ばり》雑言《ぞうごん》が司祭や僧侶を憎む人々によって発せられるのもまた耳にした。豊かな人々の境涯も、貧しい人々の境涯も見た。そしてその両者の下に横たわる深淵《しんえん》を見た。だが宗教の「抑制的な影響力」を見ることはなかった。西洋社会に信仰はなかった。それはまやかしと仮面と快楽追求の利己心との世界であり、宗教ではなく、警察によって統治されていた。ここで生まれたいとは思えない世界であった。

フランスよりもさらに陰鬱で、さらに威圧的で、さらに恐るべきイギリスは、彼に別の意味で熟慮すべき問題を多々示した。彼は英国の富について研究した。その富は絶えず増大していた。その繁栄の影で絶えず増加してゆく夢魔《むま》にも似た悲惨の数々をも研究した。百余の国から運ばれてくる富に溢《あふ》れる巨大な港をいくつも見た。その富の大半は掠奪物であった。そしてイギリス国民は今日《こんにち》でもその先祖たちのように掠奪民族であると知った。そして、英国がもし仮に一カ月でも他の人種に対する強制が利かなくなり、自国民を養えなくなった暁《あかつき》には、いったい数千万のイギリス国民の運命はどうなるのかと考えた。世界最大の都市ロンドンの夜を恐ろしいものにしている淫売と泥酔の実情を見た。そしてそうしたことを見て見ぬ振りをする因襲的な偽善や、現存の状態にもっぱら感謝の意を捧げる宗教、送る必要のない国へ宣教師を送り出す無智、病気や悪徳がいっそう拡がるのを助けるだけの莫大《ばくだい》な寄付金などに、驚き呆《あき》れたのであった。彼はまた各国を広く旅した秀れた一イギリス人[6]が、イギリス人口の十分の一は職業的犯罪者ないしは貧民であると公言したのを読んだ。無数の教会と、比類なき増殖を続ける法律がありながらこれである。たしかにイギリスの文明は他のいかなる国の文明よりも、彼がかつて進歩の源泉であると信ずるよう教えられたその宗教が持つと称する力を示していなかった。イギリスの街路は別の事実を物語っていた。仏教国の街路では絶対に見られぬような光景がそこにはあった。これはならぬ。この文明が意味するものは素朴《そぼく》な者と狡《こう》猾《かつ》な者、弱い者と強い者の永久の邪悪なる闘争以外の何物でもないではないか。力と悪智恵とがぐるになって弱者を大きく口を開いた目に見える地獄に突き落としているではないか。日本ではそうした状態は悪夢としてすらも存在したことがなかった。もっともこうした状態が生み出した純粋に物質的で知的な面での成果に関しては、彼もただただ感嘆するばかりだった。そして自分の想像力をはるかに超えた悪も見たけれども、また多くの善も見たのである。その善は貧しい人の中にも富める人の中にもあった。そうした一切の驚くべき謎《なぞ》や、数かぎりない矛盾《むじゅん》は、彼の理解の力を超えるものだった。

彼は自分が訪れた他のどの国の人にもましてイギリス人を好んだ。イギリスの紳士社会《ジェントリー》の作法は日本の侍のそれと似てなくはないという印象を受けた。イギリス紳士の表面上の冷たさの下に友情を受けいれる非常な包容力と永続する親切心があることを知った。──その親切を一再ならず身にしみて感じた。ひとたび表に現われるや大きな力を発揮する彼らの感情の深さや、世界の半ばを制するに至った凜々《りんりん》たる勇気をも知った。しかし人類が達成したさらに大いなる分野について研究しようと、イギリスからアメリカへ渡ろうとするころになると、単なる国籍による相違にはもはや興味を惹かれなくなった。そのような相違は、西洋文明をひとつの驚くべき総体としてみなそうとする認識が進むにつれ、視界からぼやけて消えてしまったのである。西洋文明では、いたるところで──帝制、王制、民主制を問わず──同様の非情な必要に駆られて同様の驚嘆すべき結果を生み出す様《さま》が目につき、いたるところで極東的な観念と正反対の観念に基盤を置いていた。彼はそのような文明と感情面でまったく調子をあわせることのできない人間として、──その文明の真只中《まつただなか》に住みながら何ひとつ愛すべきものを見出せず、その文明と永久の別れを告げるときにも何ひとつ惜しいものはない人間として以外に、西洋文明を評価することができなかった。まるで別の太陽の下の別の天体の生活のように、彼の魂から遠くかけ離れた世界であった。それでも、その文明が代償として人間にどれほどの苦痛を強《し》いるかを理解し、その影響力がいかに脅威であるかを感じ、その知的な力の途方もない拡がりを察することはできた。そしてその文明を憎んだ。──その巨大な、完全に計算ずくめのメカニズムを憎み、その実用主義的な安定性を憎み、その因襲、その貪欲《どんよく》さ、その盲目的な残酷さ、その巨大な偽善、その窮乏《きゅうぼう》の醜悪さ、その富の傲慢さを憎んだ。道徳的にいえば、怪物的であり、月並みにいえば、残忍であった。西洋文明が彼に示したものは測りしれないほど深い堕落であった。若いころに日本で習った理想に匹敵するような理想はどこにも見当たらなかった。それは残忍な一大闘争であった。——それだけに、自分が見出したほど多くの真の善人や善行が存在し得たことは、ほとんど奇蹟のようにも思われた。西洋の真に崇高《すうこう》なる所産はもっぱら知的なものであった。それは純粋たる知識の峻嶮《しゅんけん》なる氷の高峰であった。そしてその永遠の雪線の下で感情の面での理想はみな死に絶えていた。仁慈《じんじ》と義務とに重きを置く日本古来の文明は、その幸福についての理解、その徳義を実現しようとする意志、その幅の広い信仰、その歓喜に似た勇気、その素朴さや無私の心、その冷静さや足るを知る心などにおいて、間違いなく類を絶して秀れたものであった。西洋の優越性は倫理的なものではなかった。その優越性は算《かぞ》えきれないほどの苦難を経て発達した知性の力に存するのであり、その知性の力は強者が弱者を破壊するために用いられてきたのである。

だがそれでも、その論理を打ち破ることはできないと彼も承知している西洋科学は、その文明の力をますます拡大させ、不可避的に、不可抗力的に、世界苦《せかいく》の果てしない氾《はん》濫《らん》を引き起こすことを彼に確信させた。日本はいままでと違った新しい活動形態を学び、新しい思考様式を身につけなければならない。さもなければ完全に滅びてしまう。ほかに選択の余地はなかった。するとあらゆる懐疑中の最大の懐疑が彼を襲った。それはあらゆる賢者が直面してきた問題、「宇宙は道徳的か?」。この問題に対しては仏教がもっとも深く掘りさげた解答をすでに与えていた。

だが、宇宙の進行が道徳的か非道徳的か、微小なる人間の感情がどのような判断を下そうとも、いかなる論理をもってしても揺るがすことのできない一つの確信が彼には残された。その確信とはすなわち、たとい日月《じつげつ》の運行に逆らうことになろうとも、人間はその全力をあげて最高の道徳的理想を未知の窮極《きゆうきよく》にいたるまで追求すべきである。日本は今日《こんにち》必要に迫られて外国の科学を学び、自国の敵である物質文明から多くを採用せねばならぬ境遇に立たされている。しかしいかに必要に迫られているからとはいえ、従来からの正邪の観念、義務や名誉の観念を丸ごと投げ捨てねばならぬという道理はない。徐々にある決意が彼の脳裏に形を取って現われた。——その決意が後年の彼を日本の一指導者、一世の師表たらしめるにいたるのだが、それは、古来の日本の中で最良のものは極力これを保守し、何物でも国民の自衛に不必要なものや自己発展に益なきものの輸入に対しては断乎《だんこ》反対する、という決意であった。失敗に帰するやもしれないが、恥ではない。だが少なくともこの破滅にいたる難破から価値あるなにかは救いだせるだろう。西洋生活の浪費性は、そのあくなき快楽追求や苦痛を生む力にも増して深い印象を残した。彼は自国の清貧の中に力を見た。自国民の非利己的な勤倹努力の中に、西洋に対抗し得る唯一の機会がある。外国の文明に接したことにより、それ以外には決してわかりようのなかった自国の文明の価値や美点がはっきりと見えるようになっていたのである。

こうして彼は自分の産土《うぶすな》の国へ帰る許しの出るときを一日千秋《いちじつせんしゅう》の思いで待ち望む人となった。

八

それは一点の雲もない四月のある朝、日の出のすこし前であった。暁闇《ぎょうあん》の透明な大気を通して、彼はふたたび故国の山々を見た。――彼方《かなた》遠くの高く尖《とが》った山脈《やまなみ》は、漆黒《しっこく》の海のひろがりの中から、黒菫色《くろすみれいろ》に聳《そび》え立っていた。流浪《るろう》の旅からいま母国へ彼を送り届けようとする汽船の背後で、水平線はゆっくり薔薇《ばら》色《いろ》の焰《ほのお》で満たされつつあった。甲板《かんぱん》にはもう何人かの外人船客が出て、太平洋から望む富士山のこよなく美しい第一景を眺めようと心待ちにしていた。――朝明けに見る富士山の第一景は今生《こんじょう》でも、また来世《らいせ》でも、忘れることのできぬ光景であるという。皆は長く連なる山峰《やまお》をじっと見つめていた。そして深い夜の中からおぼろげに現われている峨々《がが》たる山際《やまぎわ》を見まもっていた。夜空には星がまだかすかに燃えていた。――しかし富士山は見えなかった。

「ああ！」皆に訊《き》かれた高級船員が笑って答えた、「皆さんは下の方ばかり見すぎていますよ！　もっと上を――もっとずっと上を御覧なさい！」

そこで皆は眼を上へ、上へ、天の中心の方へと上げていった。すると力強い山頂が、いま明けなんとする日の光を浴びて、まるで不可思議な夢幻《ゆめまぼろし》の蓮《はす》の花の蕾《つぼみ》のように、薄《うす》紅《くれない》に染まりゆく姿が見えた。その光景に、皆は心打たれておし黙った。たちまち永遠の雪は黄金《こがね》に色づき、やがて真っ白になった。そのように山頂を照らす太陽の光線は地球の曲面を超え、影深い山脈《やまなみ》を超え、星々さえも超えてきたかのようであった。というのも巨大な富士の裾野《すその》は依然として見えないままであったからである。そして夜はすっかり逃げ去った。おだやかな青い光が天空をことごとく浸《ひた》し、さまざまな色彩《いろど》りも眠りから目覚めた。――凝視する船客の眼前に光に満ちた横浜湾が開けた。聖なる富士の高《たか》嶺《ね》は、その裾野をいまだ見せぬまま、かぎりない日の光の穹窿《きゆうりゆう》に白雪《はくせつ》の霊のごとくかかっていた。

流浪の旅から帰ってきたその人の耳には、先ほどの言葉が響き続けた、「ああ！　皆さんは下の方ばかり見すぎていますよ！　もっと上を――もっとずっと上を御覧なさい！」――その茫洋《ぼうよう》たるリズムにあわせて、抗《さから》いがたい、大いなる無限の感動が彼の胸中に湧きあがってきた。するとすべてが滲《にじ》んだ。上に聳える富士の山も、下に広がる山々も、近づくにつれ山々の色がおぼろな青から緑に変わるのも、湾中で混みあう大小の舟も、また近代日本の一切の事物も、彼の眼には見えなくなった。そのとき彼が見たもの、それは古き日本であった。春の匂いをかすかに帯びた陸の風が彼の頰《ほお》をかすめ、彼の血にふれ、そして長いあいだ閉ざされていた記憶の細胞の中に眠る、彼が一度は捨て去り、忘れようとつとめたものすべての面影《おもかげ》を揺さぶり起こした。身内の死んだ人々の顔が眼前に浮かんだ。お墓に埋められて何年も経つ故人の声が耳に聞えた。ふたたび彼は父の屋敷の中の小さな子供に返った。明るい一間《ひとま》から一間へと駈《か》けまわり、木の葉の影が畳《たたみ》の上でふるえている日の当たる広間で遊び、おだやかな緑の夢のような平和な庭の風景をじっと見つめていた。いまふたたび彼は母親の手がやさしくふれるのを感じ、その手に引かれて幼い足どりで神棚《かみだな》の前、御先祖様の御位牌《ごいはい》の前へ朝のお詣《まい》りにいった。するといま大人のその人の唇は、突然新しく見出した意味を込めて、幼い日々に唱えたあの単純な祈りの言葉をふたたびそっと低い声で繰り返した。

「ジョスについてなにかご存知ですか?」

「ジョス?」

「そうです。偶像、日本の偶像のことを、ジョス[1]と申します」

「少しは」と私は答えた、「しかしたいしたことは知りません」

「では、手前のコレクションをご覧になってみませんか。手前はジョスを二十年以上蒐集《しゅうしゅう》してまいりました。なかには見どころのあるものもございます。ただし売り物ではありません。——大英博物館が相手なら話は別ですが」

骨董店《こっとうてん》の主《あるじ》に従い、がらくたに溢《あふ》れた店内を通り抜け、石畳《いしだたみ》の中庭を過ぎて、度外れて大きい土蔵《どぞう》[2]にはいった。土蔵の常で中は真っ暗で、暗闇を通してかろうじて梯子《はしご》が斜めに延びるのが見えた。昇り口で主人は立ち止まって、

「すぐに目は慣れます」と言った。「この土蔵は特注で造らせましたが、いまではもう手狭《てぜま》になりまして。全部二階に置いてあります。真っ直ぐにお上がりください。足元にお気をつけて——梯子が悪いから」

上へ昇り、逢魔時《おうまがとき》のように仄暗《ほのぐら》く、天井のやけに高い部屋に出ると、私は神仏《しんぶつ》たちと向かいあっていた。

この大きな土蔵の薄明《はくめい》の中の有様は異様どころか、この世ならぬ不気味さである。何体もの羅漢《らかん》や仏陀《ぶつだ》や菩薩《ぼさつ》、そしてそれらより古い時代の神話のもろもろの像が、この影に富む空間を埋め尽くしている。仏寺《ぶつじ》におけるがごとく位階《いかい》の順で配置されているわけではない。秩序もなく混じりあって、さながら無言のパニックに陥っているかのようだ。何面もの首、壊れた光背《こうはい》、脅《おど》すがごとく祈るがごとく虚空《こくう》に振り上げられた手また手、そうしたものが無数に広がる中、——厚い壁の空気抜きの蜘蛛《くも》の巣だらけの穴を通して半ば光がさしこんで埃《ほこり》っぽい金色《こんじき》が雑然と煌《きら》めき、——当初ほとんどなにも見分けがつかなかった。だが、暗闇に目がなれるにつれて、何の像か個性が次第にはっきりしてきた。さまざまな形の観音《かんのん》、さまざまな名前の地蔵が見えた。釈迦《しゃか》や薬師《やくし》や阿弥陀《あみだ》や仏様やその弟子たちも見えた。いずれもたいそう古いもので、それらはすべてが日本の造りとはかぎらず、特定の場所や時代のものでもない。朝鮮、シナ、インドで造られたものもある。——仏教渡来初期の盛んな時代に海を渡ってきた宝物である。ある者は蓮《はす》の台《うてな》に安座している。釈迦《しゃか》の誕生を表す蓮の花である。ある者は豹《ひょう》や虎《とら》や獅子《しし》に、またある者は雷や死を象徴する神獣《しんじゅう》に乗っている。中に一体、頭が三つ、手がいくつもある、不気味でしかも燦然《さんぜん》たる像があった。象の群が持ち上げる黄金の玉座に坐して、薄明の中を進んでいるかのようである。不動明王《ふどうみようおう》が火炎にくるまれて鎮座しているのが見えた。麻耶夫人《まやふじん》は天上の孔雀《くじやく》に乗っていた。こうした仏像とともに、時代錯誤もいいところだがこの死後の世界には、鎧兜《よろいかぶと》をまとった大名の像や中国の聖賢の像が奇妙にも混じりあっている。天井に届かんばかりの巨像が忿怒《ふんぬ》の形相《ぎようそう》で雷電《らいでん》を鷲《わし》づかみにしている。暴風の化身《けしん》と見まごう姿の四天王に、とっくに消え失せてしまった寺の門の守護神だった仁王だ。かと思うと妖艶な女体の姿もある。軽やかで優雅な四肢《しし》は蓮の台《うてな》に包まれ、指はしなやかに御仏《みほとけ》の妙法の教えの数々をかぞえている。これらは忘れ去られた昔におそらくインドの踊り子の魅力に想を得た理想像なのであろう。煉瓦《れんが》細工が剝《む》き出しになった壁面の上の方の棚にはたくさんの小物が並んでいる。黒猫の眼のように暗闇越しに光る眼をした悪魔だか鬼だかの像。鷲のような翼と嘴《くちばし》をもつ、半ば人で半ば鳥の像、――これは日本人の空想が生み出した天狗《てんぐ》という怪物だ。

「いかがです?」と骨董店の主《あるじ》は尋ねた。私があきらかにびっくりしているのを見ていかにも満足気に笑いをもらした。

「いや、結構なコレクションで」と私は応じた。

主人は私の肩を叩《たた》いて、耳元で勝ち誇ったように言った。

「五万ドルかかりました」

だが、仏像たちは無言のうちに語っていた、東洋では芸術的労働は安価といえども、忘れられた信心に対して費された労力はその程度の対価をはるかに上回るものであったことを。仏像はまた語っていた、いまは亡き何百万という巡礼者たちの足が仏閣にいたる石段を窪《くぼ》ませるほど擦《す》り減らしたことを、お寺に埋められた母親たちが祭壇の前に小さな赤子の着物を掛けて祈っていたことを、何代にもわたり子供たちは仏様へのお祈りを唱えるように教えられてきたことを、数知れぬ嘆きや望みを打ち明けられてきたことを。何世紀にも及ぶ礼拝者の影が亡霊のごとくこれらの仏像に従って流浪《るろう》の旅を続けてきた。かすかなお香《こう》の甘い匂いがこの埃っぽい場所に漂っている。

「あなた様ならあれをなんとお呼びになりますか?」と主人の声が尋ねた。「この種の中の最高作だと言われたことがあります」

主人は黄金の三重の蓮の台《うてな》の上に鎮座した仏像を指した。——悟《さと》りを求める修行者アヴァローキテーシュヴァラ Avalokitesvara である。「……一心に名《みな》を称《しょう》せば、即時《ただち》に其の音声《おんじょう》を観じ」たもうたという女体の菩薩である。「……若《も》しこの……名《みな》を持《たも》つもの有らば、設《たと》い黒風《こくふう》……怨賊《おんぞく》……の難ありといへども、悉《ことごと》く即ち解脱《げだつ》することを得ん。若《も》し、是《こ》の……名《みな》を持《たも》つこと有らば、設《たと》い大火に入るとも、火も焼くこと能《あた》はず。或《あるい》は羅刹《らせつ》、毒竜諸鬼等に遇《あ》はんに、若《も》し、是《こ》の……名《みな》を称せば、日の如《ごと》くにして虚空《こくう》に住せん……[4]」——その四肢の微妙なること、その微笑の柔和なること、これこそインドの楽園の夢である。

「観音ですね」と私は答えた、「たいへん結構なものですね」

「あれはそのうちたいへん結構なお値段で売れますよ」と主人は抜け目なさそうな目配せをした、「あれには大枚をはたきました。概して、こうしたものは安く仕入れているのですが。なかなか買い手がつきませんし、ご承知のように、売買は内々で行なわれますから。お蔭《かげ》で儲《もう》けさせていただいております。あの隅のジョスを見てご覧なさい、——あのでかい黒い奴。あれは何と申しましたか」

「延命地蔵」と私は答えた、「命を延ばしてくれるお地蔵様です。相当な年代物にちがいない」

「じつは」と主人はふたたび私の肩に手を置いて言った、「あの品の入手先の男はあれを手前に売却した廉《かど》で監獄に入れられてしまいまして」

そう言って主人は愉快そうに笑った。——取引した際の自分の抜け目なさを思い出して笑ったのか、それとも法を犯して仏像を売り渡した男の哀れな頓馬《とんま》さに笑ったのか、私にはわかりかねた。

「後になって」と主人は続けた、「日本側は買い戻そうとして、こちらの買値《かいね》よりも多く支払うと申し出ました。でも手放しませんでしたよ。ジョスのことはよく知りませんが、どれくらいの値打ちの物かは存じております。日本国中探したってあれに匹敵するような代物《しろもの》はございますまい。大英博物館は喜んで買い求めると思います」

「いつコレクションを大英博物館にお納めになるおつもりなのですか？」と私は聞いて

みた。

「そうですな、まずは展示会を開きたいですな」と主人は答えた。「ジョスどもの展示会をロンドンで開いて金を儲けることが先決です。ロンドンの人たちは生まれてこの方こんなものを見る機会はありませんでしたからな。次にうまく話を持ち込めば、教会関係者がその種の展示会を開くのに手を貸してくれるでしょう。『日本から来た異教の偶像たち！』とでもいえばキリスト教宣教事業の宣伝になりますし……。その赤ん坊の像はいかがでございますか」

私は小さな金色《こんじき》に塗られた裸の子供の像を眺めた。起立して、一方の小さな手は天上を指し、もう一方は地上を指している。——生まれたばかりの仏陀《ぶつだ》である。「光に輝きながら胎内から出てきた。その様《さま》は太陽が初めて東の空に昇るがごとくであった……。直立すると重々しく七歩あるいた。すると地上にしるされたその足の跡《あと》は、七つの星のごとくに光り輝いた。そして清らかな澄んだ声でこう言った、「コノ誕生ハ仏陀ノ誕生デアル。ワタシハ再生スルコトハナイ。コレガ輪廻《りんね》ニオケルワタシノ最後ノ誕生デアル。天上天下《てんじょうてんげ》生キトシ生キルスベテノモノヲ済度《さいど》スルタメニ生マレタ」[6]」

「これが世にいう誕生仏《たんじょうぶつ》です」と私が言った、「青銅のようですね」

「青銅でございます」と主人は指の節《ふし》で仏像を叩くと、金属音が響いた。「この青銅だけでも買値より値打ちがございます」

私は四天王を見上げた。その頭は天井すれすれである。『大品《だいぼん》』の中で語られている彼らの出現の話を思い出した。「美しい夜であった。四人の大天王が聖なる森の中へはいると、あらゆる場所がくまなく光で照らされた。世尊《せそん》に恭《うやうや》しく拝礼した後、その四方に直立した。その姿はさながら大いなる松明《たいまつ》のごとくであった」

「こんなに大きな像をどうやって二階まで運び上げたのですか」

と私が尋ねた。

「ああ、引っぱり揚げたんです。床《ゆか》に穴を空《あ》けました。ほんとに厄介《やっかい》だったのはここまで汽車で運んでくる方でした。仏様にとっても生まれてはじめての汽車旅でしたよ……。しかしこちらのを見てご覧なさい。展示会で大評判になりますよ！」

私は見つめた。高さ三尺ほどの小さな二体の木像である。

「どうしてこれが評判になると思われるのです？」となにも知らぬげに尋ねた。

「おわかりになりませんか？　これはキリスト教迫害の時代のもの。『十字架を踏みつける日本の悪魔』です」

二つの像は仏寺の小さな守護神にしかすぎないが、足をX形の支えに載せている。

「この悪魔たちは十字架を踏みつけている、とでも誰かが言っていたのですか？」と私は突っ込んで問いただした。

「それ以外の何をしていると言えますか」と主人は口ごもりながら答えた。「足の下の十字架を見てごらんなさい」

「でもこれはそもそも悪魔ではありません」と私は言い張った。「十字形の木組みが足の下にあるのは平衡《へいこう》を保つためですよ」

主人はなにも言わなかったが、あきらかにがっかりしていた。気の毒なことをしたような気がした。「十字架を踏みつける悪魔」か、なるほど「日本から来たジョスたち」を報ずるロンドンの展示会ポスターの謳《うた》い文句に使えば、世間の目を惹《ひ》くに相違ない。

「こちらの方がすばらしいですよ」

と私は美しい群像を指さして言った。母である摩耶夫人の脇腹《わきばら》から生まれ出た赤子のブッダの像である。仏説にはこう出ている。「摩耶夫人の右の脇腹から、陣痛もなく、菩薩が生まれ出た。四月八日のことであった」[8]

「これも青銅でございます」と主人は軽く叩きながら言った。「青銅のジョスは珍しくなりました。昔は買い上げて古金《ふるがね》として売ったものでした。もう少し手元にとっておけばよかった。ご覧になったことがおありでしょう、当時はお寺から青銅ものが出てきたものです、——鐘とか鉢とかジョスとか。あのころでした、手前どもが鎌倉の大仏を買い上げようとしたのは」

「古金としてですか？」と私が尋ねた。

「左様です。手前どもは金属の目方を計算して、シンジケートを組んだのです。最初の付値《つけね》は三万ドルで、大層な儲けとなるはずでした。あの大仏には結構金も銀も使ってありますから。お寺の坊さんたちは売る気だったが、檀家《だんか》の皆さんが承知しませんでした」

「あれは世界の至宝のひとつです」と私は言った。「あなた方は本当に潰そうとしたのですか?」

「もちろんですとも。なぜそんなことを? 潰す以外にどうしろと?……あそこにあるのは聖母マリヤ様にそっくりでございましょう?」

胸に子供をしっかり抱きしめた女の金箔《きんぱく》の像を主人は指さした。

「そうですね」と私は答えた。「でもあれは鬼子母神《きしぼじん》です。小さな子供を大事にしてくれる女神です」

「偶像崇拝などと言われますが」と主人は考え込んだ口調で話し続けた。「こうしたものとそっくりのお像はカトリックの教会でたくさん目にしました。どうも宗教というのは世界中どこへ行っても似たり寄ったりで」

「ご説の通りです」と私は答えた。

「まあ、仏様の物語もキリスト様のお話とよく似ておりますな」

「ある程度まではそうですね」と私もうなずいた。

「ただ、仏様は十字架に磔《はりつけ》にはなりませんでしたが」

私は答えなかった。こんな経文を思い出した。「全世界ノ中、芥子粒《けしつぶ》ホドノ地トイヘドモ衆生《しゆじやう》ノタメニソノ身命ヲ捨テザリシ地ハナシ」[9]。すると突然これこそが絶対に真実であるような気が私にした。深遠なる大乗仏教の仏陀はゴータマその人ではない、また如来でもない、そうではなくて単純に人間の中にある仏性《ぶつしよう》である[10]。われわれはすべて無限なるものの蛹《さなぎ》である。その蛹の一つ一つには霊的な仏陀が含まれ、百千万億すべての仏性は一なのである。色界《しきかい》の迷夢に耽《ふけ》っているが、人間にはすべて仏陀になり得る仏性がひそんでいる。我欲《がよく》が滅するとき、釈尊の微笑《みしょう》は世界をふたたび美しくするであろう。尊い犠牲が払われるたびに人間に正覚《しょうがく》のときは近づく。誰が疑うことができよう、——経《へ》たるところの劫《ごう》、無量無尽の人間の数を思えば——いまこの現世においても、愛のために、義務のために命が惜しみなく捧げられていないような土地はこの世に寸土《すんど》たりといえども残されていないことを。

　骨董店の主人の手がまた私の肩に置かれていた。
「いずれにしても」と快活な調子で言った、「大英博物館では評価は高いでしょう——ねえ?」
「そうだといいですが。いや、高く評価されてしかるべきです」[11]
　すると空想がわいた。豆スープのような濃霧の暗闇のもと、この仏像たちは、死んだ神々の広大な墓地《ネクロポリス》ともいうべき館の一角に閉じ込められ、エジプトやバビロンの忘れ去られた神々と同居を余儀なくされて、ロンドンの喧騒《けんそう》にかすかに身を震わせている、——なんのために? おそらくはアルマ＝タデマ[12]の再来がまた別のいまは亡き文明の美を描くことの手助けになるだろう。おそらくは英国の仏教辞典の挿絵《さしえ》の役に立つだろう。おそらくは将来の桂冠詩人をインスパイアして、かつてテニスンが「ぎらぎらと油が塗られた捲毛《まきげ》のアッシリアの牡牛《おうし》」と歌った名句[13]にも似た驚くべきメタファーが生まれるやもしれない。大英博物館に保存されることは確かに無駄ではないだろう。いまほど因習的でなく利己的でもない時代になれば、思慮深い人はこの仏像を敬うことを新たに教えてくれるかもしれない。人間の信仰が作り出したこれら影像の一つ一つは永遠に神々しい真理の殻《かつ》として残っている。その殻さえもが霊的な力を持っているかもしれない。こうした仏像の表情の穏やかさや五欲とは無縁な優しさは、因習と化した宗教的信念に倦《う》み厭《あ》きた西洋に魂の平安をもたらすやもしれない。そのような西洋は東方から教えを説く人の到来を待ち望んでいる。「高き者も低き者も、善なる者も不善なる者も、堕落せる者も有徳なる者も、〔共に仏道を成《じょう》ぜんとする〕私の気持に変わりはない。分裂分派の見方をしようと嘘偽《うそいつわ》りの意見を抱こうと、信仰が善にして真なる者に対すると同様、私の感情に違いはない」[14]

前世の観念

「おお、兄弟よ、もし修行者が、過ぎ去った日々の——一世、二世、三世、四世、五世、十世、二十世、五十世、百世、千世、いや百千世の、自分の仮の姿を細大漏らさず想い起こしたいと願うのであれば、修行者は心を静め、事物を達観するがいい。ひとりきりでいるがいい」[1]

——『カンケーヤ経』

一

東洋人の考え方でわれわれ西洋人の考え方ととくに違うのはいかなる根本的観念か、と仏教が暮らしの中に生き生きと根ざしている中で何年かを過ごした西洋人に尋ねてみたとする。その西洋人が思慮深い人であるなら必ずやこう答えるだろう、「前世の観念である」と。他の何にもまして極東の人々の頭に沁《し》みこんでいるのはこの観念で、さながら空気のようにいたるところにそよいでいる。人の気持もすべてこの観念で染まっている。何をやるにもおよそすべてが、直接間接にその影響を受けている。芸術装飾の細部にすらも、前世の観念のシンボルが絶えず目に見える。昼夜を問わず毎時毎刻、それにまつわる言葉が、頼みもしないのに、耳に聞こえてくる。人々の口をつく言葉——ふだんよく使われる言いまわし、諺《ことわざ》、敬虔《けいけん》な叫びや罰当《ばちあ》たりな喚《わめ》き、悲嘆、希望、歓喜、絶望の告白——はすべてその観念に染まっている。前世の観念は憎しみの表現や慈愛の言葉にも同様に沁みついている。そして「因果《いんが》」とか「因縁《いんねん》」という言葉——カルマkarma[2]（業《ごう》）、すなわち不可避的な報《むく》いを意味する——が説明なり慰《なぐさ》めなり叱責《しっせき》として誰の口にも自然に浮かぶ。百姓が荷車をひいて急な坂を登るとき、手足の力を振り絞りながら、辛抱強くつぶやく、「これも因果だ、仕方がない」。下男どもが言い争いをして、互いに言う、「なんの因果でお前ごときと同じ家で暮らさねばならないのだ」。出来の悪い者も性《しょう》の悪い者も因果のせいだと責められる。賢者や善人の不幸や失敗も同じ仏教用語で説明される。罪を犯した者が白状して、「悪いと頭ではわかっていながら、因果に勝てずやってしまいました」。仲を裂かれた相愛の男女が前世の罪のむくいで現世《げんせ》で添い遂げられぬと思いこみ心中しようとする。非道な迫害の犠牲者が、償《つぐな》われるべき科《とが》を前世で犯したに相違ない、いま永遠の定めのままに償いをしているのだと自分に言い聞かせて、内から湧《わ》き上がる憤りをおさめようとする……。それと同様、なにかほんのつまらぬことでも後世《ごせ》のことが話題となるのは、前世《ぜんせ》への信心が広くわかちもたれているからである。母親は遊んでいるわが子たちに向かい、悪いことをすると来世でよその親の子として生まれ変わるときの障《さわ》りになると注意する。巡礼や乞食は施《ほどこ》しものを頂くとき、「あなた様の来世が仕合わせでありますように」と祈る。目も耳も遠くなった年老いた隠居が楽しげに「もうすぐ元気な若い体に生まれ変わります」と言う。仏教の概念で必然を意味する「約束」とか、「前の世」「あきらめ」といった言葉は日本人の日常の話に頻繁に出てくるが、それは「正しい」right とか「悪い」wrong という言葉が英国人の民衆の口に頻繁にのぼるのと同じである。

長いあいだこのような心理的環境の中で暮らしていると、西洋人である自分自身の考え方の中にもそれが沁みこんできて、さまざまな変化が起きたことに気づかされる。前世の観念に包含されているあらゆる人生観——こうした考え方は、いかに好意的に理解しようとつとめても、当初はどうしても奇妙千万に思われるに相違ない——に長く接しているうちに、当初受けた奇怪で新奇な印象は消えさり、きわめて当たり前なものに見えてくる。なにしろこの信仰は多くのことを実に見事に説明するから、むしろ合理的にすら思われる。そのあるものは十九世紀の科学思想に照らしてみれば間違いなくきわめて合理的である。だがこうした考え方を公平に判断するには、輪廻《りんね》にまつわる西洋的観念をあらかじめすべて取り払わねばならない。というのは霊魂に関する古来の西洋的観念——たとえば、ピタゴラス派であれプラトン派であれ——と仏教的観念とのあいだには類似点はまったくないからだ。そしてまさに似ていないがゆえに、日本人の考え方は合理的なのである。この点に関する古来の西洋思想と東洋思想の重大な違いは、いわゆる西洋における霊魂 soul——一個体で、かすかな、ふるえる、透きとおった、内なる人。亡霊 ghost とも呼ばれる[3]——は、仏教徒にとっては存在しない点である。東洋人の自我Egoは個体ではない。ましてやグノーシス派の霊魂のようにはっきり数えられる複数体でもない。東洋人の自我とは、思考を絶する複雑さを持つ集合体ないしは合成物であり、——数え切れない幾世もの前世の創造的思考が凝縮された総体なのである。

二

仏教がもつ解釈力がとくに見事なのは心理学の領域においてであり、近代科学が明らかにした諸事実と仏教理論の奇妙なまでの一致がとくに鮮やかなのもその領域においてである。そしてその方面でハーバート・スペンサー[4]こそ近年もっともめざましい探究を成し遂げた大学者である。われわれの心理的生活はさまざまな感情から成り立っているが、そのかなりの部分は西洋のキリスト教神学では説明できなかった。[5]まだ口の利《き》けない赤ん坊がある種の顔を認めると泣き、他の種の顔を認めると笑う。見知らぬ人に出会って、その瞬間に好き嫌いを覚える。それらはいったいいかなる感情に基づくものなのか。こうした惹《ひ》かれる気持と嫌がる気持は「第一印象」と呼ばれるが、頭のいい子ほどこうした気持をあからさまに口にする。「人は見かけで判断してはいけませんよ」といくら注意されても、このような教えを心の中で信じる子供はいない。こうした好悪《こうお》の感情を本能的とか直観的とか呼ぶことは、本能とか直観を[6]神学的意味においてとるときは、まったく何の説明にもならない。——キリスト教の特殊創造説と同様、生命の神秘への探求心を断ち切るだけである。個々の人間の衝動や感動はその人個人を超えたなにかであるかもしれぬという考えは、（悪霊《あくりょう》に憑《つ》かれたときだけは例外として）古風な正統派の人々にとってはいまなお恐るべき異端の説であろう。しかしながらわれわれの深い感情――情念がからむ感情と崇高美にまつわる感情――はおおむね超個人的であることはいまや確実である。恋愛感情の個人性は科学によって完全に否定されている。一目惚《ぼ》れ[7]についていえることは一目見て嫌いになる憎しみについても当てはまり、いずれも超個人的な感情である。[8]同じように、さまよい出たいという漠然たる衝動が春の到来とともに生じ、漠然たる憂愁《ゆうしゅう》が秋に身にしむのもそのような感情である。――おそらく人類が季節の変動に従い移動していた時代の名残《なごり》、あるいはそれどころか人類出現以前の時代からの名残かもしれない。人生の大半を平野や草原で過ごした人が初めて雪を冠《かん》した頂《いただき》が続く山脈《さんみやく》を見たときに覚える胸の高鳴りも、大陸の奥地に暮らしていた者が生まれて初めて大海を見て、その永遠に続く雷鳴に似る波の轟《とどろ》きを聞いたときの感動も、やはり超個人的なものである。絶景を見たとき湧きあがる歓喜、必ずそれにともなう畏怖《いふ》の情。熱帯の日没が生み出す言葉にもならぬ讃嘆の情、それにまじる憂愁、――こうした感情は個人的な経験としてだけではけっして説明され得ない。実際のところ、心理学的分析はこうした感動は恐ろしく複雑で、多くの種類の個人的経験が織りなすものと説明している。しかしいずれの感情であれ、深い感情の波は個人のものではない。それはそこからわれわれがやってきた先祖の命の海から湧き上がる大きなうねりなのである。

多分それと同じような心理的カテゴリーに属するものは、われわれが初めて訪ねた場所なのにすでに見たことがあるという感じである。この奇妙な感覚はすでにキケロ以前のローマ時代の人をも悩ませ、現代でも以前にもまして人々を悩ましている。外国のとある町の通りとか外国の景色の模様とかがいかにも見馴《みな》れたような不思議な感じがして、一種の穏やかな怪しいショックを脳裏《のうり》に受ける、そして記憶を探ってみるが、どうしても説明がつかない。ときには、間違いなく、昔の意識の状態が再現されたり組み合わされたりすることで似たような感じが生ずることも実際にはある。しかしこのような感じを一個人の経験によって説明しようとしてもどうしても辻褄《つじつま》が合わず謎《なぞ》のままであることが多いように思われる。

日常で経験するごくありふれた感覚の中にすらも謎はある。あらゆる感情や認識は個人の経験に属する、新生児の頭は白紙《タブラ・ラーザ》だとする愚論を奉ずる旧派の人たちによっては絶対に解決できない謎がある。花の香り、ある種の色どり、ある種の音色などが呼び覚ます快い感じ。危険生物や有毒生物を初めて見たときに覚える反射的な嫌悪や怖れ、夢の中の名状しがたい恐怖、――いずれも西洋の古風な霊魂説ではおよそ説明不可能である。こうした感じのいくつか、たとえば香りや色の快い感じが、いかに深く種《しゅ》の命の奥まで達しているかについて、グラント・アレンは『生理学的美学』[9]や色彩感覚についての見事な論文できわめて示唆《しさ》的な説を展開している。しかしこれらが執筆されるよりずっと前にアレンの師であり、心理学の大家中の大家〔スペンサー〕が、個人経験説では数多くの心理現象は説明不可能である旨《むね》を明快に立証した。ハーバート・スペンサーはこう述べている。

「もし可能であるとしても、個人経験説は認識の面でも辻褄が合わないが、さらに辻褄が合わないのは感情の面においてである。人のあらゆる欲望、あらゆる感情は個人の経験から生じるとする学説は、事実とあまりにもかけ離れているから、私としてはどうしてそんな説を立てた人がいたのか怪《け》訝《げん》にたえぬほどである」

「本能」「直観」のような言葉が古い意味ではなんら本当の意味を持ち得ないことを明らかにしたのもやはりスペンサー氏である。今後、これらの語ははなはだ異なった意味において用いられねばならない。本能は、近代心理学の用語としては、「組織化された記憶」organized memory を意味する。そして記憶そのものは「初期の本能」、——すなわち、命の連鎖の中で次に来る個人に遺伝される印象の総体、である。このように科学は遺伝された記憶を承認する。これは前世の生活の細部を記憶しているという霊的な意味においてではなく、遺伝された神経系統の構造の内部に生じた微細な変化にともなう微細な追加が心理生活に加わるということである。

「人間の脳は、数かぎりない経験の組織化された記憶庫で、その無数の経験は生命進化の過程、いやむしろ、人類にまで至る一連の有機体の進化の過程で得られてきた。そうした中でもいちばん頻繁に繰り返される同質の経験の資産は、いわば元金と利息として、次々と遺贈され、それがゆっくりと蓄積されて高度の知能となり、幼児の脳の中に潜在的に存在することとなる。――幼児が長ずるに従い、その知能を使い、ことによると強化もしくは複雑化し――その知能は微細な追加がなされて、未来の世代へと遺贈されるのである」[11]

このように「前世の観念」とか「多重的な自我」multiple Egoという観念には確かな生理学的根拠がある。すべての祖先の脳によって受け取られたおよそ考えることもできぬ程に数多い経験の記憶が遺伝的に継承されて各個人の頭脳に封じ込められているということは論争の余地がない。しかしこの過去における自我についてこのように科学的に確証されたということは唯物論的な意味で唱えられたわけではない。科学は唯物論の破壊者である。科学は、物質が理解不能であることを立証し、感情《センセーション》の最小単位の措定《そてい》を余儀なくされつつも、人間頭脳の神秘は解決不能であると白状している。われわれより何百何千万年も古い単純な感情の単位が集まって人間のあらゆる感動や能力が築き上げられたことは疑いを容れない。ここにおいて科学は、仏教と軌《き》を一にして、自我が合成物であることを認め、そして仏教の如《ごと》く、現在の心の謎を過去の心の経験によって説明するのである。

三

霊魂が無限数の多重体であるという観念は西洋的な意味でのあらゆる宗教概念を否定

してしまうもののように多くの人には思えるに違いない。古来の神学的観念から抜けきることのできない人々は、仏教諸国においても、たとい仏教経典にはっきりと書かれていようとも、一般民衆の信仰は実際には霊魂とは単体の存在であるという観念に基礎を置いているはずと必ずや考えるであろう。しかし日本はそれとは逆の注目すべき例証を呈示している。無学な普通の民衆は、仏教形而上学《けいじじょうがく》を学んだわけではない田舎の人でも、自我は合成物であると信じている。さらに注目すべきことに、原始的な信仰である神道においても、同じような教義が存在する。そしてこのような信仰は形式はそれぞれ異なりながらも中国人[12]や朝鮮人の考え方をも特徴づけているようである。極東のこれらの諸民族はみな、仏教の意味においてであれ、あるいは神道によって代表される原始的な意味においてであれ（分裂によって数が増えていくらしい）、あるいは中国の占星術によって磨きあげられた奇想天外な意味においてであれ、どうやら魂を複合体と考えているらしい。日本ではこの信仰がいたるところで行なわれているのを私は十分に見とどけた。ここで仏教経典から引用する必要はないだろう、それというのはここで大切なのは教義の哲学ではなく世間の信仰であって、その民衆の信仰こそが、熱烈な信心と霊魂は合成物であるという観念とは互いに矛盾《むじゅん》せず両立し得ることを証しているのである。たしかに日本の百姓は自我が仏教哲学が考えるほど複雑なものとは思っていないであろう。また西洋科学が立証したほど複雑なものとも思っていないであろう。しかし百姓でも人間は多重だと思っている。自分の心の内で善と悪の衝動の争いがあることを百姓は自分の自己を形成するさまざまな「霊的意志」ghostly wills の葛藤《かっとう》として説明する。本人の精神的な望みは、善き自己がさまざまな悪しき自己を振り払いそれらから脱することである。――ニルヴァーナ[13]（涅槃《ねはん》）、すなわち最高の至福であり、自己の内の最良のものを生き残らせることによってのみ到達し得る境地である。このように見てくると日本の庶民の宗教は、科学思想からあまりかけ離れてはいない霊魂進化についての自然な認識に基づいているらしいことがわかる。それに比べれば西洋の庶民が抱いている霊魂についての従来からの考え方は科学思想からはほど遠いものである。もちろんこうした抽象的な話題についての日本の庶民の考え方は漠然としたもので体系化されていない。しかしその一般的性質と傾向は間違いようのないほどはっきりしている。日本の庶民の信心が真面目で、その信仰がその道徳生活に感化を及ぼしていることは疑う余地がない。

信仰が知識階級のあいだでも廃《すた》れることなく生きている際には、どこの国であれ、従来と同じ観念に定義が与えられ、総合化がなされる。その例として、それぞれ二十三歳と二十六歳の学生によって書かれた英作文から引用させていただく。似たような文章はいくらでも引用できるが、次の二例で私の意とするところはおわかりいただけると思う。

霊魂の不滅をいうほど愚かしいことはない。魂は合成物である。それを構成する要素が永久不滅であるにせよ、その要素がまったく同じように結合することは二度とないことをわれわれは知っている。合成されたものはすべてその性質や状態を変えるものである。

人の命は合成物である。エネルギーの組み合わせが魂を作る。死ぬと人の魂は、その魂が何と結合しているかによって、そのまま変わらずに残る場合もあれば、変わる場合もある。哲学者の中には、霊魂は不滅と説く人もいれば、滅ぶと説く人もいる。どちらも正しい。魂はそれを構成する組み合わせの変化によって滅んだり滅ばなかったりする。魂を形作る要素としてのエネルギーそのものはたしかに不滅である。しかし魂の性質はその内部でエネルギー同士がどのように結合するかによって決まる。

このような作文に示された考え方は、一読して、西洋読者にはこれは無神論に間違いないと思えるであろう。しかしこうした考え方と日本人学生のきわめて真面目で深い信仰とはすこしも矛盾しない。誤った印象が生まれてしまう原因は英語の「魂」soul という単語の用い方にあり、日本人学生はわれわれ西洋人が理解する意味においては理解していないのである。日本の学生が用いた意味での「魂」soul とは、善と悪の両傾向がほとんど無限に組み合わされた結合体であり、――いずれは崩壊する運命にある合成物である。それが合成物であるがゆえに崩壊するというだけではなく、霊的進歩の永遠の法則によって運命づけられているのである。

四

東洋の思想生活の中では過去数千年にわたりこのように大きな要因であったこの前世の観念が、西洋では今日《こんにち》に至るまで発展することを得なかった理由は、西洋の神学によって十分に説明される。だからといって、神学が前世の観念を西洋人に絶対的な忌避感を与えることに成功したというのは正確ではないだろう。キリスト教の教義では霊魂は個別の新しい肉体に合うように一つ一つ無から創り出されたとされ、前世を信ずると公言することは許されなかったが、しかし民衆の常識は遺伝現象にまつわるキリスト教教義《ドグマ》の矛盾を認めていた。同様に神学では動物は単なる自動運動装置《オートマトン》であり、本能と呼ばれる一種の不可解な機械仕掛けによって動かされているものと定義したが、しかし西洋人一般は動物にも考える力はあると認めていた。ほんの一世代前に支持されていた本能と直観についての理論は、今日ではすっかり野蛮なものに思われる。解釈としては役に立たぬと世間も感じていたが、しかしドグマとしては臆測を抑え、異説の芽を摘む役割を果たしてきた。ワーズワースの詩の Fidelity（『忠実』）にしても、驚くほど過大評価されている Intimations of Immortality（『霊魂の不滅の暗示を幼年時代の回想の中から拾う』）にしても、こうした主題についての西洋人の観念が、十九世紀の初頭においてさえ、極端に怯懦《きょうだ》かつ未熟であったことを証している。犬の主人に対する愛はなるほど「およそ人間の揣摩臆測《しまおくそく》を超え」たものだが、その理由についてワーズワースは夢想だにしなかった。幼年時代の新鮮な感覚は確かにワーズワースの教派的な霊魂不滅の観念よりもはるかにすばらしいなにものかを暗示しているが、しかしそれを言葉にした有名な一節はまさにそれゆえにジョン・モーレー氏[14]によってノンセンスと一蹴《いっしゅう》されたのである。神学が衰退する以前は、心理的遺伝、本能の真の性質、生命の統一体《ユニティー》などについての合理的な考え方は世間一般の認めるところとはおよそなりがたかったのである。

しかし進化論が世間に受け入れられるにつれて、古い思考形式は音を立てて崩れた。使いものにならなくなった教会のドグマに代わって新しい考え方がいたるところで頭をもたげはじめた。そしていま眼前に繰りひろげられる光景は一大知的運動で、それは不思議にも東洋哲学と並行して同じ方向に進んでいる。最近五十年間の科学進歩の空前の速さと多様さは、科学者ではない人たちのあいだでもやはり空前の知的活性化を促した。最高に複雑な有機体も最低に単純な有機体から発展したこと、生命の一つの物質的基礎が全生物世界の実質であること、動物と植物のあいだに両者を分ける線を引くことはできないこと、生命あるものと生命ないものとの相違は程度の差であって種類の差ではないこと、物質は心より理解が容易なわけではなく、その両者は一つの同じ未知なる実体の姿を変えた表現にすぎないこと、——こうしたことは新しい哲学ではいまや当然の主張となりつつある。物質についての進化論がひとたび神学によって承認されたからには、霊魂についての進化論をそういつまでも認めないわけにはいかないだろう。それというのも古い教義《ドグマ》によって後ろを振り返ることを禁ずるべく建てられていた障壁は崩されてしまったからである。今日《こんにち》科学的心理学を学ぶ者にとって前世の観念は学説の領域を脱して事実の領域へ移行した。宇宙の神秘についての仏教の解釈は他のいかなる解釈にもまして理にかなうことを証している。故ハクスリー教授は書いた、[15]

「その論に内在する不合理性を口実にそのような解釈を排斥する者はよほど性急な思想家以外にはありえないであろう。進化論の教義同様、輪廻転生《りんねてんしょう》の理論はその根拠を現実世界に持っている。となれば類推による大議論が提供し得る強力な支持を期待してもよいわけである」[16]

このようにハクスリー教授によって仏教の考え方が肯定的に紹介されたことははなはだ心強い。もっともそれによって一個の霊魂が闇から光へ、死から再生へ、何億何兆年を通してすいすいと飛んでいく様がかいま見られるというわけでもない。しかしこの教授が支持したことによって、前世という主要観念は仏陀《ぶつだ》自身が明言したとほぼ同じ形のままで示されるにいたった。東洋の教理では、心霊的人格は、個人的肉体と同様、集合体であって崩壊するべく運命づけられている。ここで心霊的人格 psychical personality と私が呼んだものは心と心とを区別するもの、――「我《われ》」と「汝《なんじ》」を区別するもの、われわれが自己 self と呼ぶところのものである。しかし仏教にとってはこれはもろもろの幻から成る一時的な合成物にすぎない。これを作るのはカルマ、すなわち業《ごう》である。化《け》身《しん》して再生するところのものは業である。それは別言すれば無数の前世の存在によるもろもろの行ないともろもろもろの考えの総計である。――そしてその各々《おのおの》の存在は、ある加算と減算の霊的な大システムの中における全数 integer として、他のすべての存在に影響を及ぼすであろう。磁気のように業《カルマ》は形から形へ、現象から現象へと伝達され、組み合わせによって状態を決定する。業《カルマ》が集中し創造する結果の究極的な神秘についてはは仏教信者も測りがたい神秘であることを認めている。しかしその結果の凝集は、渇愛 tanhā と漢訳仏典でいうところの生への愛着、――ショーペンハウアーがいうところの生への「意志」に相当するもの――によってなされるという。ところでハーバート・スペンサーの「生物学」の中にこの考え方と軌を一にする不思議な考え方が認められる。スペンサーは性質の遺伝的伝承とその変形の発生を極性《ポラリティー》の理論によって説明する。――生理学的単位の極性によってである。この極性の理論と仏教の渇愛《タンハー》の理論のあいだの相違は両者の類似ほどには著しくない。業《カルマ》と遺伝、渇愛《タンハー》と極性《ポラリティー》の究極の性質については説明しがたいが、仏教と科学とはここでは一致している。注目に値する事実は、仏教と科学は別の名称を用いながらも、同じ現象を認めているということである。

五

科学は驚くべく複雑な方法を駆使することによって東洋の古代思想と奇妙に調和する結論に到達したが、しかしそのようにして手に入れたものであるだけに、この結論が西洋大衆の心に容易に理解されるものとなり得るかどうか、疑念を抱く向きも出るであろう。仏教の真の教理も大多数の信者には象徴的な形式を通してしか教えることができないのと同じように、科学の哲学も大多数の人々には示唆を通して――天性利発な頭脳の持ち主に訴えるに相違ない事実を示唆し、事実を整理することで――しか伝えることはできないであろう。しかし科学進歩の歴史はこのような方法の有効性を保証してくれている。高度な科学の諸方法は科学的教養のない人々の理解を超えたものである以上、そのような科学の結論が世間一般に受け付けられるはずはないという想定には、じつは確たる理由はない。惑星の大きさや重さ、星々の距離や構成、重力の法則、熱、光、色の意味、音の性質、その他多数の科学的発見は、これらの知識が獲得された方法の詳細についてはおよそ無知な何千何万という人々にとっても、親しいものとなっている。われわれはまた十九世紀を通して科学上の大進歩の動きがあるたびに民衆の信仰にも相当な変化修正が生じたことについて明白な証拠をもっている。キリスト教会は、人の霊魂は一人ずつ特別に創造されたという仮説にいまなおしがみついているが、それでも物質についての進化論の大綱《たいこう》はすでに認めた。知的退化も構わず信仰を固定化してこれを墨守《ぼくしゅ》するといった動きは近い将来においては、理性的に判断するかぎり、ないものと思われる。宗教思想のさらなる変化が期待される。変化は予想よりもむしろ急速に訪れるのではあるまいか。実際のところ、変化の性質がどのようなものとなるかは正確に予測することはできない。しかし現在の知的傾向から推して心霊についての進化論も認めなければならぬのではあるまいか（もちろんただちに認めるというわけにはいくまい。それでは存在論的思弁にその限界を設けることになる）。そして自我 Ego についての概念も、心霊進化論を承認する結果発展するであろう前世の観念によって、ついには全面的に変わらざるを得なくなるのではあるまいか。

六

このような変化が起こり得る蓋然性《がいぜんせい》についてはより具体的に考察することも許されよう。私は蓋然性と述べたが、科学を変革者ではなくむしろ破壊者と見做《みな》す人々はおそらく変わるなどということは認めないであろう。そうした変化を認めない思想家たちは知らないようだが、宗教的感情とは、教義《ドグマ》よりもはるかに深いものであり、たとえあらゆる神々が死滅しあらゆる信仰形式が壊れようとも生きのびるものであり、知性の拡張とともにもっぱら広く、深くなり、力をつけるものである。単なる教義としての宗教は結局は死滅する、それが進化論の研究によって導き出される結論でもある。しかし感情としての宗教、あるいはむしろ、頭脳をも星辰《せいしん》をもひとしく形作る未知なる力に対する信仰としての宗教が完全に死滅する可能性は、現在のところ考えられない。科学が戦うのは、ただ現象についての誤った解釈に対してのみであり、科学は宇宙の神秘をひたすら拡大し、万物は、いかに微細であろうとも、無限にすばらしく、無限に理解不可能であことを立証しているのである。信仰の幅を広げ、宇宙的感動《コスミック・エモーション》を拡大するというの疑いようのない科学の傾向こそ、次のような仮定を正当化するものではあるまいか。すなわち、将来の西洋の宗教観念の変革修正は過去に行なわれた変革修正とは似ても似つかぬものになるだろう。自己 Self についての西洋流の観念は自己についての東洋流の観念に近いなにかに重なるように変化するだろう。人格や個性はそれ自体で存在する実体だとするような現在のつまらぬ形而上学的観念は消し去られるだろう。科学が教える遺伝に関する事実がすでに世間一般の了解事項となりつつあるいま、これらの変革修正の少なくともいくつかが達成されるであろう道筋ははっきり示されている。心霊進化という大問題をめぐる来たるべき論争《コンテスト》に際しては、世間の知恵は、科学の教えに従って、最も抵抗の少ない道を進むことになるだろう。遺伝の研究が疑いなくその道なのである。それというのは、考察すべき現象は、それ自体としてはおよそ解釈しがたいが、しかし世間一般の経験にはいかにも身近で親しいものだからであり、古くからの数え切れない謎[17]に対しても部分的な答えを用意してくれるからである。そういう次第だから総合的哲学の総力によって支えられた西洋宗教の来たるべき新しい姿を想像することはいとも容易なことである。それは主として概念のより精密な正確性という点においては仏教とは異なるが、霊魂は合成物とみなし、カルマの教義に似た新しい霊の法の教えを説くこととなるはずである。

このような思想に対する拒否感はたちどころに多くの人の頭に浮かぶであろう。このような信仰の変革修正は、いってみれば、感情が思想によって突然征服され、にわかに変わることを求めるものである。ハーバート・スペンサーもこう言っている、

「世界は思想ではなく感情によって支配される。思想は感情の案内役を務めるのみである」

それでは先に仮定したような変化についての諸観念をいま西洋世界に現存している宗教感情の一般知識といったいどのようにして調和させるのか。宗教的感情、いわゆるエモーションの力はきわめて強いがそれとどのようにして調和させるのか。

前世の観念とか多重的な霊魂という考え方が本当に西洋の宗教的感情に敵対するものであるならば、満足できる解答は得られないであろう。だがそれらは本当に敵対するものであろうか。前世の観念は事実、敵対するものではない。西洋人はすでにその観念を受け入れる用意ができている。しかしすくなくとも古い思考習慣から依然として脱することのできない人々にとっては、自己 Self が合成物であり、いつかは消滅すべく運命づけられているという観念が芳《かんば》しく思われないのは事実であろう。唯物論的な自我の消去という観念に比してさして良いとも見えないからである。しかし、公平に考えるならば自我 Ego の崩壊消滅を恐れる情緒的理由はなにもない。[18]現在でも、世間はそれと知らずに、その消滅のためにキリスト教徒も仏教徒もともにお祈りをあげている。いったい自分の中の性質の悪い部分を取り払いたいと願わない者がいるだろうか。ときどき狂ったように暴れる自分、不親切なことを突然口にしたりしでかしたりする自分、——こ

うした低劣な性分《しようぶん》も親から遺伝で引き継いでいるので、それは高尚な人間にも付着して残っている。そしてその人の高きを望む結構な願いごとの上に重くのしかかっている。しかしわれわれが心底から切り離してしまいたい、消してしまいたい、そんなものは死んでしまえ、と願うものも、それも間違いなくわれわれが父母より受け継いできた心理の一部であり、正真正銘の自己 Self の一部である。それらも、高貴な理想を実現したいと願うより大きなより若く新しいもろもろの能力同様、われわれの自己の一部なのである。そのように考えるならば、自我の消滅は、怖れるべき終わりではなく、われわれがその努力を傾注すべき目的中の目的なのである。自己の中にある最良のエレメントが期待にふるえながらより優れたものと親和しようとし、より高貴なるものとの結合を求める、われわれがそんな希望を抱くことを近代のいかなる新哲学も止めることはできない。求めた果てには、啓示が示され、そのときわれわれは、無限のヴィジョンを通して――すべての自我の消滅を通して――「絶対的実在」[19]を見るにいたる。

われわれはいわゆる元素と呼ばれるものすら進化し続けていることを知っている一方、なにかが完全に死に絶えるということの証拠も持ち合わせていない。われわれが存在するということは、われわれがかつて存在し、これからも存在するであろうことの確証である。われわれは数かぎりない進化にも、数かぎりない宇宙の興亡にも堪えて生きのびてきた。全宇宙《コスモス》を通してすべてが法であることをわれわれは知っている。いかなる単位が惑星の核を形成するか、何が太陽の熱を感じるか、何が花崗岩《かこうがん》や玄武岩《げんぶがん》の中に閉じ込められ、何が植物や動物の中で繁殖するのか、――そうしたすべては偶然で決まるのではない。類推によって理性的な推論をあえて試みるならば、あらゆる究極の単位は、心理的であれ、物理的であれ、カルマに関する仏教教義に記されている通り確実に正確にその宇宙の歴史において決められている。

七

西洋における宗教信仰の変革修正に際しては、科学の影響が唯一の要因とはならない。東洋哲学が間違いなく第二の要因となるであろう。サンスクリット、中国語、パーリ語の研究が進み、東洋各地の言語学者の倦《う》まざる努力のおかげで、偉大な東洋思想が欧米でもさまざまな形で急速に知られるようになった。仏教は非常なる関心をもって西洋各地で研究されている。こうした研究の成果はきわめて高度な文化における知的産物として年々きちんとした形で示されつつある。昨今、西洋文学は哲学諸学派に比べれば目に見えてその影響を受けている。自我 Ego の問題の再検討が西洋知識人に対して迫られている証拠は、現代の思慮深い散文のみか詩歌《しいか》や小説においても見うけられるようである。一世代前ならばあり得なかった考え方がいまや思想の潮流を変えつつあり、固陋《ころう》な好みを打ち破って、より高度な感情を鼓吹《こすい》しつつある。以前よりも大きなインスピレーションの下で活動中の創作芸術を見ればわかるが、前世の観念を承認したことで、絶対的に新奇で繊細な感覚、かつては想像すらできなかった情感《パトス》、驚異的に深い感動の力、そうしたものが文学に入りこみつつある。フィクションの分野でさえ、われわれ西洋人はさまざまなことを学んでいる。これまでは地球の半球でしか生活してこなかったこと、半分の思想しか考えてこなかったこと、われわれの感情生活の世界が完全な球体となるように、現在という赤道を越えて過去と未来をつなぎあわせるための新しい信仰が必要であること。自己は多重である、このように言うといかにも逆説的に聞こえるが、これを心より確信することによってのみ、はじめてさらに大きな確信へと至るのである。すなわち、多は一である、[20]生命は統一体《ユニティー》である、有限はなく、無限のみがある。「自己」は唯一無二の単体であると思いこむ盲目的な誇りが打ち砕かれ、自己と利己心の感情が完全に解体されるまでは、無限なるものとしての自我——大宇宙《コスモス》としての自我——自我を知る境地にはけっして到達することはできないであろう。

おそらくわれわれ西洋人は、われわれは過去にも存在していたという単純で情緒的な考え方にはすぐに[21]馴染《なじ》むであろうが、「自我は一つである」とは利己心が生み出したフィクションであるという見方を知的に納得し確信するまでには相当の時間がかかるであろう。しかし自己の複合性については最終的には認めざるを得まい。それでも自己とは何かという謎は残る。科学は生理学的単位と同様に心理学的単位を仮説として提唱している。しかしその仮定された存在はいずれも、数学的計量の最大限の力をもってしても定量化できない。——純粋の霊性ghostliness[22]と化してしまうのである。化学者は、研究の必要上、最小の単位として原子を仮想するが、その想像上の原子が象徴するものはもしかしたら力の中心にすぎない、——いや、仏教の概念でいう無であり、渦《うず》であり、空《くう》であるのかもしれない。

「形ハ空《くう》ナリ。空ハ形ナリ。形ナルモノハ空ニシテ、空ナルモノハ、形ナリ。知覚ト概念、名称ト知識、——スベテコレ空ナリ」

科学から見ても、仏教から見ても、宇宙は巨大な一大幻想《ファンタズマゴーリア》——知られざるかぎりない力による単なる戯れ——と化してしまう。しかし仏教信仰は「どこから？」「どこへ？」という疑問に独自な答えを与え、予言している、進化の大きなサイクルの中にはいつも必ず精神的拡張の時期があり、そのときには前世の記憶がよみがえり、すべての未来が同時に眼前に開け、九天の上の天にいたるまで、ベールを脱いだヴィジョンとして現われる、と。ここで科学は黙するのみである。しかしその沈黙はグノーシス派における沈黙——深淵の女にして霊の母シゲーである。

　自然科学の完全な同意のもと、こう信じても差しつかえないのではないか、すばらしい啓示がわれわれを待っている、と。近年、新しい感覚と力が伸びてきた。——音楽のセンスと数学者の成長してやまない能力である。となればいまではまだ想像もつかない高度の能力がわれわれの子孫の中で進化するだろうということも当然期待できる。またある種の頭脳能力は、疑いなく遺伝して伝わるが、年を取ってはじめて伸びだすといわれる。人間という種《しゅ》の平均年齢はたえず延びている。この寿命の延長にともない、将来の頭脳はより大きなものとなり、前世を思い出す能力におとらぬ驚嘆すべき力が突然生ずる事態が到来することもあるだろう。仏教の夢は遠大で、それは無限にふれている以上、それを凌駕《りょうが》することは至難の業《わざ》である。しかしその夢が実現されることはけっしてないなどといったい誰がいえようか。

備考

右の一文を通読する労をとられた読者にご注意申し上げたい。「霊魂《れいこん》」soul、「自己」self、「自我」ego、「輪廻転生《りんねてんしょう》」transmigration、「遺伝」heredity などの言葉を私は自由に用いたが、仏教哲学とはまったく無関係の意味で使用している。英語の意味での Soul は仏教徒にとっては存在しない。Self は西洋語では人間存在の意味でもあるが、幻というかもろもろの幻がからんだものである。魂が一つの体から他の体へ移るという意味での輪廻転生 Transmigration は仏典ではっきりと否定されており、そのテクストの信憑性《しんぴょうせい》に疑問の余地はない。それだから業《カルマ》の教義と遺伝についての科学的事実とのあいだのアナロジーは、完全なものとはおよそいえないのである。カルマとは、合成された個体がそのまま生き残るのではなく、その個体の性向が生き残りながら、組み合わせを変えて新たに合成された個体を形成するのである。この新しい存在は必ずしも人の形態をとるわけではない。カルマは親から子へと伝わるものではない。カルマは遺伝の系統からは独立しているが、生命の肉体的条件はカルマに左右されるようである。乞食の業《ごう》の者が王様の体内に生まれ変わることも、王様の業の者が乞食の体内に生まれ変わることもあり得る。しかしいずれの場合も生まれ変わる際の条件はカルマの影響力によってあらかじめ決定されていたのである。

それでは次の問いが発せられよう。各存在の中で変わることのない霊的な要素《エレメント》は何か、――カルマの殼《から》の中にある、いわば霊的な核、――正道《せいどう》をめざす力は何か。もし霊魂も肉体もともに一時的な合成物であり、カルマが（それ自体が一時的なものであるが）人格形成の唯一の源泉であるなら、仏教教義の価値は何か、その意味は何か。カルマによって苦しむものの正体は何か。幻の中にあり、――進歩して、――ニルヴァーナに達するものの正体は何か。それは自己 self ではないのか？　英語の意味においての自己ではない。われわれが自己というものの実在は仏教では否定されている。カルマを形成しカルマを解消するもの、業《ごう》を結び業を解くもの、正道をめざすもの、ニルヴァーナに達するものは、われわれ西洋人が使う意味においての自我 Ego ではない、それではそれは何か。それは各存在の中にある仏性《ぶつしよう》、すなわち神的なるもので、日本語で「無我《むが》の大我《たいが》」――利己心のない大いなる自己――と呼ばれるところのものである。それ以外に真の自己はない。幻の中に包まれた自己は如来蔵《によらいぞう》 (Tathâgata-gharba) と呼ばれ、

——胎内にある如来、まだ生まれていない仏陀である。各自には無限なるものが潜在的に存在している。それが実在である。その他の自己は偽りのものである、——見せかけであり、蜃気楼《しんきろう》である。消滅の教義はこの幻の消滅のみを指すので、今生の肉体のみに属する感覚や感情や思考は幻であり、それらの幻が混成されて幻の自己を作るのである。この偽りの自己を完全に解体することによって、——さながらベールが切りさかれるように、無限のヴィジョンは現われるのである。いわゆる「霊魂」soul は存在しない。無限のすべての魂こそがあらゆる存在の中にある唯一の永遠の原理であって、残りはすべて夢である。

何がニルヴァーナに残るのか。仏教のある一宗派にいわせると、それは無限の中にある潜在性のアイデンティティーであるという。——それだから仏陀となったものは、ニルヴァーナに到達した後、地上に戻ることができるという。別の一派にいわせると、このアイデンティティーは潜在性以上のものであるが、それでもわれわれ西洋人が使う意味での「個人的な」personal ものではない。日本の一友人が言う、

「一枚の金貨があれば、それは一つですね。でもそれは私の視覚器官に一つの印象を与えるという意味です。それでも本当は金貨を構成する多数の原子の中で一つ一つの原子ははっきりと別個の存在で、それぞれが独立しています。仏陀の境地に達したものでも、無数の心霊の原子は同じように結ばれています。状態としては一つです。——それでも一つ一つは独立した存在なのです」

しかし日本では原始的な宗教が仏教を信仰する庶民階級に強く影響を及ぼしたから、日本的な「自己の観念」について語ることは不正確ではない。ただ民衆の神道観念も同時に考慮することが必要である。神道には魂の観念があることは明々白々である。しかしこの魂は合成物で、——業を持った者のように単なる「感覚と知覚と意志の束《たば》」ではなく、複数の魂が集まって一つの霊的な人格を形成している。死んだ人の霊はただ一人として現われることもあれば何人にもなって現われることもある。その霊はいくつにも分かれ、その一つ一つが特別な独立の行動をすることもできる。しかしそのような分離は一時的のものであるらしく、一合成物から生じたさまざまな魂は死後においてさえ自然にくっつき、意図して分かれた後にもまた結びつく。日本人の大多数は仏教徒であり神道信者だが、自己についての原始的な信仰がきわめて強かったことは間違いなく、二つの信仰が混じりあってもはっきり見分けられる形で留まっている。多分この原始的な信仰は民衆にカルマの教義の難点に対して自然で安直な説明を提供してきたのであろう。その説明がどの程度までなのかは答えかねるが。また次のことも言っておかねばならない。原始的形式の信仰においても仏教形式の信仰においても、自己とは親から子孫に伝えられる原理ではない、——もっぱら生理学的な血統による遺伝ではないのである。

こうした事実は前掲論文の主題についての東洋の考え方とわれわれ西洋の考え方の相違がいかに幅広いかを示している。このことはまた次のことも示している。すなわちこの極東の二つの信仰の奇妙な結合物と十九世紀の科学思想とのあいだに存在する真のアナロジーを一般的に考察しようとする際には、「自己」の観念に関する学術用語を厳密に哲学的に使用したとしても、それでもってわかりやすくなるということはまず望めないということである。実際、仏教的理想主義に属する仏教用語の正確な意味を翻訳できるような言葉は西洋語にはないのである。

ハクスリー教授が『感覚および感覚器官』で簡潔に述べた以下の見解からあまりかけはなれたことを言うことはおそらく不当のそしりを免れないであろう。「いろいろ分析していくと究極には、感覚とは感覚中枢器官の物質の運動の様式《モード》に対する意識上の等価物であるらしいことがわかる。しかし研究をさらに一歩進めるならば、次のような問いが出るであろう、いったい、われわれは物質とか運動について何を知っているのか、と。そのとき答えは一つしかあり得ない。われわれが運動について知ることはすべて、われわれの視覚的、触覚的、筋肉的感覚の関係におけるある種の変化に与えられた名前であり、われわれが物質について知ることはすべて、それは物質的現象の仮定的実体にすぎず、それについての仮定は純粋に形而上学的思弁の一行為にすぎない。そのことは心なるものの実質の仮定についても同様である」

しかし究極の真理は人間知識の可能な範囲の極限外にあるということが科学的に認められたからといって、形而上学的思弁が止《や》むことはけっしてないであろう。むしろ、まさにその理由によって、思弁され続けるであろう。形而上学的思弁なしには宗教信条のさらなる変革修正はあり得ず、その変革修正なしには科学思想と調和するような宗教的進歩もあり得ない。ゆえに、形而上学的思弁はただ単に正当化し得るのみならず必要なものであると私は考える。

心の実質なるものを認めるべきか否定するべきか。ハープの絃《げん》のあいだを吹き抜ける風によって音楽が造り出されるように、考えも脳の細胞を通してなにか正体不明のエレメントが動いたから造り出されると考えるべきかどうか。運動そのものを頭脳構造の単位に内在する特殊な振動の特別な様式《モード》とみなすべきかどうか。――神秘は依然として無限であり、仏教は依然として高貴で道徳的にも有効な仮説であり、倫理的進歩の法則に合致し、人類の望むところと深く調和している。物質的宇宙と呼ばれるものの実在をわれわれが信ずるにせよ、信じないにせよ、――特殊化する前の生殖細胞の中で人種的・個人的性向が伝達されるという、遺伝にまつわる説明不能の法則の倫理的意味は依然として残る、そしてそれはカルマの理論を正当化するものとなっている。意識を作るものがなにであれ、それとあらゆる過去とあらゆる未来への関係は疑う余地がない。またニルヴァーナの論が公平な思想家の深い敬意を呼ぶことは今後も変わらないであろう。科学はすでに立証したが、既知の物質は精神と同じく進化の産物であり、――われわれが「元素」と呼ぶところのものも、じつはすべて「原始の未分化だった物質の一形体」から進化したものである。このような立証がなされたことは、眼に見えるものは眼に見えないものの放射物にすぎず、幻想であるという仏教の教義の根底によこたわる次のような真理を強く示唆しているのである。すなわち、――すべての形は形なきものから、すべての物質的現象は非物質的な統一体《ユニティー》から進化する、――そして万物は究極的には「欲情も悪意も倦怠《けんたい》もない状態、そこには〔自我の消滅にともない〕個人の刺戟動揺はない状態――、それゆえ空《くう》VOID SUPREMEと呼ばれる状態」へ回帰する、という真理を。

コレラの流行期に

一

最近の日清戦争で清国の味方となった主要同盟軍は、盲《めくら》で聾《つんぼ》で、無知だった。いまなお条約も講和も念頭にない。この同盟軍は、内地に帰還する日本陸軍の後を追って戦勝国の日本帝国内に侵入し、この暑い季節におよそ三万人を殺害した。いまも殺戮《さつりく》を続けている。火葬の火はたえまなく燃え続け、街の背後の丘から焼場《やきば》の煙と臭いが風にのってときどき私の家の庭にまで流れこみ、それを嗅《か》ぐたびに、私ぐらいの身長の大人の火葬料は一人八十銭だと思い出す、——現行〔一八九五年〕の換金レートで米国ドルの半ドルに相当する。

私の家の二階のバルコニーから眺めると、小さなお店が立ち並ぶ〔この神戸の〕通りが端から端まで見える。その先は〔大阪〕湾である。通りのさまざまな家からコレラ患者が病院へ運ばれるのを見た。――直近の病人は（今朝方《けさがた》のことだが）道をはさんだ向かいの家の瀬戸物屋《せともの や》の主人である。家の人が泣き騒いで止めようとしたが、主人は強制的に病院へ隔離された。コレラ患者を私宅で治療することは衛生法で禁止されている。それでも世間の人は、罰金を科されようが罰を受けようが、病人をこっそり家に匿《かくま》おうとする。なぜなら公立の避病院《ひびょういん》は入院患者であふれかえり、取り扱いもひどい上に、患者は親しい肉親からも完全に隔離されてしまうからである。しかし警察は抜かりがない。届出のない病人をたちまち見つけ出し、担架《たんか》と人夫《にんぷ》を連れて現場に急行する。その措置は厳しく見える。しかし衛生法は厳しくなければならぬ。向かいの瀬戸物屋の上《かみ》さんは泣き喚《わめ》きながら担架に付いていったが、警察が上さんを無理に主人のいないがらんとした小さな店へ帰宅させた。いま店は閉まっている。元の店主の手で再開することはまずないだろう。

こうした悲劇は始まったとみるやたちまち終わる。残された家族は、〔感染拡大の恐れがないと認定されるや〕法律が許すかぎり早く、悲しい思い出のまつわる荷物をとりまとめて、さっさと立ち退《の》いてしまう。すると通りの生活は、まるでなにも特別なことは起こらなかったかのように、昼も夜も、ふだん同様に続いていく。竹竿に籠《かご》や桶《おけ》や箱をぶら下げた行商人が聞き慣れた売り声を上げながら人気《ひとけ》のなくなった家々の前を通っていく。僧侶がお経を唱えながら列をなして通る。盲の按摩《あんま》がもの悲しげな笛を吹く。自警団の夜廻《よまわ》りが重い棍棒《こんぼう》で側溝《そくこう》の板石《いたいし》をどすんどすんと叩《たた》く。飴《あめ》売りの少年が以前と同様、太鼓《たいこ》を鳴らし、女の子のような甘美な嘆き声で恋の唄《うた》をうたう。[1] ——

　おまえと私は恋の仲……。長居をしたが、帰るとなれば、ついぞいま来た気がしてならぬ。

　おまえと私が飲んだ茶は……。宇治の古茶か新茶か知らぬ、二人で飲んだあのお茶は、山吹《やまぶき》の色とみまごう玉露の茶。

　おまえと私は恋の仲……。電信技手《ぎて》の私から電報を待つおまえさま、私は心を送るから、おまえ受け取れこの心。電信柱が倒れようと、電信線が切られようと、心配なにもありはせぬ。

そして子供たちはふだんと同じように遊び興じている。はしゃぎ声をあげて追っかけっこをし、歌いながら踊り、蜻蛉《とんぼ》をつかまえて長い紐《ひも》の先に結びつける。子供たちはまた軍歌のリフレーンを声をはりあげて歌うが、清国兵の首を刎《は》ねたという内容で、——

「チャンチャン坊主《ぼうず》の首をはね！」

ときに子供が一人姿を消す。しかし残った子供たちは元気に遊び続ける。これも知恵である。

子供を焼くには四十四銭しかかからない。近所の息子が数日前に火葬場《かそうば》で焼かれた。少年がいつも遊んでいた小石はお日様をあびて以前のままそこにある……。なんで子供は小石が好きなのだろうか。小石は貧しい家の子供たちの玩具《おもちゃ》であるばかりか、どこの家の子供も人生の一時期には遊ぶものらしい。たとえほかの玩具を充分与えられていようと、日本の子供はときに小石で遊びたがる。子供心には小石は素晴らしいものであるらしい。きっと素晴らしいのだろう、数学者の理解力をもってしても普通の石にまさる驚異はないというのだから。年歯《としは》のいかぬ悪戯《いたずら》小僧は小石をその外見《そとみ》以上のなにかだと思っている。そう思うのはたいしたことで、愚かな大人どもが「そんなとるにもたらぬ石ころで遊んで」などと余計なことを言わなければ、子供はいつまでも石と遊んで倦《う》むことを知らず、小石の中になにか新しい驚異を発見し続けるだろう。小石にまつわる一小児のあらゆる質問に答えるには一大頭脳をもってしてもなかなかの難事である。

民間信仰によると、隣家の少年はいまごろは三途《さんず》の川の河原《かわら》で小石を積んで遊んでいる。――なぜこの冥途《めいど》には影が落[2]ちないのかきっと不思議に思っているだろう。賽《さい》の河原の民間伝説は本物の詩情に富んでいる。――日本の子供たちは霊になっても現世と同じように小石で遊んでいるとごくすなおに考えているからだ。

二

よく行商に来る羅宇屋《ラウやう》は、以前は竹の天秤棒《てんびんぼう》を肩にかついで棒先には二つの大箱を下げていた。一つの箱にはさまざまな直径や長さや色の羅宇が、それを金属製のパイプに詰める道具と一緒に収められ、もう一つの箱には赤ん坊が入っていた、——羅宇屋の赤ん坊である。見ていると、赤ん坊はときには箱の縁から外を覗《のぞ》いて通行人に微笑《ほほえ》みかけ、ときにはしっかりくるまって箱の底でぐっすり眠っていて、ときには玩具《おもちゃ》と遊んでいた。何人もの人が玩具をくれるのだという。その玩具の一つが奇妙にも位牌《いはい》にそっくりだった。赤ん坊が寝ていようが起きていようが、いつも箱の中にあるのが見えていたのである。

先日、羅宇屋が天秤棒と箱をやめてしまったことに気づいた。小さな手押し車を押して通りを上ってくる。車は商品と赤ん坊をちょうど載せられる大きさで、そのために作ったらしく、二つの部分に仕切られている。察するに天秤棒のような原始的な方法で運ぶには赤ん坊が重たくなりすぎたのであろう。車の上には小さな白い旗がひらめいていて、崩した書体で「煙管羅宇替へ《キセルラオか》」、そしてお願いが短く記されていた、「お助けを願《ねが》ひます」。子供は元気で楽しそうだった。そのときも前に何度も目にとまった位牌のようなものが見えた。手押し車の高い箱の中に子供の寝床に面してまっすぐに立てて留めてある。手押し車が近づいてきて、突然はっとわかった。あれは本当に位牌だ。お日様の光に照らされて、お経《きょう》に書いてあるのと同じような文字がはっきり見えた。にわかに心動かされた私は、爺《じい》やの万右衛門《まんえもん》に、羅宇屋に私が羅宇を何本も取り替えたがっているから寄ってくれ、と伝えさせた。——実際、取り替えようと思っていたのである。じきに羅宇屋は手押し車を門の前に寄せた。私は見にいった。

子供は、私のような異人さんの顔を見てもこわがらない。——可愛《かわい》い男の子だ。まわらぬ舌でなにか言い、笑って、両手を差し伸べた。いつも周囲から可愛がられているからに相違ない。その子供をあやしながら私は位牌をしげしげと眺めた。真宗《しんしゅう》の位牌で、女の戒名《かいみょう》が記されている。万右衛門がその漢字[4]を訳してくれた。「高徳院釈尼妙敬　明治二十八年三月三十一日」。そうこうするうちに使用人が羅宇の取り替えを要する煙管をとってきてくれた。職人が仕事するあいだ、私はその顔を見た。中年を過ぎた男の顔であった。口元には感じのよい皺《しわ》が刻まれている。いまはもう干からびてしまったが、昔は微笑をたたえたのだろう。そうした皺が多くの日本人の表情に名状しがたい穏やかな諦念《ていねん》を漂わせている。やがて万右衛門は話しかけた。万右衛門に問いかけられると、よほどの悪党でないかぎり、答えないわけにはいかなくなる。この天真無垢《むく》な老爺《ろうや》は、ときに白髪の頭に後光《ごこう》がさすような気がする。——菩薩《ぼさつ》の後光である。

羅宇屋は問われるままにこんな話をして聞かせた。男の子が生まれて二カ月後、妻は亡くなった。病いで死ぬ前にこう言い残した、

「わたしが死んでから満三年がすぎるまで、お願いだからこの子をいつも死んだわたしと一緒にし、[5]わたしの位牌から離さないでください。そうすればこの子の世話を見、お乳をあげることもできますわ。——子供は三年はお乳が要りますもの。この最後の頼み、お願いです、忘れないでくださいね」

しかし母親に死なれてしまうと、父親はこれまでと同じようには仕事ができなくなった。しかも昼も夜も世話のいる、こんな小さな子供の面倒を見なければならない。貧乏だから乳母《うば》を雇うこともできない。それで羅宇屋を始めることにした。そうすれば多少金も稼げるし、しかも子供から一分たりとも目を離さずにすむ。牛乳を買う余裕はないので、もう一年以上お粥《かゆ》と水飴《みずあめ》[6]で育てている。

「子供は丈夫そうで、乳がなくとも問題はなさそうだね」と私が言った。

「それは」と万右衛門が言った。その口調はきっぱりして叱《しか》られたような気がした。

「死んだ母親がお乳をあげてるからですよ。この子にお乳が不足することなどあるものですか」

男の子は小さな笑い声を立てた。まるでお母さんに撫《な》でられているのを感じているかのようだった。

祖先崇拝についての若干の考察

アナンよ聴け、娑羅樹《さらじゆ》の林のまわり十二里の間、髪の毛の先で突いたほどのいかなる地点といえども、力強い霊鬼が存在しない場所はない。——『大般涅槃経』[1]

一

祖先崇拝は、いまもさまざまな目立たぬ姿で、ヨーロッパの高度に文明化した国々でも生き続けているが、しかしその事実は世間に存外知られていない。そのため、祖先崇拝のような原始的な信仰をいまなお実際に守っている非アーリア人種は、当然、宗教心の発達がごく原始的な段階に留まっているものと思われがちである。現に日本に対して批判的な人々は性急にこうした判断を下してきた。[2] それだけに日本が自然科学の面で進歩を遂げ、進んだ教育制度を成功させるに及んで、そうした事実と日本で祖先崇拝が続いている事実とをどうしても結びつけることができないと公言するに及んでいる。神道の信仰と近代科学の知識とは、いったいどうして共存し得るのか。どうして自然科学の専門分野で頭角を現わした人たちまでがいまだに神棚《かみだな》を祀《まつ》ったり、村の鎮守《ちんじゅ》の社《やしろ》に参拝したりすることができるのか。こうしたことは信仰が廃《すた》れた後も崩《くず》れずに残されている形式にすぎないのか。教育が今後さらに進歩すれば、神道は儀式面においても消滅することは間違いないのではないか。

　こうした疑問を発する人たちは気づいていないようだが、西洋の信仰は現在も存在し続けているのかという質問や、それが百年後も生きのびているのかという疑念もまた同じように発し得るものなのである。実際、東方正教会の教義と神道の教義とを比べてみるなら、神道の方が近代科学とより相容れないとは到底いえない。公平無私な立場に徹して吟味《ぎんみ》するなら、神道の教義の方が相容れない点はむしろ少ないと言いたくなる。神道の教義は正義についての私たちの人間的な観念と衝突するところが少ないし、仏教の業《カルマ》の教義と[3]同様、神道の教義は遺伝に関する科学的事実と驚くほど類似しているからである。——その類似性は神道には世界のいかなる大宗教に含まれる真理の要素と比較してもけっして劣らぬ深遠な真理の要素が含まれていることを証している。できるだけ簡単な形でいうと、神道に固有の真理の要素とは、生者の世界は死者の世界によって直接的に支配されているという考えである。[4]

　人間のあらゆる衝動や行動は神の業《わざ》であり、死んだ人はみな神になる、というのがこの信仰の基礎観念である。しかし次のことは記憶にとどめねばならない。カミという日本語は英語の deity, divinity, god などに訳されるが、これらの英語に含まれるような意味を実際は持っていない。これらの英語がギリシャやローマの古代の信仰に言及した際に用いられる意味すらも持っていない。カミとは非宗教的な意味では「上《かみ》」、英語でいえば「above」「superior」「upper」「eminent」などをさす言葉である。宗教的な意味ではカミは死後に超自然的な力を獲得した人間の霊をさす。死者は「上にある力《かみ》」powers above、「上《かみ》なる者」upper ones であり、——すなわち神《カミ》である。このような観念は近代の心霊学《スピリチュアリズム》のいわゆる ghost《ゴースト》（霊）の観念に極似《きよくじ》しているが、ただし神道的観念はおよそデモクラティックなところはない。神道のカミガミは ghosts といっても、さまざまな格式や権力が存在する。——古代日本社会の階層序列に似た、霊の世界の階層序列に属している。カミガミは本質的にある点では生者よりも上の存在だが、それにもかかわらず生者はカミガミの機嫌をとることも機嫌を損ねることもできれば、喜ばすことも怒らせることもできる。——ときにはカミガミの霊界における状態を改善することさえできる。それだから死後に官位・勲章などを贈る追贈《ついぞう》は、日本人の気持からすれば、本物の名誉であって、けっして表面を取り繕ったお沙汰《さた》ではない。たとえば、本年も何人かの傑出した政治家や軍人は死の直後に位《くらい》が上げられた。つい先日も官報にこんな記事が出たのを読んだばかりである。「最近台湾《たいわん》で死去した男爵山根《やまね》少将に対し勲二等旭日章が陛下の思《おぼ》し召《め》しで追贈された」。このような天皇の行為は勇敢で愛国的な人々の名を讃《たた》えるための儀礼的形式とのみみなすべきではない。また死者の遺族に誉れをほどこすために行なわれるものとのみ考えるべきでもない。このような叙勲《じょくん》は神道に由来し、見えるものと見えざるもの、生者と死者との密接な結びつきの感覚を例証している。これが文明化された列国の中での日本の特別な宗教的性格である。日本人の考えでは死者は生者におとらず現に存する者である。死んだ者は人々の日常の生活に加わって、生者と些《さ》細《さい》な悲しみや喜びをわかちあっている。家族の食事につらなり、家内安全に気を配り、子孫を助け、その繁栄を喜んでいる。お祭りの行列には一緒に加わり、神道の聖なる祭《さい》事《じ》にはことごとく参列し、武道の稽古《けいこ》や試合に加わり、とくに亡くなった人のために奉納される出し物には欠かさずに来会する。亡くなった人たちに対してお供物《くもつ》が捧げられ栄誉が授けられると故人が喜ぶと世間に広く信じられている。

この小文のためには、カミとは死んだ人たちの霊であると考え、こうしたカミガミとこの国土を創ったと信じられている原初の神々とを区別することはとくにせずともよいであろう。[7] カミという言葉についてはこのような一般的な解釈をするにとどめ、ここでは神道的な大きな観念——すべての死者たちはなおこの世に住んでいてこの世を支配し、人間の思想や行動のみか、自然の状態にも影響を及ぼすという観念にふれることとする。本居宣長《もとおりのりなが》は書いた、「カミは季節を変化させ、風を吹かせ雨を降らせ、また国や人の運不運を司《つかさど》る[8]」と。カミガミとは、要するに、あらゆる現象の背後に存する目に見えない力なのである。

二

この古代の心霊学《スピリチュアリズム》から派生するもっとも興味深い説は、人間の衝動や行為を死者の影響のせいとして説明する点にある。このような仮説を非合理的として斥《しりぞ》けることは近代思想家であるかぎりもはやできない。この説は心理的進化の科学的理論によって正当化され得るからである。この理論によると、生きている人間の脳は無数の死者の命から構成されており、生きている人間の性格も無数の死者の善悪にまつわる経験が多少不完全ながら相殺《そうさい》された総計である。心理的遺伝を否定しないかぎりは正直否定できないことだが、われわれの衝動や感情、またその感情によって進化したより高度な能力は字義通り死者によって形作られ、死者によってわれわれに遺贈されたのであり、そればかりか、われわれの精神活動が作用する一般的な方向も、遺伝的に遺贈された特別な性向の力によってすでに決定されているのである。そのような意味において死者はまさにわれわれのカミであり、われわれのすべての行動は実際カミガミの影響下にある。比喩《ひゆ》的に言えば、人の頭は一つ一つが霊《ゴースト》たちの世界であり、――その霊《ゴースト》は神道が上位のカミとして認める何百万という数とは比べものにならぬほど多く、人間の脳髄物質の一粒子に含まれる霊の数は、中世のスコラ哲学者が空想をほしいままにした、縫い針の先に立つことを得る天使の数を上回る形で実現しているのである。科学的に知られていることだが、一つ一つの微小な細胞には種族の全生活――何百万年という過去の感覚の総体――が蓄えられているという。もしかしたら（誰にもわからないが）、何百万という死んだ天体の総体すらも蓄えられているのかもしれない。

しかし縫い針の先に蝟集《いしゅう》する力にかけては悪魔も天使に後れをとらない。では、神道のこの説では悪人や悪い行為はどうなっているのか。本居宣長はこう述べている。「この世でなにか具合が悪いときは、それは邪《よこしま》な神と呼ばれる悪い神の仕業である。その神々の力はたいへん強いから太陽の女神も天地創造の神も力が及ばずときどき彼らを制御しかねるほどである。ましてや人間がいつも彼らの力に抗し得るはずがない。悪人が栄え、善人が不運な目に遭《あ》うという普通の正義に反するかに思われることが生じるのは、そのためである[10]」

すべて悪い行為は悪い神の影響による。悪人は悪いカミになるかもしれない。このきわめて単純な信仰にはなんらの自己撞着《じこどうちやく》もない[11]。――複雑さはなく、理解に苦しむこともない。悪行を犯した人すべてが「邪な神《よこしま》」になるのかといえば、これから述べる理由で、必ずしもそうではない。しかし人はみな、善人も悪人も、カミ――影響力を持つ存在――になる。そして悪い行為は悪い影響力の結果なのである。

さてこのような教えは遺伝学の事実のいくつかと合致する。われわれのもっとも善き能力は間違いなくわれわれの祖先の中で最善の人々から贈られたいわば形見であり、われわれの悪しき素質は、悪《あく》、というか今日《こんにち》われわれが悪と呼んでいるもの、が優勢だった人々の性質から遺伝されたものである。文明の力でわれわれの内面において進化した倫理的知識はこう要求している。亡くなった人々の最善の経験によって遺贈された高尚なる能力を強化し、遺伝的に継承した劣悪なる性向の力を減少するようにつとめよ、と。われわれは善きカミに対しては敬い従わねばならず、邪《よこしま》な神々に対しては逆らわねばならない。その両者が存在するという知識は人間理性とともに古くからあった。人間ひとりひとりの魂に悪い霊と善い霊が宿っているという教義は、ほとんどすべての大宗教に、なんらかの形で、共通している。われわれ西洋の中世の信仰はその観念を高度に発達させたから、西洋の諸言語に永久にその痕跡《こんせき》を留めている。とはいえ守護する天使と誘惑する悪魔を信じる気持は、もとはといえばカミを信ずるようなごく単純な信仰から進化発展したものなのである。そしてこの中世の信仰にもやはり真理は含まれている。右の耳には善いことを囁《ささや》く白い翼の者、左の耳には悪いことを呟《つぶや》く黒い姿の者、さすがにそんなものが十九世紀の私たちに実際につきしたがっているわけではない。それでも天使と悪魔は私たちの脳中に住んでいる。近代人も、天使や悪魔の声を耳にしては、ときに中世の祖先と変わることなくその声に衝《つ》き動かされるのである。

神道が近代倫理的に批判されるのは、善きカミと悪しきカミがともに尊崇の対象である点にある。

「帝《みかど》が天神地祇《てんしんちぎ》を尊崇するのと同様、臣民も幸福を求めるために善き神々に祈り、悪しき神々の不興《ふきよう》を避けるために悪しき神をもたてまつり祭儀を行なう……。善い神々にかぎらず悪い神々もおられるのだから、おいしい食べ物をお供えし、琴《こと》をひき笛をふき、歌をうたい舞い、面白いことのかぎりをつくして神々の御機嫌をとらねばならない」[12]

悪しき神々をも和《なご》めねばならないとするこの明確な指示にもかかわらず、実際問題として、近代日本では、悪しきカミガミが受け取るお供えは少なく、名誉を追贈されることもおよそない。しかしこのように大観すれば、十六世紀に来日した初期カトリック宣教師たちが神道を目してなぜ「悪魔崇拝」と目したかがはっきりしよう。――もっとも神道的な想像世界には西洋的な意味での悪魔 devil という観念は存在しなかったが。宣教師には神道教義の弱点は悪い霊と戦うべきではない、と説いている点にあるかに思われた。――そのような教えはローマ・カトリック教徒の感情を逆なでにした。しかしキリスト教信仰における悪霊と神道信仰における悪しきカミのあいだには非常な懸隔《けんかく》がある。悪しきカミとは死者の霊であるにすぎず、完全な悪とはみなされていない。――宥《なだ》めることができる存在だからである。絶対的な、混じりけのない悪という観念は極東とは無縁である。絶対悪などそもそも人間性になじまない観念であり、それゆえ人間の霊にはあり得ない存在なのである。悪しきカミは悪魔《デビル》ではない。彼らは単に霊《ゴースト》で、人間の情欲に影響を及ぼしはするが、その意味においてのみ情欲の神なのである。そのような宗教であるから、神道はあらゆる宗教の中でもっとも自然な、そしてある点でもっとも合理的な、宗教なのである。神道は情欲をそれ自体で必ずしも悪とはみなさない。ただそれに惑溺《わくでき》する原因、状況、度合いによって悪とされる。死んだ人間の亡霊であるから、神道の神様はすこぶる人間的である。――人間の種々の善い性質や悪い性質をさまざまな度合いにおいて持ちあわせている。大部分は善で、神々の感化力の総計は悪よりも善に向いている。これを合理的な見方とみなすには人類をかなり高く買わねばならない。いいかえると人間性を善しとしてこそこのような神道的な見方は成り立つのである。――それはおそらく日本の古代社会の状況がこのような人間観を是《ぜ》としていたからであろう。悲観論者は真に神道を信ずることはできないかもしれない。神道の教義は楽観主義である。人間性に対しておおらかな信頼を寄せることのできる人は、神道の教えの中に仮借《かしやく》ない絶対悪の観念が不在であることに別に苦情を言いはしないであろう。[13]

倫理的に合理性のある神道のこのような性格は、悪い霊は宥《なだ》めねばならぬ必要性があるとする認識にはしなくも示されている。人間にはある種の性向があり、その性向が病的に育《はぐく》まれ、一切《いっさい》の拘束なしに自由に解き放たれたりすると、狂気、犯行、など無数の社会悪に走ってしまう。しかしだからといって人間性に内在するそうした性向を力ずくで除去し、力ずくで麻痺《まひ》させるような試みは致命的な誤りである。古代からの経験も近代の知識も、そうした強引で無理な排除は絶対にしてはならぬと警告している。動物的な情欲や猿や虎《とら》のごとき衝動は、人間が社会を作る以前から存在していたもので、たいていの反社会的犯罪にはつきものである。しかしそのような欲望や衝動を殺すことはできない。また安全に衰弱死させることもできない。いかに除去しようとしても、人間の最高の感情能力まで部分的に破壊しかねない。そうした欲望や衝動は人間の最高の感情能力と分かちがたく結びついているからである。原始的な衝動を鎮《しず》めるためには知の力や情の力を犠牲にせねばならない。知力や情力こそ人生に美とあらゆる優しさとを与えるものだが、しかしそれは、他面、情欲という人間の原始の土壌に根ざしている。われわれ人間の中の最高のものはその端緒《たんちょ》を最低のものの中に持つ。禁欲主義は自然の感情に戦いを挑むことによって、怪物を創り出してしまった。神学的な考えで法律を制定し、それをやみくもに人間の弱点に対して適用すれば、かえって社会秩序の紊乱《びんらん》を招く。快楽を法律で禁じようとすれば、かえって淫蕩《いんとう》にはずみがつく。実際、道徳の歴史に照らせば明らかなように、われわれの悪しきカミガミも少しは宥《なだ》め和《なご》ませねばならない。人間の内部には情欲がいまもなお理性よりもはるかに強いまま残っている。なぜならもろもろの情欲は理性よりも比較にならぬほど古くからあり、――かつては人間の自己保存にいずれも必要不可欠なものであり、――そうした情欲が人間意識の最下層となって、そこからより高尚な情操がゆっくりと育まれてきたのだから。人は情欲に支配されることとは絶対に許されない。だが情欲のカミが太古からもつ権利[14]を頭から否定しようとする者は災いなるかな！

三

死者に関するこうした原始的な、しかし――いま述べたことでおわかりのように――

非合理的ではない信仰から、西洋文明には知られていない倫理感情が進化した。これらは十分に検討するに値する。それというのはこうした感情はもっとも進歩した倫理学の観念と——とりわけ進化についての理解が進むに従い生じた義務観念の拡大（かぎりなく大きく、いまだどこまで広がるかもわからない）と、調和がとれているからである。

いま問題としている感情がわれわれ西洋人の生活から欠落していることを賀すべき理由がはたしてあるか私はわからない。これと同じ種類の感情を養うことが道徳的に必要とみなすべきではないかとさえ考えている。人類の将来で今後生じるであろう驚きのひとつは、真理を含まずと勝手に判断されてはるか以前に見捨てられた信仰や思想にまた立ち戻ることではあるまいか。——そうした信仰を惰性的に非難する人々は、今日《こんにち》でもなお野蛮的、異教的、中世的な信仰と見下している。しかし科学研究が年々もたらした新たな証拠が示す通り、野蛮人や未開人、偶像崇拝者や修道僧たちはみな、別々の道を経ながらも、十九世紀の思想家と同様、永遠の真理のある一点のごく近くまで達している。そして占星学者や錬金術師の理論も全面的に誤っていたわけではなく、誤謬《ごびゅう》は部分的なものだったことも近年わかってきた。目に見えない世界についての夢もじつは夢物語ではなく、——目に見えないものについての仮説もじつは空想の産物ではなく、——将来の科学はそこに現実の萌芽が含まれていたことを立証するであろうとさえ思われる。

神道の道徳的感情の中でもっとも注目に値するものは過去に対する愛情のこもった感

謝の念である。——これはわれわれ西洋人の感情生活には真に相応するものがない感情である。われわれは自らの過去について、日本人が自らの過去について知るよりずっとよく知っている。——過去のあらゆる事件や状況を記録したり論じたりする無数の書物を持っている。しかしいかなる意味においても過去を愛しているとか過去に対して感恩の念を抱いているとは言いがたい。過去の功罪を批判的に吟味《ぎんみ》し、——まれに過去の美しさに讃嘆の念を洩《も》らすが、多くはその過ちを強い口調で論難する。これが過去についての西洋人の考え方や感じ方のあらましである。過去を再検討するにあたって西洋の学問の姿勢は当然冷静である。芸術のそれは、往々過去を惜しみなく褒《ほ》めたたえるが、宗教のそれは、大部分が断罪である。いかなる見地から過去を研究するにせよ、われわれが注目する対象は主として死者の業績である。——見ているあいだはわれわれの胸の鼓動がふだんよりも少し速くなる目に見える作品であるとか、あるいは死者が生きていた時代の社会との関連で彼らの思想や行為が残した結果である。過去の人類を一つの総体として考えたり、——はるか昔に埋葬された何百万という人々を真の同胞として考えたりは——まったくしないか、たとえ考えたとしても絶滅種に対する程度の関心しか向けないのである。実際われわれは歴史に大きな足跡を残した個人の生涯の記録に興味を示しはする、——偉大な船長、政治家、発見者、改革者などの記録には心を動かされる、——しかしそれは彼らが成し遂げたことの偉大さがわれわれ自身の野心や欲望、利己心に訴えるからであって、われわれの利他的な感情に訴えることなど九割九分ない。名前もない死者たちに対しては、じつは一番恩になっているのだが、われわれは一顧《いっこ》だにしない。――恩義も感じず、愛情も覚えない。いかなる形であれこの人間社会で、祖先への愛が真実の、強力な、身に沁《し》み、心に透《とお》る宗教的感情になり得るなどということはわれわれ西洋人には何か信じがたいことである。――だが日本の社会では、事実、祖先愛がそのような宗教的感情になっているのである。そのような発想自体、われわれ西洋人の考え方、感じ方、動き方とはまったく縁遠い。その理由の一端は、なんといってもわれわれは祖先と自分たちのあいだに生き生きとした霊的な関係があるという共通の認識を持ち合わせていないからである。われわれがもしかりに宗教心がないなら、死後の霊など信じないであろう。またもしかりに深い宗教心があるなら、死者はわれわれのもとから裁きによって遠ざけられた者――われわれが生きているあいだはわれわれから絶対的に引き離された者と思うであろう。なるほど、ローマ・カトリック諸国の農民のあいだには、死者は年に一度――万霊節[15]の夜に地上に帰ることが許されるという信仰がいまだに残ってはいる。しかしこの農民の信仰においてさえ死者は生者と記憶で結ばれている以上の強い絆《きずな》で結ばれているとは考えられない。しかも死者への思いは――西洋の民間説話集を読めばわかるとおり――愛情よりも恐怖をともなうものである。

日本では死者に対する感情はまったく異なる。それは恩に感ずる敬愛の念である。それがおそらくこの民族の一番深く一番強い感情であろう。――それが日本国民の生き方に方向を与え、国民の性格を形成している。愛国心もその感情に属する。孝行もそれに由《よ》る。家族愛もそれに根ざす。忠義もそれに基づく。戦場で戦友のために道を開こうとして「帝国万歳！」の喊声《かんせい》をあげて進んで命を投げ出す兵士。——不甲斐《ふがい》ない親や酷《むご》い親のために、不平もいわず自分の幸福と生活をことごとく犠牲にする子女。いまは貧窮した主君のために、かつて結んだ口約束を破るまいとして友人も家族も資産も捨てて顧みぬ子分。夫が他人にかけた迷惑を償《つぐな》うために白装束《しろしょうぞく》をまとい、祈りを唱えると、懐剣《かいけん》をわれとわが喉元《のどもと》に突き刺す妻。——こうした人たちは目に見えないがわれわれを見守る者の意志に従い、その声に耳を傾け、亡き先祖が草葉の蔭《かげ》でわれらの振舞を良しとしていると自覚しているのである。新世代の懐疑主義的な青年たちのあいだでも、多くの信仰が壊されたにもかかわらず、この感情だけは生きのびている。そしていまなお「ご先祖様に恥をかかせては相済まぬ」「ご先祖様に名誉をほどこすことは我々の義務である」といった古風な感情を口にする。前に英語教師として勤務していたとき、こうした語句の背後にある真の意味がわからずに、私は一度ならず生徒の英作文に使われていた言いまわしをはやまって訂正してしまった。たとえば'to do honor to our ancestors'（ご先祖様に名誉をほどこす）よりも'to do honor to the memory of our ancestors'（ご先祖様の思い出に名誉をほどこす）の方が正しいなどと言ってしまったのである。ある日など私は先祖について生きている両親とまったく同じように話したりするべきではない理由まで説明しようとしてしまった。もしかすると生徒たちは私が彼らの信仰内容に干渉しようとしたと勘ぐったかもしれない。それというのも日本人にとってご先祖様が「単なる思い出」になるなどということは考えられないからである。――日本人にとって死者は生きている。

死んだ先祖が私たちとともにいる――私たちのする事なす事をじっと見ている、私たちが何を考えているかを知っており、私たちが発するひと言ひと言に耳を傾け、私たちに好意を寄せもするが、腹を立てることもあり、私たちを助けてもくれるが、私たちが助けてやると喜んでもくれる、私たちを愛してくれるが、私たちに愛されることも大いに望んでいる。――そうした絶対的確信が自己の身内に突然湧《わ》き上がるとなればどういうことになるだろうか。もう間違いなく、私たちの人生観や義務の観念は大幅に変化するだろう。そうなれば私どもは私たちが過去に負うているもろもろのことを厳かに認めなければならない。極東の人にとって、死者がいつも一緒にいることは過去何千年にわたり確信に似たなにかであった。それだから毎日ご先祖様に話しかける。ご先祖様の幸せのためにがんばる。そしてよほどの悪者でないかぎり、先祖へのお勤めをないがしろにすることはない。平田篤胤《ひらたあつたね》も言うように[16]、そのようなお勤めをいつも欠かさずに果たしている者で、神々や自分の生きている親に対して不敬不孝を働くような者は一人もいない。「こうした人は友人に対しても信義を守り、妻子に対しても柔和で親切であろう。それというのもこうした信心の大本《おおもと》は真実、親や祖先に対する孝道だからである」。そして日本人の性格の中にあるいかにも不可解な感情の秘密はこのような宗教的感情の中に求められねばならない。日本人が死に直面した際に示すあの天晴《あっぱ》れな勇気、辛《つら》い犠牲をもいとわぬ従容《しょうよう》たる態度などよりはるかにまして、われわれの情操感覚に縁遠いものは、日本のいたいけな少年がどこか見知らぬ神社の社頭に立って突然目に涙を浮かべるというあの単純無垢《むく》な深い感動である。そのとき少年はわれわれ西洋人がけっして感得しないもの――現在の自分が過去に対して負うている広大な恩義と、死者に対する愛のつとめをはっきり自覚したのである。

四

われわれ西洋人が、過去に対して恩義を負うている立場と、その立場の受け入れ方とを多少なりとも考えてみるならば、西洋と極東の道徳的感情には驚くべき相違があることが明白になるだろう。

生命というのは神秘だという単純な事実が突然流れ込むように自覚されるときほど畏《い》怖《ふ》の念に全身全霊が襲われることはない。知られざる暗黒の中から私たちは一瞬の間に日の光が燦々《さんさん》と輝く中に起き上がり、周囲を見まわし、喜びまた苦しみ、自分たちの振動をほかの生き物たちに伝え、そしてまた暗黒の中へ落ちていく。それと同じように波は盛り上がり、光をとらえ、その動きを次に伝え、そしてまた海の中へ沈んでいく。[17]それと同じように植物は土から起き上がり、日光や大気に向けて葉をひろげ、花を咲かせ、種を結んで、そしてまた土に返る。ただ波に知識はなく、植物に知覚はない。人間の命の一つ一つは土から出て土に返る抛物線《ほうぶつせん》の運動にすぎないように思われるが、しかしその短い変化の合い間に人間は宇宙を認識する。この現象が畏怖の念を与えるのは人間誰ひとりこれについてなにも知っていないからである。命それ自体——世の中でもっとも平凡でありながら、もっとも不可解な事実を、死すべき運命の人間には誰ひとり説明できない。それでいてものを考えることのできる人間は、自己との関係で命とは何かということをときどき考えざるを得ないのである。

私は神秘の中から生じ、——大空を眺め土地を眺め、人間の男女やその仕事を眺めている。そしてまた神秘に返らざるを得ないということを自覚している。——それでいてただそれだけのことが何を意味しているかを世の偉大なる哲学者たちでさえ——ハーバート・スペンサー氏[18]でさえ——私に説明してはくれない。私たちはみな、自分自身にとっても互い同士にとっても謎《なぞ》なのである。空間も運動も時間も謎、物質も謎なのである。生前と死後について新生児も死者もなにも私たちに伝えてくれない。子供は口が利けず、頭蓋骨《ずがいこつ》はただ歯を剝《む》き出して笑うのみ。自然は私たちに慰めを与えはしない。形のない物から形が生まれ、また形のない物に返る、——それだけのことである。植物は土に成り、土は植物に成る。植物が土に成るとき、その命であった振動は何に成るのか？　それは目に見えずに存在し続けるのか、ちょうど窓ガラスに結ぶ霜《しも》に葉に似た模様を形作る力のように？

無限の謎の地平にて、この世界が生まれたときから、無数の小さな謎が人間の到来を待っていた。オイディプスが対決を余儀なくされたのはただ一頭のスフィンクスであったが、人類は、何百万というスフィンクスに直面してきた。――みな「時」の路《みち》に沿って累々《るいるい》たる遺骨の中に蹲《うずくま》り、次々とより深くより難解な謎を問いかけてきた。すべてのスフィンクスに解答が与えられたわけではない。無数のスフィンクスが未来の路に連なり、まだ生まれていない無数の命を貪《むさぼ》り食おうと待ち構えている。それでも何百万というう謎はすでに解かれた。もはや私たちは永劫《えいごう》の恐怖なしに生存し得る。それというのも私たちを導いてくれる知識が比較的に得られたお蔭であり、そんな知識を私たちは大きく開かれた破滅の口から勝ちとってきたのだ。

私たち人間の知識はすべて遺贈《いぞう》された知識である。死んだ人たちは自分自身と世界についてわかり得たことはすべて私たちに教え伝えてくれている。――死と生の法について、――習得すべき事柄と回避すべき事柄について、――人間の生存を自然状態よりも苦痛の少ないものにする方法について、――善悪や哀楽について、――利己心の錯誤《さくご》、親切心の智慧《ちえ》、犠牲精神の義務について。死んだ人たちは気候、季節、土地について見出した情報はすべて伝えてくれた。――太陽、月、星について、――宇宙の運行や組成について。死んだ人たちは自らが覚えた幻滅も後世に遺《のこ》してくれた。その知識のおかげで私たちはさらに大きな幻滅に陥らずにすんだ。死んだ人たちは自らの錯誤や努力、勝利や失敗、苦痛や歓喜、愛や憎しみの物語を伝えてくれた。――あるいは警告としてあるいは模範例として。死んだ人たちは私たちに好意をもってもらえることを期待した。なぜなら親切にも私たちによかれと思い、私たちに希望を託して、骨を折ってくれたからであり、私たちの世界を作ってくれたからだ。彼らが土地を拓《ひら》き、怪物たちを根こそぎ退治し、獣《けもの》を飼い馴《な》らして役に立つ家畜に仕込んでくれた。

「クレルヴォの母親は、墓の中で目を覚まし、深い土の底から息子に向かって叫んだ、――「私はお前のために犬を樹につないでおいた。お前はその犬を連れて狩りに行くがよい」[19]」

彼らは動物たちだけでなく有用な樹木や植物も同じように培養し、金属の出る土地を見つけその効用を発見した。後には、われわれが文明と呼ぶところのすべてのものを創り出した、――犯さざるを得なかった誤りは後代の私たちが正してくれると信じて。彼らが労した努力がいかばかりであったかは測りがたい。彼らが私たちに与えてくれたものはすべて、それに要したかぎりない労苦と知恵のほどを思えば、それだけでこの上なく神聖かつ貴重なはずである。だが西洋人の中に、神道を奉ずる人のように、「何代にもわたるご先祖のみなみなさま、家族や親族のご先祖様、――わたくしどもの家の遠《とお》つ御親《みおや》のご先祖様に感謝の喜びを高らかに述べます[20]」と、日々唱えることを夢にだに考えたことがある者はいるであろうか。

いるわけがない。先祖への祈りをわれわれが唱えないのは、死者は聞くことができないと考えるからだけではない。われわれ西洋人は何世代にもわたって、きわめて限られた範囲――家族の範囲を除いては、共感的に表象する力を働かせるしつけを受けてこなかったからである。西洋の身内の範囲は東洋の身内の範囲に比べるといかにも小さい人間関係である。この十九世紀に西洋の家族はほとんど分解した。――家族とはいまや夫と妻と低年齢の子供だけを指すも同然である。東洋の家族は両親とその血縁だけでなく、祖父母とその血縁、曾祖父母、そしてその後ろの亡くなった人たち皆を指している。家族についてのこのような観念がおのずと共感的な表象力を高度に育《はぐく》んだので、そのような共感は拡大されて、日本では、現存する家族の多くのグループやサブ・グループにまで及んでいる。[21] そして国家存亡の危機に際しては、全国民が一大家族であるかのごとき感情にまで及ぶのである。[22] このような感情はわれわれ西洋人が呼ぶ愛国心 patriotism よりよほど根深い感情である。宗教的感情としてはこの気持はかぎりなく遥かな過去にまで及ぶ。愛、忠義、感謝などがまじりあったこの宗教的感動は、生きている同胞への感情に比べれば必然的に漠《ばく》としているが、真実な感情であることに変わりはない。

西洋では、古代社会が破壊した後、このような先祖を尊ぶ感情はもはや残り得なかった。キリスト教以前の古代の人を地獄に落としそのような故人の業績を讃《たた》えることを禁じた信仰は、――われわれ人間の万物に対する感謝はことごとくヘブライ人の神に向けるよう教え込む教義は、――過去への感謝の念を疎《うと》んずる思考習慣、過去に対して思いやりのない習慣を創り出したのである。[23] しかしキリスト教神学の衰退と新知識の夜明けとともに、今度は次のような論が行なわれ出した。死者たちは彼らがなした事業を自分で選んでしたのではない、――必然の法則に従ったまでであり、われわれは彼らから必然に従って必然の結果を受け取ったまでである。そして今日《こんにち》でもなお必然それ自体が、その必然性に従った人たちとともに、われわれの感動を呼ぶべきものであることに気づかずにいる。われわれに必然的に譲り渡されたもろもろの成果はただ単に貴重な結果であるのみか感動的ですらある、そのことをわれわれは認識しそびれている。われわれのために働く生者の仕事に対してもこのような考えをわれわれ西洋人は滅多に起こさない。われわれは買った物や手に入れた物の代価《コスト》を考える。――しかしそれを造り出した人がどれほど苦労したかという代価《コスト》までは思いめぐらさない。実際、そんなことに対して感謝の念を表したら、世間から笑いものにされてしまうに決まっている。過去の仕事にも現在の仕事にも共感できない思いやりのなさ、それではほぼ西洋文明の浪費傾向の説明がつく。――一時間の快楽のために何年間もの労苦を無造作に費《つか》い果たしてしまうという贅沢《ぜいたく》沙汰も、――数千人もの無思慮な大金持がおのおのまったく不要な欲求を満たすために毎年数百人の人命に相当する価値を一人で平然と蕩尽《とうじん》するという非人間性も、ほぼ説明がつくのである。こうした文明時代の人食い人種は、本人にその自覚はないが、野蛮時代の人食い人種よりも残酷で、はるかに多くの人肉を求めてやまない。人間性の深い部分――人間の宇宙的感動《コスミック・エモーション》[24]――は、本質的に無益な贅沢の敵なのだ。五官の満足や利己的な快楽に枠をはめようとしない社会に対しては、本質的に相反する。[25]

　それに対して極東では、はるか古代から質素な暮らし方が道徳的義務として教えられてきた。祖先崇拝が、人間のこの宇宙的感動《コスミック・エモーション》を育《はぐく》んできたおかげである。このような道理の感覚はわれわれ西洋人には欠けているが、いつかは身につけざるを得ないだろう。それは単純に、われわれ自身が絶滅することを防ぐためにである。徳川家康の二つの言葉はこの東洋人の感情を見事に言い表わしている。実質的に日本全土の支配者であったとき、この武人中の武人にして真の大政治家はある日、自分の手で古い絹の袴《はかま》の埃《ほこり》をはたいて折り目をつけていた。家康は家臣に言った、「いま私がこうしているのは、この衣服の値打ちを考えてのことではない。これを作るのにどれだけの手間がかかったかを考えているからである。これは貧しい女の労苦の産物である。それだから私は大事にするのだ。もし物を使いながら、それらを作るために必要とされた時間と労力を考えないならば、そのような無思慮な人間は獣と異なるところがない[26]」。またその栄華をきわめた日々に家康は夫人があまりに何度も新調の衣服を用意したがるといって次のように叱《しか》ったとのことである。「自分のまわりにいる億兆の民、自分の死後に続く何代の人々のことを思うと、その人たちのためにも、私は自分の持ち物についてきちんと節倹につとめることが務めだと思う」。この質素を尊ぶ精神はいまなお日本から消え失せてはいない。天皇も皇后も、皇居や御用邸での私的な生活では、臣下たちと同様、質素な暮らしを続けている。そして歳入の多くを民衆の難儀の軽減のために充《あ》てている。

五

極東において祖先崇拝が造りだしたような過去への義務の観念は、西洋でも、進化論の教えを通して次第に発展し、ついには道徳的に認知されるであろう。今日《こんにち》においてもスペンサーの新哲学の第一原理に通じているほどの人ならば、人間の手仕事のもっともありふれた品を見ただけで、その進化の歴史のなにかを認めずにはいられないからである。ごく月並みな日常品にしても、そうした人の目には、ただ単に大工や陶工、鍛冶屋《かじや》や刃物屋の個人の腕による産物ではなく、製法、材料、形状について何千年ものあいだ試行錯誤を積み重ねた成果に映ずるであろう。[27] そうした人にとっては、いかなる機械器具にせよそれの進化の過程で必要とされたおびただしい時間と労苦を考えると、おおらかな感謝の念を覚えずにはいられない。後続の世代の者はみな死んだ人たちとの関連において過去からの物質的遺産に思いをいたすべきである。

しかしこの人間の「宇宙的感動《コスミック・エモーション》」の発展に際して、過去に対する物質的恩義を認める以上に強力な要因は、過去に対する精神的恩義を認めることである。それというのはわれわれの非物質的世界もまた、――われわれの内部に生きている世界――衝動、感動、思考のすばらしい世界もまた、死者から譲り受けたものであるからである。人間的な善さとはなにか、そしてそれを造り出すに要した恐るべき代価《コスト》を科学的に了解する者ならば、賤《いや》しい生活の卑近な側面にも神々しい美しさを見出せ、われわれの死者はある意味では真に神であることを感じられるであろう。

一人の女の魂はそれ自体で一つの存在——ある特定の一人の体に適合するように創られたなにか——と考えるかぎりは、母性愛の美とその神秘はけっして完全に理解できることはないであろう。だがわれわれの知識が深まったならば、一人の命の中には何万何億という死んだ母たちから遺伝された愛が宝物のように宿されていることに気づくはずだ。——そのときはじめて、赤ん坊が耳にする母親の言葉のかぎりない甘美さが、赤ん坊がじっと見つめる目と出会う母親の撫《な》でるような瞳《ひとみ》のかぎりない優しさが説き明かされる。[28]こうしたことを知らない人間はなんと不幸であろう。しかし誰がこうしたことをきちんと言葉に表せようか。母性愛こそ真に神々しい。「神々しい」divineと人間が認め得るすべてのものはこの母性愛の中に凝集されている。この母性愛の最高の表現を吐露《とろ》し後世に伝えた女たち一人一人はみな人間の母以上の存在であり、それゆえ「神の母」Mater Dei[29]なのである。

ここで言うまでもないが、初恋という性愛は霊的なもの、すなわち幻想である。——なぜなら初恋においては死んだ人々の情熱と美しさが生き生きとよみがえるからである。その輝きに幻惑され私たちは憑《つ》かれたように迷うのだ。初恋は真にすばらしい。しかしそのすべてがいいとは言いがたい。というのはすべてが真実とはかぎらないからである。

相手の女性がもつ真の魅力それ自体は、後から現われる。——あらゆる幻想が消え失せてはじめてその実体が示されるが、それはいかなる幻想よりもすばらしい。それというのも女性の実体は幻想の帳《とばり》の裏で進化し続けてきたからである。このような見地から認められる女の神々しい魔法の力とは何であろうか。ほかでもない、何百万という死んだ女たちの心に宿った愛情、優しさ、信義、無私の心、本能的直観がその正体である。[30]すべての故人の心臓がよみがえり、いま彼女自身の熱く新しい鼓動の中で新しく波打っているのである。

上流の社会生活の中で示されるある種の驚くべき才能も、死んだ先人たちの命によって霊魂がどのように構築されてきたかを物語っている。世の中には「すべての人のために何にでもなれる」男というのがいるが、そうかと思うと自分自身を二十、五十、百の異なる女に変えることのできる女もいる。——すべてを了解し、すべてに通じ、他人を誤りなく評定する。——まるで個人としての自我《じが》は持ち合わせておらず、多数の人の自我を持ち合わせているかのような人——その人は異なる人に応じて相手の調子に自分の調子もきちんと合わせることができる。こうした性格は珍しいが、自分が運よくたまたま研究する機会を持ち得た文明化された社会のいずれにおいてもこうした人に一人や二人会わないようなことはない。こうした人たちは本質的に多重人格である。——その多重性は一見明瞭だから、自我《エゴ》は一つであると思っている人たちも、そうした人たちの人格については「極度に複雑」などといわざるを得ない。この四十や五十もの異なる性格が同一人物の中に現われることは実に注目すべき現象だが（しかもそれが現われるのは普通は若いあいだであるのがとくに注目に値する。それというのもその年ごろにはまだそれに関連するような経験が積まれていないからである）、それにもかかわらず、そのことの意味を率直に認める人がいかにも少ないので私は不思議でならない。

ある種の形をとる天才の「直観」と名づけられたものについても、――とくに感情表現にまつわる直観についても同様である。シェイクスピアのような人は古来からの霊魂説では永久に説明不能であろう。[31] フランスの思想家テーヌは「完全なる想像力」の句でシェイクスピアを説明しようと試みた。――そしてこの句は確かにかなり真理を穿《うが》っている。しかし完全なる想像力の意味とは何であろうか？　途方もない数の霊魂の生活――数えきれないほどの過去の人間存在が一人の人間の中に生き返ったということだ。それ以外に説明がつかないではないか……。しかしながらこの霊魂複合説の素晴らしさがもっとも感じられるのは純粋知性の世界においてではない。そうではなくて人間のもっとも素朴な感動の世界――愛、名誉、共感、ヒロイズムの念に訴える世界においてなのである。

「だがこのような説では」と反論する批評家もいるであろう、「ヒロイックに振舞う衝動の源が、人々を犯罪へ駆り立てる衝動の源でもある。いずれも死んだ先祖に由来する」。これはその通りである。私たちは善とともに悪も遺伝的に引き継いできた。複合物にすぎない私たちは、——いまなお進化し、いまなお生成しながら、——もろもろの不完全なものを受け継いでいる。だが人類の平均的な道徳状態によって証されるように、本能的な数多くの衝動のあいだにも適者生存——「適者」の語を倫理的意味に用いて——は確実に実証されている。悲惨、悪徳、犯罪がわれわれのいわゆるキリスト教文明の下で怖ろしいまでに広がってしまったにもかかわらず、長く生き、多く旅し、深く考えた人にとっては、人類の大部分の人が善良であることは明白な事実であろう。ということは私たちが過去の人類から遺伝された衝動の膨大な部分は善良だということである。それからまた社会的条件が正常であればあるほど、人間が善良になるというのも確かな事実である。あらゆる過去を通して善きカミは悪しきカミが世界を支配することがないよう常に配慮してきた。このことを真実として認めるならば、善悪にまつわるわれわれの将来の考え方は非常な広がりをみせるであろう。ヒロイズムの精神であるとか、高貴なる目的のための純粋なる善行が、従来考えられもしなかったほど貴重なこととみなされるにちがいない。——そして本物の犯罪は、現存する一個人や社会に対する罪というよりも、人間経験の総体ならびに過去の倫理的向上への努力に逆らう罪とみなされるにいたるだろう。だから真の善良さはますます称賛され、真の犯罪はいよいよ仮借《かしゃく》なく裁かれるだろう。そして倫理規範は必要としない[32]とする古神道の教え——人の振舞の正しい道を知るには常に心に尋ねればよいとするこの教え——は現在の人類よりも完成度の高い人類によって必ずや受け入れられるであろう。

六

「進化論は」と読者は言うであろう、「その遺伝学説によって生者はある意味で死者によって支配されていることを明らかにした。しかし進化論はまた死者は私たちの中にいるのであって、私たちの外にいるわけではないことも明らかにした。死者は私たちの一部である。——死者が私たち自身の存在以外に別個の存在を有しているという証拠はどこにもない。過去に対する感謝というのは、結局、自分自身への感謝である。死者への愛慕の念は自己愛である。そうだとするとあなたの類推はおかしなことになる」

いや、おかしくはない。祖先崇拝は、原始的な形では、ただ単に真理の象徴なのかもしれない。知識の増大にともない私たちに課せられるであろう新道徳の義務をさし示す、予兆となるかもしれない。人間が倫理的体験をつむために犠牲となった過去への表敬と服従の義務という新道徳である。しかしその意味するところはもっと大きいものだろう。遺伝の事実は心理的事実の半分も説明してはくれない。一本の植物は十、二十、百の植物を生み出すが、その過程で自分の命を失うことはない。一頭の動物は何頭もの子を生むが、それでも体力や、小さいながらその思考力を減少させることもなく、生き続ける。子供が生まれても親も生きのびる。肉体面の生命におとらず、頭脳面の生命も遺伝される。しかし生殖細胞は、あらゆる細胞の中でもっとも特殊化していない細胞だが、植物においてであれ動物においてであれ、けっして親の存在を奪うことなく、親の生命をただ反復しているのみである。たえず増殖を続けながら、一つ一つの細胞はその種《しゅ》の全体験を後世に伝え、その種の全体験を後に遺して去ってしまう。ここに説明のつかない不思議が存する。肉体と精神をもった存在の自己増殖、物理的・心的存在の自己増殖という不思議である。——次から次へと親の生命から放出された生命が、それぞれ完成体となり、また次の生命を再生する。もし親の生命がことごとく子孫に与えられてしまうのであるなら、遺伝は唯物論を利するものといわれるかもしれない。しかしながらヒンズー教の伝説の神々のごとく、自我《セルフ》は増殖し、しかも今後も続けて増殖できる能力を完全に維持したまま、それまでと同じ状態でいる。神道には魂が分裂によって増殖するという教義があるが、いかなる学理にもましてかぎりなくすばらしいのは心理的な放射という事実である。

世界の大宗教は、これまで、遺伝だけでは自我の問題を決定的に説明できないことを認めてきた。——原《もと》の残留する自我の運命について納得のゆく説明のしようがないとしている。そこで大宗教は内的存在は外的存在から独立しているという説でおおむね一致してきた。実在それ自体の性質を科学が確定できないのと同じように、科学は宗教が提起した問題も完全に確定できないでいる。それでわれわれは空《むな》しく問うのである、死んだ植物の生命力を構成していた力はいったいどうなったのか、と。さらに答えが難しいのは、死んだ人間の心的生命を形成していた感覚や感情はどうなったのかという疑問である。——それというのも誰も簡単な感覚や感情といえども説明できないからである。われわれが知っているのは生きていたあいだ、植物の内にある、あるいは人間の体内にある、ある種の活動的な力は絶えず外部の力と調整してきた。そして内部の力が外部の力の圧力にもはや対応できなくなった後に、内部の力を蔵していた体は分解され、その体を構成していたもろもろのエレメントに還元される。われわれはこうしたエレメントの究極の性質についてなにも知らない。またこうしたエレメントを結びつけたもろもろの性向の究極の性質についてもやはりなにも知らない。しかし究極の構成要素が創り出していた形が分解された後も、生命の究極のなにかが生きることをやめると考えるより、生き続けると考える方が理にかなっているのではあるまいか。自然発生説（この命名は間違っている。なぜなら「自然発生《スポンテイニアス》」という語は地上における生命発生という限られた意味においてしか適用されないからである）は進化論者ならば承認しなければならぬ説であり、それは物質それ自体も進化しているという化学の証明結果を知っている人にとっては別に驚くにもあたらぬことである。しかし真の説（ボトルの中の肉汁エキスから有機生命が発生するというような説ではなく、惑星の表面で原始生命が発生するというような説）は途方もない——いや無限の——精神的意義をもっている。それは生命、思考、感情などのありとあらゆる潜勢力は、星雲から宇宙へ、系から系へ、恒星から遊星や月へと伝わり、そしていつかまた原子の旋風的状態へと還《かえ》っていくことを信じることを求める。そのような性向は太陽の爆発にも生き残り、——あらゆる宇宙的な進化や分解にも生き残る、ということを意味する。エレメントは進化の産物にすぎない。ある宇宙と他の宇宙が異なるのは、この性向によって――想像するにはあまりに巨大であまりに複雑にすぎる遺伝の結果としての一つの形によって創り出されたものであろう。そこに偶然はない。あるのは法則だけである。一つ一つの新しい進化はそれぞれ前代の進化の影響を受けているはずである。――ちょうど一人一人の個人の生命が先祖代々のすべての生命の体験の影響を受けているようなものである。物質でさえも、古代の先祖代々の形の性向は将来の形によって受け継がれていくのではなかろうか。今日《こんにち》の人間の行為や思考も将来の世界の性格を形作る一助となりつつあるのではなかろうか。錬金術士《れんきんじゅつし》の夢が荒唐無稽《こうとうむけい》とはもはや言い切れない。いまや古代東洋の思想にある、物質のすべての現象は霊魂の偏極性によって決定されるという主張もむげに否定できないのである。

死者がわれわれの内に生きているのと同様にわれわれの外にも生きているのか否《いな》か、――比較的にいえば無智半開の状態である今日のわれわれにはこの問いに結論を与えることはできないが、――宇宙的な事実の証することが神道の奇妙な信仰の一つと合致することは確かである。その信仰において万物は死者――人間の霊であれ世界の霊であれ――によって定められている。私たちの個人的な生命がいまでは目に見えない過去の生命によって支配されているように、この地球の生命も、地球が属する太陽系の生命も、やはり数えきれない天界の霊によって支配されている。天界の霊とは死んだ宇宙であり、――無数の死んだ太陽、惑星、月であり、――その形ははるか以前に夜の中に分解してしまったが、ただ不滅の力として永遠に作用し続けている。

神道に従う人のように、私たちはその先祖を太陽にまでたどることができる。しかし私たちの始まりがそこでさえなかったということを私たちは知っている。何百万個という太陽の寿命よりもはるか無限な時の彼方《かなた》に始まりはあった。――もし始まりなるものがあったと本当に言えるとして。

進化論の教えによれば、私たちは未知なる究極のものと一つであり、物質や人間の精神はその変化してやまない顕現《けんげん》にすぎない。進化論の教えによればまた、私たち個々人は多数であり、それでいて皆が互いに一つであり宇宙《コスモス》とも一つである、――過去の全人類が私たち自身の中に存在するだけでなく、同胞の一人一人の生命の貴重さや美しさの中にも同じように存在することを認めなければならない、――他人の中に存在する自分自身をもっともよく愛し得る、――他人の中に存在する自分自身をもっともよく役立て得る、――形はベールであり幻にすぎない、――そして生者のものであれ死者のものであれ、あらゆる人間感情は本当は形のない無限にだけ属しているのである。

君子《きみこ》

忘らるる身ならんと思ふ心こそ
忘れぬよりも思ひなりけれ　　君子

一

その名前は芸者町《げいしやまち》の一軒の入口の提灯《ちようちん》に書いてある。

夜見ると、ここは世界でも一番奇妙な町のひとつである。通りはまるで船の通路のように狭く、黒光りする木造細工の店先は、みなぴったりと閉ざされ、——どの店先にもまるで曇《くも》りガラスのような紙がはめこまれた小さな障子《しようじ》があり、——あたかも一等客室のようである。本当は建物はどれも二、三階はあるのだが、一目見たかぎりでは、——とくに月のない夜は、——すぐそれとわからない。というのも下の階だけは軒先《のきさき》まで明かりがともっているが、上の階は真っ暗だからである。明かりは狭い入口の障子の奥のランプと、外の提灯で、——一軒に一つずつ吊《つ》るされている。左右の提灯の列にはさまれたこの通りの先を見渡すと、——はるか彼方《かなた》まで延びる左右の光の列は一筋の黄色い光の横線を描いている。提灯はあるものは卵形、あるものは筒形、また四角形や六角形のものもあり、いずれにも美しい書体で仮名まじりの文字が書かれている。通りはたいへん静かで、——まるで閉館後の大展覧会場に陳列された高級家具の前にいるような静けさである。それというのも、そこに住む人たちはたいてい出払っているからで、——宴会の席や遊興の場に侍《はべ》っている。その女たちの生活は夜のそれなのである。

南へ下って左手の一番目の提灯に書かれた文字は「金《きん》のや内《うち》おかた」で、その意味は英語に訳すと“The House of Gold wherein O-Kata dwells”である。右手の提灯には西村家《にしむらや》という家号とみよつるという妓《こ》の名があるが、——この名前は“The Stork Magnificently Existing”という意味である。左手の二番目は梶田家《かじたや》で——そこに暮らすのは小花《こはな》“The Flower-Bud”と、雛《ひな》人形のように可愛《かわい》い顔をしたひな子である。向かいは永江家《ながえや》で、そこに君香《きみか》と君子《きみこ》が住んでいる……。そしてこの光のともった名前の二手《ふたて》の連禱《れんとう》はおよそ七、八丁の長さに及んでいる。

最後にあげた家の提灯に記された文字は君香と君子の関係を——それ以上のことをも、示している。それというのも君子は二代目と出ているからで、これはちょっと英訳しがたい敬称だが、“she is only Kimiko No. 2”という意味だ。君香はお師匠であり抱《かか》え主で、二人の芸者を育てあげた。そして二人ともに君子という名をつけた、というか君子という名にあらためた。そしてこの同じ名前を二度使ったというのは最初の君子——一代目——が評判の名妓《めいぎ》であった、という確証である。不運不評に終わった芸者の芸名がその後継ぎにつけられることはけっしてない。

もしかるべき理由があってその家に入れば、——入口の障子を開けると備え付けの呼び鈴が鳴って来客を告げ、——その晩、そこの小人数の一行がどこかのお座敷に出ているのでなければ、君香に会えるかもしれない。君香はたいへん利口な人で、機会があればぜひ語りあってほしい。君香は興《きょう》に乗れば本当にすばらしい話をしてくれる、——生身の、血の通った人間の物語、——人間の真実を伝える実話を。というのも芸者町にはたくさんの言い伝えがあり、——悲しい話、滑稽《こっけい》な話、メロドラマ、——どの家にも家の思い出があり、——君香はそうしたものをみんな知っている。まことに、まことに恐ろしい話もあれば、笑わせる話もある。物思いにふけらせるような話もあり、一代目君子の話はそれに属する。別に異常極まる話ではない。しかし西洋人にとっても理解の難しくない話ではないかと思う。

二

一代目君子はもういない。いまではその追憶があるのみだ。君香がその一代目君子を自分の芸の上の妹としたころは、君香もごく若かった。

「本当にすばらしい妓《こ》でございました」

といまでも君香は君子のことを言う。芸者としてひとかどの名を成すには綺麗《きれい》であるかよほど利口でなければならない。名妓《めいぎ》と呼ばれる芸者はおおむねその両者を兼ね備えている。――まだ年歯《としは》のゆかぬうちに師匠が娘たちにそうした素質があるかないかを見定めて選別してしまうからである。もっともごく平凡な芸者でも年ごろにはなにほどかの魅力があるもので、――フランス人のいわゆる beauté du diable〔悪魔の美しさ、若さゆえの美しさ〕を日本では諺《ことわざ》で「鬼も十八」などと呼ぶ。[1] しかし君子はただ単に綺麗という以上の娘であった。日本人の美の理想にかなった女で、そのような水準に達し得る女は十万人に一人もいなかった。また君子はただ単に利口という以上の娘であった。磨きのかかった女で、実に上手に歌も詠《よ》める、――花の生け方も見事、お茶の作法も非の打ちどころがなく、刺繍《ししゅう》もできれば、絹の押絵《おしえ》も上手だった。要するに、よく出来た女であった。それだけに君子がはじめて人前の席に姿を現わしたとき、京都の花柳界《かりゅうかい》は色めいた。君子が思いのままに好きな人を我が物にできるのは明らかであった。そして事実そうした幸運が君子の前に待ちうけていたのである。

だが君子が芸者として申し分なく仕込まれた女だ、ということもまた、じきに明らかとなった。いついかなる場合にもどのように振舞《ふるま》えばよいかきちんと心得ていたのである。というのも自分では知り得ないことも君香がことごとく心得ていたからだった。色《いろ》香《か》の強みも恋慕《れんぼ》の弱みも、約束事の手管《てくだ》も無関心の値打ちも、男心のあらゆる愚かさも悪さも。それで君子はしくじることがまずなかったし、涙を流すこともまずなかった。こうして君子は、君香が望んだように、――多少危ない女となった。それは夜の虫に対する明りのようなもので、危なくなければ夜の虫が飛びこんで火を消してしまいかねない。明りの務めは楽しい物を目に見せることで、別に悪意はない。君子に悪意はなかった。またとりわけ危ない女でもなかった。息子の素行《そこう》を心配する両親は君子に堅気《かたぎ》の家に入りこもうとする気持のないのに気づいて安心していたし、君子にも深刻な恋愛沙汰《ざた》にまきこまれそうな素振《そぶ》りはなかった。それでも誓紙《せいし》に血判を捺《お》したり、変わらぬ愛の印に女の左手の小指の先をつめてくれと芸者に頼むような若者連中に対して君子はあまり愛想がよくなかった。そうした男の馬鹿さ加減を本人に悟《さと》らせるほどの才覚も悪戯気《いたずらげ》も君子にはあった。君子に土地や家を提供してその代償にこの女を、身も心も、自分のものにしようとした金持連中に対してはいっそうつれなかった。なかには別に条件をつけないで君子をいまの身分から自由にしてやろう、といって君香を大金持にするような金子《きんす》の提供を申し出た気前のいい人もいたが、君子はその好意には礼を言ったが、――引き続き芸者のままでいた。いつも上手に断るので相手に憎まれるようなことはなかったし、たいていの場合、傷心の相手を慰める術《すべ》も心得ていた。しかしもちろんそうもうまく行かない場合もあった。ある老人の場合、君子を自分だけで独り占めできぬならこの世は生きるに値《あたい》せぬと考えて、一夕ある宴席に君子を招き、一緒に酒を飲んでくれと頼んだ。しかし人の表情を読むことにたけた君香は、君子の酒を（ちょうど同じ色の）

茶にこっそりと代え、本能的に君子の大切な一命を救ったのである、――というのもその十分足らずの後にこの馬鹿なお客の魂は冥途《めいど》へとひとり旅立ったからだ。連れがなくてひどく絶望したことだろう……。その夜から、君香は君子の身の上を、まるで子猫を見張る山猫のように案じた。

子猫は流行妓となり、世間の渇望となり、興奮となり、――当時の最大の見物のひとつで話題の種となった。いまでも君子の名前を覚えている外国の王子がいる。その王子はかつて君子にダイヤモンドの贈り物をしたが君子が身につけることはなかった。君子に取りいろうとして贅沢三昧《ぜいたくざんまい》をする裕福な人々から他にもたくさんの贈り物が届いた。一日でもいいから君子の寵愛《ちょうあい》を得たいというのが貴公子たちの望みだった。それにもかかわらず君子は男たちの誰ひとりにも自分だけが特別に愛されていると思わせるような真似《まね》はしなかった。そして永《なが》い愛を誓うような契《ちぎ》りはいっさい結ばなかった。そうしたことで苦情が出ると君子は自分は分《ぶん》をわきまえていますからと答えた。良家の婦人も君子のことを悪く言わなかった。――というのも家庭不和などの話に君子の名前が出ることはまったくなかったからである。君子は自分の分を実際まもった。時が経《た》つほど君子の魅力は増すように思えた。有名になる芸者はほかにもいたけれど、誰ひとり君子と同列に並ぶ者はなかった。君子の写真を貼紙《ラベル》に使う独占権を確保した製造業者があったが、その貼紙《ラベル》のお蔭《かげ》で大儲《おおもう》けした。

しかしある日、驚くべき噂《うわさ》が世間に流れた。君子がついに自分を好いてくれる人になびいたという。事実、君子は君香に暇乞《いとまごい》をして、その男と一緒にそこを去った。男は君子に望みの美しい着物はすべて買い与えることもできる人で、――進んで君子に社会的地位も提供し、暗い過去にまつわるとかくの噂が立つのを未然に防ごうとする人で、――君子のためなら十度でも喜んで死ねる、君子への恋慕のあまりすでに半ば死んだような人であった。君香にいわせると馬鹿な男で君子のために自殺をはかったが、君子が同情して男を介抱し一命を取りとめたのだという。大閤《たいこう》秀吉の言葉に、この世にこわいものが二つある、――それは馬鹿と闇夜《やみよ》だ、というのがあるが、君香は前から馬鹿者が現われるのを恐れていた。ところがやはり馬鹿者が君子を連れ去ってしまった。それで君香は、利己的な感情がなくもないのだろうが、涙ながらに、君子はもう二度と帰ってこないだろうと言った。それは二人の恋が相思相愛の数世に及ぶ恋だったからである。だが、君香の言葉は半ばしか当たらなかった。君香はしたたかな女だったが、それでも君子の心の内奥《ないおう》まで見通すことはできなかった。もし見通すことができたならば、君香は驚きのあまり大声を立てたに相違ない。

三

君子はほかの芸者とは血統の点で違いがあった。芸名を名乗る前、本名は「あい」だった。漢字で書けばloveを意味する「愛」か、あるいは同音異字でgriefを意味する「哀」となる。あいの半生は哀と愛とが織りなす物語であった。

あいはきちんと育てられた。子供のころは年老いた侍《さむらい》が開いていた私塾へ通わされた。——そこで小娘たちは高さ一尺ほどの小机《こづくえ》の前で座布団《ざぶとん》に坐《すわ》り、先生たちは謝礼を取らずに教えてくれた。最近のように教師の方が官吏《かんり》より高い給料を取るようになると、教育はかえって昔ほど廉直《れんちょく》なものでも愉快なものでもなくなってしまった。あいの学校の往《い》き来《き》にはいつも召使いがお伴して、書物や硯箱《すずりばこ》や座布団や小机を運んでくれた。

その後あいは公立の小学校に通うようになった。日本ではじめて「近代的」な教科書が発行されたころで、——教科書には名誉、義務、義挙などについての英独仏の話の日本語訳が、非常によく精選され、挿絵《さしえ》入りで載っていた。それはおよそこの世のものとも思えぬ服装をした西洋人を描いた小さな罪のない挿絵であった。こうした愛すべくも懐かしい小判の教科書もいまでは珍本となってしまった。もうだいぶ前に、思慮分別も愛着も著しく劣る編集の、もったいぶった代物《しろもの》に取って代わられたからである。あいはよく学んだ。一年に一度、試験のときに、政府の大官が学校を参観し、全生徒に対してまるで自分の子供ででもあるかのような口調で話しかけ、御褒美《ごほうび》の品を配っては一人ずつ絹のような髪の頭を撫《な》でた。その大官もいまでは政界から隠退し、もちろんあいのことなど覚えていないだろう。——それに今日《こんにち》の小学校では誰も女の子の頭を撫でてくれないし、褒美をくれることもない。

そうこうするうちに維新に引き続く一連の変革が起こり、位《くらい》の高い家も没落し士族も貧窮《ひんきゅう》にあえぐようになった。そしてあいも学校へ通うのを諦《あきら》めねばならなかった。大変な悲しい事件が次々と起こり、しまいに身もとに残った人は母とまだ幼い妹だけになってしまった。母とあいにできたことといえば織物を織るのがせいぜいで、その織物だけではとうてい暮らしてゆけなかった。はじめに家や土地を、――ついで生活に不要の品すべてを一つずつ手ばなしていった。先祖伝来の家財道具、装飾品、高価な衣裳《いしょう》、紋入《もんい》りの漆器の道具――そうした品が他人の貧窮で財をなす、いわゆる「涙金《なみだがね》」で財をなす人々の手へごく安い値で渡った。親戚の士族の家庭もみな似たりよったりの困窮状態だったので、生きている人で助けてくれる人はほとんどいなかった。しかし売れる品が――あいの小判の教科書でさえ――すっかりなくなると、死んだ人の助けも仰がねばならなかった。

というのはあいの父の父はある大名の御拝領《ごはいりょう》の品である太刀《たち》とともに埋葬されたことを思い出したからである。その刀の造りは金《きん》で出来ていた。それで墓を開いて、珍しい細工を施した立派な刀の柄《つか》を普通の柄に取り換え、かつ刀の鞘《さや》の漆塗《うるしぬ》りの細工も取りはずした。しかし刀身を取り出すことはしなかった。祖父は武士である以上、死んでも刀を必要とするかもしれないからである。古式に則《のっと》って埋められる場合、高位の武士は棺《ひつぎ》の代わりに大きな赤土で焼いた甕《かめ》に入れて埋められたが、その中で正坐している祖父の顔をあいは見た。その目鼻立ちは、長い年月の埋葬にもかかわらず、まだはっきり見分けることができた。そして刀が自分の手元に戻されたとき、祖父はそれらの処置を承認して、にこりともせずうなずいたかのように見えた。

あいの母もしまいに病弱の身となり機織《はたおり》の仕事ができなくなった。そして死んだ人の金ももう使い果たしてしまった。あいが言った、

「お母さん、もうできることは一つしかありません。私を芸者に売ってくださいまし」

母は泣いたが、返事はしなかった。あいは泣かなかったが、ひとりで出ていった。

あいは昔、父の家で宴会が催され、芸者がお酌《しやく》をしに来たとき、その中に君香という自前の芸者がいて自分をよく可愛がってくれたのを覚えていた。あいはまっすぐに君香の家へ行って、

「私を抱《かか》えてくださいまし。私はお金がたくさん入用《いりよう》なのです」

と頼んだ。君香は笑って、娘の頭を撫で、御飯を食べさせてやり、身上話《みのうえばなし》を聞いた。あいは涙ひとつこぼさず、はっきりした口調で話をした。

「いいかい」と君香は言った、「そうたくさんのお金をあげることはできません。私にもそんなにお金があるわけでないから。でもこれならできます。――お母さんの生活費は私がみてあげる。これはお約束できます。それにその方が一度にたくさんお母さんにお金をあげてしまうよりよくはない？――あなたのお母さんは立派な奥様だった方で、それだけにお金のやりくりをどうすればいいか見当のつかない方です。だからお母様にこの証文《しようもん》に名前を書いて判をついてもらいなさい。――あなたは二十四の年までか、お

金を全部返済してくれるときまで私のところにいる、という証文です。いまここにあるこのお金はそっくりあげるから、家へ持ってお帰り」

こうしてあいは芸者となった。そして君香はあいに君子という芸名をつけ、君子の母親と幼い妹を養うという約束を守った。母親は君子が有名になる前に死んだ。妹は学校へ通った。そしてその後に先に述べたようなことが起こったのである。

芸者に恋して自らの命を断《た》とうとした青年は、そうして死ぬにはいかにも惜しい人であった。一人息子で、親は裕福で位も高く、しかもその両親はこの息子のためにはいかなる犠牲も惜しまなかった。——芸者を嫁に貰《もら》うこともいとわなかったのである。それに息子を大事にしてくれたというので、両親は君子のことを憎からず思っていたのである。

君香のもとを去る前に、君子は学校を出たばかりの妹の梅《うめ》の結婚式に出席した。梅は可愛くてやさしい娘だった。新郎とのあいだを取り結んだのは君子で、男心の表裏《ひょうり》に通じた君子がその悪の知識を活用して縁談をまとめたのである。君子が選んだのは地味で、実直で、昔風の商人で、——悪いことをたといしようと思ってもできそうにない人であった。梅は智恵のある姉の選択に間違いはないと思っていた。事実、時が経つにつれていかにもいい連れ合いであることがはっきりした。

四

君子が自分のために用意された家庭へ連れていかれたのは四月のことだった。——それはこの世の不快な現実をすべて忘れ去るためにしつらえられたような邸《やしき》で、高い塀に囲まれた、静かな影の多い広い庭の中で、魔法にかけられたような安らぎのうちに、ひっそりと隠れているお伽噺《とぎばなし》の御殿《ごてん》であった。そこで君子は、その善行が報われて蓬萊《ほうらい》の国へ生まれかわった人のように感じたことであろう。しかし春は過ぎ、夏が来た。——けれども君子は依然としてもとのままの君子であった。三度、理由を口外しないまま、君子はなんとか婚礼の日を日延べしてもらった。

八月のこと、君子は男心を操るような、どっちつかずの態度をきっぱりとやめた。そしてたいへんおだやかではあったが、しかしいかにも覚悟の上らしく、自分の思っている理由《わけ》を話した、——

「長いあいだお話ししようと思いながら申せなかったことをお話し申すときになりました。生みの母と妹のために、私は地獄の生活を送ってまいりました。そうしたことはすべて過去のことでございます。しかしその火に焼けた傷は私の身の上に残りました。これを消してくれるような力はございません。立派なお宅のようなお家に入り、——あなたのお子様を生み、――あなたの御家庭を築く人は私のような者では駄目でございます……。どうか言わせてくださいませ。この世の悪い面はそれはそれは私の方があなた様よりよく存じております。私は妻となってあなた様の恥となるようなことはできませぬ。

わたしはあなたのお相手、お遊びのお相手、一刻のお客ならばようございます。――それもなにか贈り物が欲しくて、などということではございません。あなた様と御一緒でいられなくなりますとき、――いえ、そうした日は必ず来るのでございます、――あなた様は必ずやはっきりとおわかりになるかと存じます。それでも私をいとおしく思し召《おぼめ》してくださいましょうが、――いまのようには参りませぬ。これは迷いでございます。私が心から申しあげますこうした言葉をお心にお留めくださいませ。きっとどなたか本当にお優しいお方があなた様の奥様になられ、あなた様のお子様をお生みになられましょう。私も蔭ながらそのお子様を見させていただきます。しかしこの私が人様《ひとさま》の妻になり、人の子の母の喜びを知ることがあってはなりませぬ。私はあなた様の迷い、――夢まぼろし、あなた様の生涯を一瞬よぎった影でございます。たとえ後にそれ以上のなにかになるといたしましても、あなた様の奥様にはなれませぬ、現世でも来世でも。結婚せいともう一度仰《おお》せになりましたら、私はお暇《いとま》をいただきます」

そして十月のこと、なにもそれらしい理由《わけ》もなく、君子はいなくなった、――消えてしまった、――杳《よう》として行方《ゆくえ》知れずになってしまった。

五

いつ、どうして、どこへ行ったのか、誰も知らなかった。君子が去った家の近所でも君子が通ったのを見かけた人はいなかった。最初のうちはじきに帰ってくるだろうと思われていた。君子の美しい高価な持ち物——着物も身を飾る品々も贈り物も、それだけでもう一財産《ひと》なのだが——何ひとつ君子は持って行かなかった。しかしなんの連絡も合図もないまま何週間も過ぎた。なにか恐ろしいことが君子の身の上に起こったのではないかと案じられた。川を浚《さら》ったり、井戸を探ったり、電報や手紙で問い合わせが行なわれた。信用の置ける召使いたちがあちらこちらへ人探しにやらされた。なにかわかったなら謝礼を——とくに君香に対し謝礼を提供するという申し出がなされた。君香は真実君子と親しかったし、謝礼など一切もらわずとも君子が見つかりさえすればそれでもう良かったのだが。しかし謎《なぞ》は依然として謎のままだった。役所に頼んでみたが、なにしろ逃げた人が悪事をしでかしたのでもなく、法律に違反したわけでもないので、お金持ちの坊っちゃんの恋愛沙汰の気まぐれで帝国の巨大な警察機構を動員するわけにはいかない、との返事だった。月は過ぎ、年は過ぎた。しかし君香も、京都に住む妹も、またあの美しい芸妓を知り、その踊りを賞《ほ》め讃《たた》えた幾千という人の誰ひとりも、君子の姿をふたたび見ることはなかった。

しかし君子が前に言っていたことはやがて事実その通りになった。——時が経てば涙も乾くし、憧《あこが》れも消え失せる。そしてたといこの日本であろうと同じ絶望のために人は実際二回死のうとするものではない。君子を愛した男も分別《ふんべつ》がつき、妻としてたいへん優しい人を迎え、二人のあいだに息子が生まれた。そうしてさらに数年が過ぎた。そしてかつて一度は君子が住んでいたお伽《とぎ》の国のような家には幸せが漂っていた。

ある朝、その家に、まるで喜捨《きしゃ》でも乞うかのように、旅の尼《あま》が通りがかった。「はーい、はーい」という読経《どきょう》の声を聞きつけた子供は門の外へ駈《か》け出した。そして間《ま》もなく召使いがおきまりの施し物のお米を持って外へ出ると、驚いたことにその尼は子供の頭を撫で、なにか小声で囁《ささや》いている。するとその幼児《おさなご》が召使いに向かって声を上げた。

「ぼくにやらせて！」

尼も大きな編笠《あみがさ》のかずきの蔭から頼むように言った。

「どうぞお坊っちゃまにやらせてあげてくださいませ」

そして子供は托鉢《たくはつ》の鉢《はち》の中へお米を入れた。尼はお礼を言うと、

「さあ、お父さまに申しあげるようお願いしたさっきの言葉をもう一度私に言って頂戴《ちょうだい》」

と頼んだ。すると子供は舌足らずの言葉で答えた、

「お父さん、この世でまたとお目もじできぬ者が、坊っちゃんを見させてもらえて嬉《うれ》しいと申しました」

尼はおだやかに笑って、子供の頭をまた撫でると、足速《あしばや》に立ち去った。召使いは先に

も増して驚いていたが、子供は父のところへ駈け戻って托鉢の尼の言葉を伝えた。その言葉を聞くや父の目は涙に曇《くも》り、涙は子供の上へこぼれた。この父には、この父だけには、いましがた誰が門の前へ来たのかわかったからである。——いままで隠されてきたことすべての犠牲の意味もよくわかったからである。

男はいろいろ思い、考えた。しかし誰にも言いはしなかった。陽《ひ》と陽《ひ》とをわかつ距離《へだたり》すらも自分と自分を愛してくれた女とをわかつ距離《へだたり》にはついに及ばぬことを知っていた。

探しても無駄なことを男は知っていた。どこか遠くの市《まち》の、名もなく狭い路地の奥で、貧民窟《ひんみんくつ》の貧民たちのわびしい御堂の一隅で、君子は静かにお迎えを待っている。無明《むみょう》の闇《やみ》の彼方《かなた》には無量《むりょう》の光が輝く暁《あかつき》がある。——やがて阿弥陀仏《あみだぶつ》のお顔は微笑《ほほえ》み、——やがて阿弥陀仏のお声はやさしく女に話しかけるだろう。いかなる人の——いかなる恋人の唇《くち》から洩《も》れる声より、深くやさしく尊いお声で——

「我が法《のり》の女《むすめ》よ、そなたは全《まった》き道を歩《あゆ》まれた。仏法の真《まこと》を信じ、法性真如《ほっしょうしんにょ》を悟られた。信女《しんにょ》よ、それゆえそなたを迎えに我はいま西より参る」

註

◎〔訳註〕以下は訳者による註、それ以外はハーンによる原註である。
◎原註内における〔 〕は訳者による補註である。

停車場にて

1 〔訳註〕『停車場にて』のエピソードは「私」が熊本駅頭まで犯人の到着を見に行った際に目撃したこととして書かれているが、丸山学の調査（『小泉八雲新考』）で明らかにされたように、じつは明治二十六年四月二十二日の『九州日日新聞』記事に依拠したハーンによる再話である。出来事の細部は記事と異なっている。詳しくは巻末解説を参照。

日本文明の真髄

1 限られた意味においては、西洋芸術は日本の文学や演劇に影響を与えてきた。しかし影響の性格に私が話題とする民族的相違が看取される。西洋の演劇は日本の舞台にかけられるために翻案され、西洋の小説は日本読者のために書き直される。しかし西洋文学を直訳する試みは稀《まれ》である。それというのは原作の事件、思想、情緒は日本の平均的な読者や芝居好きには理解不能だからである。筋は採用されるが、感情や事件の中身はすっかり変えられてしまう。*The New Magdalen*〔ウィルキー・コリンズの一八七三年の作〕はヒロインが日本の娘になって被差別民と結婚する。ヴィクトル・ユーゴーの『レ・ミゼラブル』が日本の内戦に材を取った物語となり、作中のアンジョルラスは日本の書生となったりする。もっともすべてがこのように翻案されるわけではない。原作に忠実に訳されて成功した場合として『若きウェルテルの悩み』があげられる。〔訳註〕西洋文学の原作に忠実でしかも日本語芸術作品として優れた翻訳は森鷗外の手によりドイツ語経由で行なわれた。ハーンが来日した一八九〇年は鷗外の訳詩集『於母影《おもかげ》』が出た明治二十二年の翌年にあたる。しかしハーンは鷗外や二葉亭四迷などの優れた翻訳が日本でも出始めたことをついに知らずに終わったようである。一八九〇年に出た『日本事物誌』*Things Japanese* の初版の「文学」の項目でバジル・ホール・チェンバレンは「翻訳にはしばしば意訳が用いられた。物語の筋はそのまま借用しているが、作中の固有名は、スミスは「清水」に、エリザは「おりさ」に変えられるというように、少しく日本風になっている。そして日本の社会や風習に適合するように細部を削ったり書き変えることを遠慮しなかった」と書いた。ハーンはこの項目をもちろん読んでいたであろう。なおチェンバレンは一九三四年の追記では事情が変わってきたことを記している。

2　〔訳註〕『日本事物誌』（一八九〇年）の著者バジル・ホール・チェンバレンは「日本人が偉大なのは小さなものにおいてである」といい、その種の説は十九世紀末の日本通西洋人のあいだでもてはやされていたので、ハーンもまたその見方に同調したのであろう。フランス人のあいだでは Les Japonais sont grands dans les petites choses. といわれた。

3　〔訳註〕elfish という形容詞を「天狗でも出そうな」と平井呈一は訳した。祠《ほこら》の神道的雰囲気を見事に伝える訳と思うのでそれを拝借し「妖精か天狗《てんぐ》の類《たぐい》が住んでいそうな」と敷衍《ふえん》して訳した。
4 ［訳註］ Race Ghost を「民族の魂」と訳した。なお石川林四郎、平井呈一は「民族精神」、フランス語版訳者の Mme Léon Raynal は l'âme de la Race と訳した。ハーンは故人が祖霊として、そしてさらには神として祀《まつ》られている日本を ghostly Japan ととらえ、その力の由来を説明しようと試みた。この解釈の試みは遺作 *Japan, an Attempt at Interpretation* にいたるまで続く。ハーンはこの遺著の原稿の表紙に自筆で『神國』と記したが、この「神」は祖霊を意味する。
5 ［訳註］ ハーン自身もニューヨークの摩天楼《まてんろう》の壁面の深い割れ目で都会の孤独を身にしみて感じた青年の一人であったに相違ない。この種の西洋の大都会に畏怖《いふ》に近い情を覚えた人の孤独感は『心』第十章の『ある保守主義者』第七節「西洋は彼が予期していたよりはるかに大きなものとして眼前に現われた」以下に記されている。「人々の声を掻《か》き消《け》してしまう交通機関の絶え間ない騒音。魂のない巨大建築の怪物性」などの表現はここでも繰り返されている。
6 ［訳註］ 訳者は東京の住宅地がまだ木造建築が普通であった戦前・戦後の時期に暮らした。そのころは江の島の橋は毎年のように台風で流された。それは「束の間《つかま》」のための木材で組まれた桟《さん》橋《ばし》であったわけだが、その「束の間」と訳した英語の impermanency は仏教用語の「無常」の訳語でもある。ハーン来日当時は石造の西洋文化と木造の日本文化の差がいまよりもはるかに顕著であった。ちなみに江の島に渡る橋がスチールとセメントと石材で造られ、車まで渡れるようになったのは第二次世界大戦後である。日本が世界第二の経済大国になろうとしていた千九百八十年代でさえも、「日本人は兎《うさぎ》小屋に住んでいる」という悪口が西洋でしきりといわれたものである。
7 ［訳註］「生活環境」と訳した原語は medium で、フランス語訳では Mme Léon Raynal（Dujarric et Cie, 1906）も Sabine Boulongne et Jacqueline Lavaud（Minerve, 1989）も milieu となっている。

8　［訳註］「五十マイル以上」は八十キロ強だが、健脚の日本人でも一日にそれだけ歩くのは無理だったのではあるまいか。ハーンの日本及び日本人論に誇張と過褒《かほう》があり、それが日本解釈者としてのハーンの信用を損ねている面があることは否めない。

9　［訳註］原文は all his baggage can be put into a handkerchief。石川林四郎は「彼の手まはりは手巾一つに包める」、平井呈一は「手拭いっぽんで包んでしまうことができる」と訳している。

10　エドウィン・アーノルド卿は「日本の群衆はゼラニウムの花のような匂いがする」と述べたために批評家たちに冷やかされた。しかしその比喩《ひゆ》は適切である。「麝香《じやこう》」と呼ばれる香料は控えめに用いられたときマスク・ゼラニウムと取り違えられやすい。婦人を含む日本人が集まる席ではまず必ずといっていいほど麝香の香りがかすかにする。それというのは外出に際して着用した和服は少量の麝香の粒を入れた箪笥《たんす》の抽斗《ひきだし》にしまわれていたからである。このデリケートな香りを除くと日本の群衆はおよそ匂いのない人々である。

11　［訳註］キリスト教と違って、仏教は進化論と両立しうるとハーンは考えていた。進化論に由来する適者生存の考え方、いわゆるソーシャル・ダーウィニズムは明治二十年代の日本にも広まりつつあったが、学生の英作文に託してここではハーン自身の考え方を述べたとみてよいのかもしれない。

12　［訳註］フェルディナン・ブリュンティエール（Ferdinand Brunetière　一八四九－一九〇六）はハーンと同時代のフランスの文芸批評家として当時はすこぶる有名で、『両世界評論』誌の編集長もつとめた。本人は普仏戦争に妨げられて大学教育は受けていなかったがパリ高等師範学校やソルボンヌの教授もつとめた。ダーウィンの進化論を文学史研究に応用したが、晩年カトリック教に帰依した。ハーンが引用したこの記事の出典は Minerve 版フランス人訳者たちにも不明であったらしく、その仏訳本『心』にはブリュンティエールの原文ではなくハーンの英訳文の重訳と察せられるものが載っており、たとえば don mutuel と訳すべきところが誤って don naturel となっている。ハーンは『日本文明の真髄』執筆の三年後の一八九八年に出版された F. Brunetière, *L'Art et la Morale* を購入している。なお芸術と道徳の関係はハーン自身の念頭にもあった問題で、東大の講義で「生活と性格と文学の関係」を論じた際にもふれている。

13 〔訳註〕ラムネー（Lamennais　一七八二－一八五四）。カトリックの護教的立場から革命主義支持の立場にいたる激しい思想遍歴をたどったフランスの思想家である。

門づけ

1 〔訳註〕ハーンがチェンバレンに宛てた一八九五年三月付の手紙に、『門づけ』の成立事情がうかがえるエピソードが書かれている。巻末解説を参照。

2 〔訳註〕ハーンは同じく熊本時代の『人形の墓』（『仏の畑の落穂』に収む）でも「その子を家の中へ呼び入れると物を食べさせた」上で女の子の身上話《みのうえばなし》を聞いて作品化している。『門《かど》づけ』も『人形の墓』もともに旅芸人ともいうべき語り手の内面に民俗学的手法で迫ろうとするところにハーンの特色が認められる。

3 〔訳註〕なお人間の能力には先祖の体験が遺伝的に伝わっている、とハーンは他の作品でもその有機的記憶 organic memory について繰り返し説いている（本書『心』の中では『前世の観念』、『旅日記から』の第五節、『骨董』の中では『草ひばり』など）。

4 〔訳註〕これはプラトン『パイドロス』にある「学知《マテーシス》とは想起《アナムネーシス》にほかならない」というテーゼに、遺伝学的見解を加味したハーン的な説明である。

旅日記から

1　［訳註］日本の鉄道は明治以来昭和三十年代の初めまで一・二・三等制で、多くの列車は二・三等のみで編成されており、一等車は限られた上流の人が乗る車輌であった。

2　［訳註］この「その道はどこにも通じない。その石段は行く先に何もない」という言葉が持つ神道的な意味については「解説」を参照。

3　［訳註］これは京都岡崎で一八九五（明治二十八）年四月一日から七月三十一日まで開かれた第四回内国勧業博覧会で、総入場者は百十三万人であった。

4　［訳註］ファージングは英国の小銅貨で、四分の一ペニーである。一九六一年に廃止された。

5　［訳註］ランカシャーはイングランド北西部の州で、かつては世界有数の綿工場の中心地であった。

6　［訳註］これは東本願寺である。京都市下京区烏丸通七条にある真宗大谷派の本山は一六〇二（慶長七）年に西本願寺から分かれて創立されたが、その現在の堂宇は明治二十八年に落成した。

7　［訳註］この東京上野で開かれた第三回内国勧業博覧会には橋本雅邦『秋景山水図』『白雲紅樹図』、荒木寛畝『孔雀図』、川端玉章『墨堤春暁』、平福穂庵『乳虎図』、洋画では原田直次郎『観音』などが陳列された。

8　［訳註］第四回内国勧業博覧会には雅邦『釈迦十六羅漢』『竜虎』、幽谷『菊鶏図』などとともに洋画では黒田清輝『朝妝《ちょうしょう》』、久米桂一郎『秋景晩暉』などが展示された。

9　［訳註］ハーンが言及しているこのカンバスこそが黒田清輝『朝妝』である。その陳列の可否について世論が沸騰したことは知られる。『朝妝』は一八九三（明治二十六）年の作。一九四五年の空襲で焼失したが、その写真は『黒田清輝展』などのカタログで見ることができる。

10 ［訳註］この説明はプラトン『パイドロス』にある「学知《マテーシス》とは想起《アナムネーシス》にほかならない」というテーゼである。そこでは美のイデアの想起というかたちで「恋」の説明も行なわれる。

11 ［訳註］桓武《かんむ》天皇は正しくは第五十代の天皇で坂上田村麻呂《さかのうえのたむらまろ》を征夷大将軍《せいいたいしょうぐん》として東北に派遣したこと、また七九四年に平安京に遷都《せんと》したことで知られる。

12 ［訳註］尺と訳した原文は、尺（三〇・三センチメートル）とほぼ同じ長さのフィート（三〇・四八センチメートル）である。

13 ［訳註］七覚分《しちかくぶん》とは択法《ちゃくほう》・精進・喜・除・捨・定《じょう》・念で、修法の七つの段階をさす。喜とは法喜楽を得ること、除は虚偽煩悩を除くこと、捨は執着を捨てること、定は心の乱れを去ること、念は念仏に没頭することである。五力《ごりき》とは信力・精進力・念力・定力《じょうりき》・慧力《えりき》で、修行の力をいう。

14 ［訳註］この仏さまとは修行の円満に成就した人が覚者となったことをさす。諸仏、諸菩薩などと漢訳仏典ではいわれている。

15 ［訳註］四無量心とは慈無量心、悲無量心、喜無量心、捨無量心で、これらは、弥陀の浄土に往生する菩薩の衆生に対する菩提心である。

16 O Thou of Immeasurable Light！と原文にあるが、阿弥陀仏の別名はサンスクリットでは Namas Amita Abha といい、amita abha「無量の光」を意訳して「無量光仏」ともいう。

阿弥陀寺の比丘尼

1 このような、愛する不在の人の霊前にお供えする食事は陰膳《かげぜん》と呼ばれる。直訳すれば Shadow-tray になる。「膳」という言葉は漆塗《うるしぬ》りの膳 tray ——四脚があり、小型のテーブルに似ている——

の上に出された食事をも意味する。それだから陰膳は Shadow-feast と訳す方がいいのかもしれない。

2 ［訳註］観音様《かんのんさま》と呼びならわされている観世音菩薩《かんぜおんぼさつ》は「観察すること自在なる者」の意で『妙《みよう》法蓮華経《ほうれんげきよう》』普門品《ふもんぼん》、いわゆる『観音経』に説かれている。この阿弥陀如来《あみだにょらい》の脇侍《きようじ》は、衆生《しゆじよう》の求めに応じて種々に姿を変えるとされる。観音像はインドから中国へ伝来した当時は男性であったが、中国や日本の民の心が慈悲の情は母の情であると思い、それで日本では女性像になった。ここでは「この菩薩《ぼさつ》の御名《みな》をそっと唱え」と訳したが、ハーンはその女性への変容を承知しており、この一節の原文は次のように大文字のメイドを用いている。子供の世話を焼く女性という含意であろう。she would murmur the Buddhist invocation to that Maid "who looketh forever down above the sound of prayer." お豊が観音菩薩の御名を唱えると、それを観てすぐに大慈大悲で応《こた》えて衆生を済度《さいど》してくださるのが観音様である。なおハーンは引用に際し *The Sacred Books of the East* を参照している。

3 ［訳註］ハーンはこの童歌《わらべうた》をまずローマ字に写して引用し、註に英訳を添えた。『門づけ』の訳註でも説明したハーンの民俗音楽への関心と収集努力の表れの一端である。そのトランスクリプションに Wakai ye mo Dōri とあるのは、松江出身の落合貞三郎が第一書房版の『阿弥陀寺《あみだじ》の比丘尼《びくに》』の訳者石川林四郎に語ったところによると、「いえ」と筆写された二音は松江の方言の「い」の間のびしたものをハーンがその儘《まま》に音訳したものという。

4 派手な色の帯は子供だけが締めるのでこういった。

5 人の家を訪問するとしょっちゅう約束する人のことを出雲《いずも》で「あなたの話はお呪《まじな》いみたいですね」（とりつばなしのような）というのはこの「来たぞよ！ 来たぞよ！」からきているのである。ちなみに「来たぞよ」の意味は英語で言えば I have come ということである。

6 「身代わり」は英語で言えば substitute である。宗教用語と考えてよい。［訳註］ハーンは「身

行為としてハーンはそれについて『勇子――ある美しい思い出』(『東方より』所収)に書き、さらに『京都紀行』(『仏の畑の落穂』所収)でもふれた。
際、畠山勇子がロシアに罪を詫び、明治天皇の御心を安んずるために自決した。これも身代わりの
も『怪談』に収められている。ロシア皇太子が警護の巡査に斬りつけられ重傷を負った大津事件の
の命を救う話、『十六桜』は老人が身代わりに立って腹を切ることで老樹の命を救う話で、いずれ
代わり」の問題に深い関心をよせた。『乳母桜』はお袖《そで》という乳母が身代わりに死んで主家の令嬢

7 [訳註]「小さなものばかりを好む」阿弥陀寺の比丘尼が実際松江にいて、その話をもとにこの短篇は書かれたのか、それともハーンが「小さなものばかりを好む」心理学的症例を西洋の書籍で知ってそれをここに応用したのか、そのいずれが正しいかはわからない。

8 [訳註]「子供の子供の子供たち」という類の表現は、ハーンが好んで使う家族の代々のつながりの強調で、『盆踊り』の第五節、『生神様』の第三節、『十六桜』などにも見られる。

9 [訳註] ここで著者の「私」が姿を現わすことにより、明治以前と思われていた話が突然私たちの身近な話となって私たち読者をこの童話のような世界の中に引き込む。『人形の墓』『門づけ』などと同じ手法だが、それが結びに用いられていて、効果的である。

10 [訳註]『阿弥陀寺の比丘尼』は全四節から構成される物語で、民俗学的観察の材料をそのまま文学作品にうまく生かした作品である。松江時代の取材にかかわるが、一八九四年の来日第一作『知られぬ日本の面影』の中で発表せず一八九六年の第三作『心』の中に発表したのは、二年余計に時間をかけて芸術作品として熟成することを考えたからであろう。第一節は陰膳《かげぜん》の民俗、嵩山詣《だけやまもう》でとその俗信、出雲の童歌「ののさん、いくつ、お月さん、いくつ」という民俗学的収集が、そのままお豊とその男の子の物語に織り込まれてゆく。第二節でお豊は愛する人を二人、三日のうちに

失うという目に遭《あ》うが、この第二節でも「とりつばなし」という死者の霊を呼び戻す風習のことがそのまま記述されている。第三節は精神的ショックからすべて小さい物を偏愛するようになったお豊について語られるが、これが事実ならば精神病理的に興味深いケースであろうが、ハーンのことだから文学化しているに相違ない。そしてハーンは結びの第四節に『阿弥陀寺の比丘尼』の物語としての高揚部分を持ってくる。子供たちと遊ぶ比丘尼の姿で、西洋の聖フランチェスコの伝説にも並ぶようなイノセントな世界である。「鳥は寺に巣を作り、比丘尼の手から餌を啄《ついば》んだ。そして仏様の頭にとまってはいけないということも習った」という一節は日本の実話に基づくというよりハーンの筆になる条《くだ》りではあるまいか。

私は東京育ちの人間で、出雲の童歌「ののさん」の歌詞の正確な意味も、「とりつばなし」Toritsubanashi も、もっと土地の人から詳しく説明を受けたいのだが、聞いたことがない。おそらく「口寄せ」のことではあるまいか。石川林四郎訳、平井呈一訳、仙北谷晃一訳ではいずれも「とりっぱなし」と訳されているが、それで正しいのだろうか。もっとも松江の人とてももはや詳しいことは知らないのかもしれない。なおお名前が出たので述べると、私が参照した既訳で断然優れているのは講談社学術文庫の仙北谷訳であった。

私自身は嵩山《だけやま》に登ってしんみりと語りあった秋の日のことをなつかしく思い出す。何カ国もが見渡せるとのことであったが、その一つの伯耆《ほうき》の国の大山《だいせん》もいまは記憶の彼方《かなた》にかすんでしまった。

戦後に

1　成歓《せいかん》の戦闘の際に、日本軍の喇叭《らっぱ》手《しゅ》白神源次郎《しらかみげんじろう》は「進メ」の喇叭を吹くよう命令を受けた。白神が一度「進メ」の突撃喇叭を吹いたとき、弾《たま》が彼の肺を貫き、彼は倒れた。戦友は白神が致命傷を受けたことを知り、喇叭を取りあげようとした。すると白神は戦友の手から喇叭をもぎ取って、ふたたび口にあて、いま一度力のかぎり突撃喇叭を吹くと、その場にばったり倒れて死んだ。いま日本全国の兵士や学童によって歌われている白神についての歌を以下に掲げる。

喇叭《らっぱ》のひびき

渡るにやすき安城《あんじよう》の　名はいたづらのものなるか
敵の打出す弾丸に　浪《なみ》は怒りて水騒ぎ
湧き立ちかへるくれなゐの　血潮《ちしお》の外《ほか》に道もなく
先鋒《せんぽう》たりし我軍の　苦戦のほどぞ知られける

このとき一人の喇叭手《らつぱしゆ》は　取り佩《は》く太刀《たち》の束の間も
進め、進めと吹きしきる　進軍喇叭のすさまじさ
その音忽《たちま》ち打ち絶えて　再びかすかに聞えけり
打ち絶えたりしは何故《なにゆえ》ぞ　かすかになりしは何故ぞ

打ち絶えたりしその時は　弾丸のんどを貫けり
かすかになりしその時は　熱血気管に溢《あふ》れたり
弾丸のんどを貫けど　熱血気管に溢るれど
喇叭放さず握りつめ　左手《ゆんで》に杖つく村田銃

玉《たま》とその身は砕けても　霊魂天地をかけめぐり
なほ敵軍を破るらん　あな勇ましの喇叭手よ
雲山万里かけへだつ　四千余万の同胞《はらから》も
君が喇叭のひびきにぞ　進むは今と勇むなる
加藤義清作

［訳註］この喇叭手の話は後の国定教科書では木口小平《きぐちこへい》に改められた。

2　羽織《はおり》とは上に羽織《はお》る一種の正装で、男女とも用いる。裏地の意匠は言葉もないほど美しいものが多い。

3　縮緬《ちりめん》とは絹のクレープ織りである。品質は多種多様で、ものによっては大変高値だが長持ちする。

4　壮士は近代日本の呪《のろ》いの一つである。壮士の多くは書生崩れ、学生崩れで、無法な凶漢として生計を立てている。政治家たちはこうした壮士を反対党の壮士から身を護《まも》るために雇い、また選挙の際には運動員として用いる。個人で身辺警備のために壮士を雇う人もいる。近年日本で選挙の際に起こった乱闘の際に必ず名を連ねるのがこの壮士連中で、有名政治家等へのテロにもおおむね加わっている。ロシアにおいてニヒリズムを生んだ原因と近代日本において壮士階級を生み出した原因とはかなりの共通点を持っている。

5　牙山《がざん》の戦闘から澎湖島《ほうことう》の占領にいたる日清戦争の全期間を通じて、実際に戦場で戦死した日本人の数は全部でわずか七百三十九名であった。しかしそれ以外の原因で死亡した人の数は、一八九五年六月八日までに、台湾占領中だけでも、三千百四十八名にのぼっている。この死亡者数のうち、千六百二名はコレラが原因であった。少なくとも以上が『神戸クロニクル』紙に発表された公の数字である。

6　一八九四年九月十七日、黄海の海戦が終わろうとしたとき、一羽の鷹《たか》が日本の巡洋艦高千穂《たかちほ》のマストに舞いおり、おとなしく捕われて、水兵に飼われるようになった。大事にされたこの吉兆の鳥は後に天皇に献上された。日本では鷹狩《たかがり》が封建時代に遊戯として盛んに行なわれ、見事に鷹を飼育してきた。鷹はいまや前にもまして、日本では勝利の象徴になりそうな気配である。

趨勢一瞥

1　［訳註］日本において居留地とは安政五（一八五八）年に調印された日米修好通商条約などの条約に規定された、外国人との貿易と居住のための地域をいうが、実際に設定されたのは横浜、長崎、大阪、神戸、東京の五カ所であった。居留地は一面では文明開化の象徴で、地方から出てきた岡倉天心、雨森信成などもそこで英語を学習したのだが、西洋帝国主義全盛期における日本の低劣な国際的地位を象徴する恥部でもあった。不平等条約の結果生じた不利な点は、第一に外国人に治外法権を与え、居留地に事実上の自治権を付与したこと、第二に輸入関税率を日本で自由に定められず、その税率が不当に低く設定されたことである。

2　［訳註］ホーフマンスタールの講演のための覚え書『ヨーロッパの理念』に「ラフカディオ・ハーン。一人のヨーロッパ人の完全な移行。限界を越えること。居留地の境界を越えるのは太平洋を越すのとほとんど同じことである。――太平洋も民族間の相違に比べればはるかに狭い」とあるのはハーンのこの一節を読んだホーフマンスタールが、ハーンはヨーロッパ人でありながら、その限界を越えることに成功した類《たぐい》まれな作家と認定したことを示している。

3　*Japan Mail* の一八九五年七月二十一日号の記事を見よ。

4　［訳註］これはウィルキンソン炭酸水の商標偽造事件を指すのであろう。詳しくはチェンバレン『日本事物誌』「対外条約」の項を参照。

5　［訳註］明治二十七年七月に調印された日英新条約は批准交換後五年で発効した。それにともない治外法権は全廃、内地開放、税率の引き上げなどが定められた。国内の外国領としての居留地はこれでもって消滅した。

6　経験に富む神戸在の一西洋商人は一八九五年八月七日付の『神戸クロニクル』紙に次のような意見を述べている。「私は不買同盟《ボイコット》の弁護をするつもりはないが、私の見聞したところによると、日本側を苛立《いらだ》たせるような挑発がほとんどすべてのケースに見られ、それが日本側の感情を損ね、義憤を発せしめたようである。日本側は防衛手段として同盟を結ばざるを得ないように追い込まれたのである」

7　日本語には英語の chastity（貞操）にあたる言葉がないという説がある。これは英語にも chastity にあたる言葉がないというのと同じ意味においては真実である。それというのは honor（名誉）、virtue（徳性）、purity（純潔）、chastity（貞操）などの言葉は、他の言語から英語に採用されたものだからである。なんなりと良い日英辞書を開いてみるがよい。chastity に相当する言葉を数多く見出すだろう。chastity がラテン語からフランス語を経て英語にはいったから近代英語でないというのが滑稽《こっけい》であるように、千年以上も昔に日本語に取り入れられた中国語の道徳用語をいまも日本語でないというのはやはり滑稽である。このような説は、こうしたことに関する宣教師たちの説の大半と同様、人を誤らせるものである。読者は名詞もないなら形容詞もあるまいと思うに相違ないが、chaste を意味する純粋の日本語（大和言葉）の形容詞は数多くある。世間でもっとも多く使われる言葉は男女両性に用いられる。その言葉は古代日本語では「固ク志ヲ守リテ変ヘヌコト、崩レヌヤウニ心ヲツクルコト」などの意味を有している。ある言語における抽象的な語の不足はけっして具体的な道徳観念の不足を意味するものではない。このことは宣教師たちに対して繰り返し指摘されてきたにもかかわらず彼らの耳にははいらなかった。[訳註]「貞操」とか「童貞」とかいう名詞はどこか外来語の感じがいまなお残っている日本語語彙《ごい》ではあるまいか。では「男女両性に用いられる、世間でもっとも多く使われる言葉」としてハーンはどの日本語を思い浮かべていわれたのであろうか。「みさを」などが念頭にあったのではなかろうか。キリスト教宣教師は日本語には貞操という言葉がないのだから日本人は貞操観念をもたず実際の生活も乱れていると主張したのである。

8 [訳註] レッキー (Lecky, William Edward Hartpole 一八三八-一九〇三) は英国の歴史家。*History of European Morals from Augustus to Charlemagne* などの著書がある。

9 [訳註] 西洋人牧師は腕白《わんぱく》小僧が「旅順口ガ占領セラレタ」と受動態で言ったのはゴッドの力が能動的に「旅順口《りょじゅんこう》を占領した」ことを認めたことの裏返しだ、神意の働き the working of “divine providence” を示すものだと大声で言ったが、ハーンはそうした解釈は認めず、日本語にも受身の言い方が次第に広く使われるようになったまでだと指摘したのであろう。なおこの日清戦争における旅順口占領は明治二十七年十一月二十一日のことである。

業の力

1 [訳註] “The face of the beloved and the face of the risen sun cannot be looked at.” この諺《ことわざ》の正確な日本語のいいまわしが何であったかを訳者は把握していない。

2 ハーバート・スペンサー『心理学原理』「感情」の章。

3　[訳註]　ハーンがここで言及している古代哲学とはギリシャのプラトンである。人間はもともと一体であったのが二つに分かれて男女の別が生じた。しかしその昔一体であった相手とふたたび一体になりたくて常にその相手を探し求めている。それだからその相手にめぐり会うと、ただならぬ心のときめきを覚える。恋愛心理をプラトンはこう説明した。

4　[訳註]　ドイツの偉大な悲観論者とは厭世主義的哲学者ショーペンハウアー（一七八八－一八六〇）である。表象界としての世界の根底には「意志」つまり盲目的な生命衝動が横たわっている。人間存在の根源にも盲目的な意欲が働いている。したがって人生は苦悩である。この苦悩を逃れるためには、利己的自我を脱するしかない。その解脱《げだつ》の道としてショーペンハウアーは仏教を高く評価した。ハーンもそうした時代思想に染まって東洋に惹《ひ》かれた作家の一人であるといえる。ハーンはショーペンハウアーの主著『意志と表象としての世界』だけでなく『根拠律の四根について』の英訳も日本時代に購入している。なおハーンがここでいう「ドイツの偉大な悲観論者が提示した解答」とは自然は盲目的な意志の顕現《けんげん》であるから、それからの解脱として童貞を守ることを第一の道徳として主張したことを指すのであろうと藤井一五郎は研究社小英文叢書 *Hearn: Kokoro* の註で解釈している。

5　日本ではこれと似た魅力で役者が下層階級の感じやすい娘たちの心を捉えることがある。そしてそのようにして生じた有利な立場を利用して娘たちにひどい仕打ちを加えることもしばしばある。しかし僧侶がそのような形で女心を捉えることはよほど稀《まれ》である。

6　[訳註]　以下の女の手紙はそのハーンの英訳なるものからの重訳で、女言葉については牧野陽子氏の手をわずらわした。

7　[訳註]　業《ごう》は仏教用語で、サンスクリット語のカルマン karman の訳である。英・仏語ではカルマ karma という。

ある保守主義者

1 「それは真実其方《そのほう》の父の首か」と殿様があるときわずか七歳になる侍《さむらい》の子に問うた。子供はただちに事情を察した。いま目の前に据えられた斬られたばかりの首は父の首ではない。大名は欺《だま》されたのである。しかし欺し続ける必要がある。そこで子供ははらはらと涙をこぼしてうやうやしく父の首に対するがごとく一礼すると、ただちに自分の腹を切った。この切腹によって孝心を証した子供の行為の前に殿様の疑念は一切《いっさい》消えた。こうして勘気《かんき》を蒙《こうむ》った父親は無事逃げおおせることができたのである。この子供のことはいまでも歌舞伎や詩で讃《たた》えられている。［訳註］これは近松半二作『近江源氏先陣館《おうみげんじせんじんやかた》』八段目、佐々木高綱の子を指す。

2 武家でも女子は、地方によっては、芝居小屋へ行くことができた。しかし男子は武士の作法を破るのでないかぎり、芝居小屋へ出入りできなかった。しかし侍《さむらい》の家や屋敷の庭で、特別な性格をもつ演劇が私的に上演されることはあった。巡業の役者が上演したのである。生涯芝居を見にいったこともなし、また見物の招待は一切断る、という温良な士族の老人を私は数人知っている。この人たちはいまでも侍として受けた教えを守り、侍の作法に従っているのである。

3 猿に似た伝説の生き物。髪が赤く、酒を好む。

4 山に住むといわれる伝説の生き物。種類や姿はさまざまで、あるものは鼻が高い。

5 こういう話が伝わっている。都良香《みやこのよしか》は、菅原道真《すがわらのみちざね》（今日天神《てんじん》として祀《まつ》られている）の師であった大詩人だが、京都の御所《ごしょ》の羅生門《らじょうもん》を通りかかった際、ちょうど浮かんだ次の一句を高らかに誦《ずん》じた、――

気霽風梳新柳髪　　気霽《は》れては風新柳の髪を梳《けづ》る
するとただちに人を小馬鹿にしたような深い声が門から聞え、次のように和した、——
氷消波洗旧苔鬚　　氷消えて浪旧苔《なみきうたい》の鬚《ひげ》を洗ふ
都良香はあたりを見まわしたが、人影は見えなかった。帰宅して弟子にその旨《むね》を語り、二句を繰り返し唱すると、道真は後者を讃えて、こう言った、——
「実に第一句は人の句であるが、第二句は鬼の句である」

6 「われわれは知的達成において野蛮状態よりはるかに先へ進歩したけれども、同じように道徳において進歩したとはいえない……じつをいえば大衆の大部分は道徳的には野蛮な掟《おきて》の先へ進んでおらず、野蛮な掟以下の場合が多々あるといっても過言ではない。徳性の欠如は近代文明の一大汚点である……われわれの文明は社会面、道徳面において野蛮の域を脱していない……われわれイギリス人は世界でもっとも富める国民である。それでもわが人口の二十分の一は公費救助を受ける貧民であり、三十分の一は明らかに犯罪人である。こうした数に表沙汰《おもてざた》とならぬ犯罪人や多かれ少なかれ私費救助を受ける貧民の数（私費救助の金額はホークスリー博士によれば、ロンドンのみで年間七百万ポンドに達するという）を加えてみよ、そうすればわが人口の十分の一以上は現在実際に貧民ないしは犯罪者なのである」（アルフレッド・ラッセル・ウォリス）

神々の黄昏

1 ［訳註］ジョスは joss と綴《つづ》るが、いわゆるピジン・イングリッシュで、ポルトガル語の deos（deus の旧綴《つづ》り）が訛《なま》ったものと思われる。当初は中国人の祭る神像・偶像などの宗教的崇拝の対象物を指した。

2　防火用の倉庫である土蔵のことを極東の開港場では go-down と呼びならわされているが、この言葉はマレー語の gâdong に由来する。
3　［訳註］『過去現在因果経』には「太子の生るる時、蓮華《れんげ》の上に堕《お》ちたり」とあり、ハーンはその話を取ったのであろう。
4　［訳註］ハーンは *The Sacred Books of the East*, XXI., *The Saddharma-Pundarika: or The Lotus of the True Law*, Translated By H. Kern をやや手を加えて引用した。訳文は『法華経』下、坂本幸男・岩本裕訳、岩波文庫の『観世音菩薩普門品、第二十五』に依拠させていただいた。
5　［訳註］観音は正式には観世音菩薩《かんぜおんぼさつ》といい、菩薩は仏教の教理ではすべて男性であった。それがインドから中国を経て来日するあいだに女性となった。観音が中国では最初から必ずしも女性でなかったことは、敦煌《とんこう》で発見された観音図はいずれも髭《くちひげ》や髯《ほおひげ》を生やした男性像であることからもわかる。ちなみに狩野芳崖《かのうほうがい》の『慈母観音図』はもちろん女性像である。
6　［訳註］ハーンは *The Sacred Books of the East*, XIX., *The Fo-Sho-Hing-Tsan-King: A Life of Buddha by Asvaghosha Bodhisattva*. Translated from Sanskrit into Chinese by Dharmaraksha, A.D.420, and from Chinese into English by Samuel Beal, pp3-4 をやや手を加えて引用した。これは Asovaghosa's *Buddha-Carita*　また馬鳴《めみょう》『仏所行讃』として知られる。訳者は『原始仏典』第一〇巻（アシュヴァゴーシャ『ブッダチャリタ』、梶山雄一他訳、講談社）を参照したが、ハーンが利用した英訳と言語的にも情緒的にも距離があり異質であった。たとえば、私たちはお釈迦様は生まれてすぐに七歩あるき、右手を上に左手を下にして「天上天下唯我独尊」といったという伝説に親しんでいる。しかし『ブッダチャリタ』の訳（第一章、一五）ではそれは「さとりのため、世の利益のために私は生まれた。これが輪廻《りんね》における私の最後の誕生であるように」と言ったと訳されている。ハーンの英文に沿うように日本語に訳した。

7 ［訳註］ハーンは *Mahavagga* の中で語られている彼らの出現の話を思い出した、と書いているが *The Sacred Books of the East*, XIII., *Mahavagga*, p.122 を参照したのであろう。訳者は『原始仏典』第一巻、『ブッダの生涯』中の『律蔵・大品』一六「四大天王の来訪」の畝部俊英訳を参照した。

8 ［訳註］ハーンはこの箇所も前掲の *The Sacred Books of the East*, XIX., *The Fo-Sho-Hing-Tsan-King: A Life of Buddha by Asvaghosha Bodhisattva.* から拾ったものと思われる。

9 ［訳註］ハーンは *The Sacred Books of the East*, XXI., *The Saddharma-Pundarîka : or The Lotus of the True Law.* Chapter XI. から引用した。

10 ［訳註］ゴータマ（梵語《ぼんご》 Gautama）は成道前の釈尊の称で、釈迦《しやか》一族の姓である。如来《によらい》（梵語 Tathâgata、多陀阿伽陀）は仏の尊称で「かくの如く来れる人」「かくの如《ごと》く行ける人」、すなわち、修行を完成し悟《さと》りを開いた人の意。のちに「かくの如く来れる人」、すなわち、真理の世界から衆生救済のために迷界に来た人と解し、Tathâgata は如来と訳された。ハーンは大乗仏教の仏陀《ぶつだ》はそうした釈尊個人の謂《い》いではなく人間の中にある仏性 the divine in man であるとしたのである。「大乗」は普通は the Great Vehicle とか Mahayana といい、「小乗」は the Lesser とか Hinayâna という。この種の表現で形容詞比較級の使用は価値の優劣を暗示するとて好まない向きもいるが、ハーンはここではその価値感覚を生かして the deeper Buddhism という表現を用いた。戸沢正保、平井呈一の両氏ともそれを「大乗（仏教）の仏陀」と訳したが、そしてそれは誤りではないのであろうが、deep という形容詞を用いたハーンには「深遠なる大乗仏教」という自覚があったのであろう。ハーンの念頭にはここで deeper という比較級を用いることで、骨董屋の西洋人店主が話題とした、そしてハーンは口頭では答えなかった、西洋宗教との比較をひそかに述べたのだとも解することができよう。

11 ［訳註］骨董商は仏像の商品価値について「評価は高いでしょう」と予測し、私ことハーンは仏像の精神的価値に思いを及ぼして「高く評価されてしかるべきです」と答えた。

12 ［訳註］ローレンス・アルマ＝タデマ（Lawrence Alma-Tadema 一八三六―一九一二）。オランダ、フリースラント州に生まれベルギーで絵画を学び、一八六九年に英国に渡り、英国市民となり英国でたいへん評判であった画家。古代ギリシャ・ローマの生活の綿密な描写で知られる。

13 Tennyson, *Maud*, I. vi, 44.

14 ［訳註］分裂分派の徒を地獄に堕《お》とすキリスト教の仮借《かしやく》ない裁きはダンテ『神曲』などに見事に描かれている。そのようなキリスト教的な二分法的な断罪の仕方に対してハーンは仏教には無限抱擁に似た優しさがあると感じ、仏教経典の言葉を自己の仏教解釈にあわせて適宜《てきぎ》書き改めたのであろう。最後の引用の出典は前にその英訳を註記した『法華経』の Chapter V である。「一切無差別、一切衆生悉有仏性、衆生無辺誓願度」。

前世の観念

1 ［訳註］ハーンは *The Sacred Books of the East*, XI., *Buddhist Suttas*. Translated from Pali by T. W. Rhys Davids 中の *Akankheyya Sutta*. から適宜按配して引用した。

2 ［訳註］カルマ karma については『業の力』の註7を参照。

3 ［訳註］ここに「霊魂 soul と普通西洋で呼ばれるもの」として「一個体で、かすかな、ふるえる、透きとおった、内なる人。亡霊 ghost とも呼ばれる」という説明があるが、ダンテ『神曲』などに登場するすでに肉体は失った死後の人間の姿としての霊魂を読者は思い浮かべればよいのではあるまいか。ハーンもおそらくその種の想像をしていたものと思われる。なお西洋キリスト教圏と日本の神道仏教圏の相違についてハーンは『生神様』（『仏の畑の落穂』所収）の末尾で次のように述べている。浜口五兵衛はまだ生きているのに浜口は住所と違った場所にある社《やしろ》で浜口大明神として祀《まつ》られ、百姓たちはそこに祀られた浜口の霊に拝礼している。ハーンらしい「私」は「哲学者である友人」に合点がゆきかねて説明を求める。すると友人は「もちろん、霊魂についての西洋流の考え方とはずいぶん違うでしょうが」と言い、「そのお百姓は人間の心とか魂とかは、その人が生きているあいだでも、同時に方々に存在できると思っているようですよ」と答える。竹内信夫氏はこの説明に、百姓の考え方の背景には「すべての人間の心は一である」という「魂の単一論」、ハーンがいうところのモニズム「存在一元論」があるとし、そこにハーンの仏教理解を認めている。詳しくは竹内信夫『ハーン「ニルヴァーナ」について』（『国文学——解釈と鑑賞』一九九一年十一月号）を参考。

4　［訳註］ハーバート・スペンサー（Herbert Spencer　一八二〇 - 一九〇三）。ハーンはスペンサーの『心理学原理』『第一原理』などから深い感化を受け、仏教や神道の日本の宗教思想は進化論的な西洋近代科学が明らかにした諸事実と矛盾しないと考え、その和合を試みた。その種の論は『祖先崇拝についての若干の考察』にもかいまみられる。

5　［訳註］ハーンはあまり明示的にはいわなかったが、キリスト教的神学では、その霊魂不滅に基づくsoulの見方ゆえに、けっしてきちんとした辻褄《つじつま》の合う説明ができなかった、といったのであろう。

6　［訳註］感性的直観は合理論では概念的思惟より劣るとみなされていた。

7　［訳註］ハーンは『業の力』の冒頭で「初恋の情は、その本人にとっては「すべてのこれに関する経験に絶対的に先立つ」ものであると近代科学は確言している。いいかえると、あらゆる感情の中でもっとも厳密に個人的なものと思われている恋愛感情ですらも、全然その人ひとりの個人的なものではない、ということである」と述べた。

8 [訳註] ハーンは『祖先崇拝についての若干の考察』の第五節でも「女の神々しい魔法の力とは何であろうか。ほかでもない、何百万という死んだ女たちの心に宿った愛情、優しさ、信義、無私の心、本能的直観がその正体である」という遺伝学的説明によって超個人的な感情としての一目惚れの恋情を説明している。

9 [訳註] Grant Allen, *Physiological Æsthetics.* グラント・アレンの『生理学的美学』はどうしたわけか第一書房版の邦訳で『心理学的美学』と誤訳され、その後の平井呈一訳でもそのまま『心理学的美学』と記されている。

10 [訳註] incipient instinct を「初期の本能」と訳したが、フランス語訳では instinct naissant の語が用いられている。

11 スペンサー『心理学原理』の「感情」の章。

12 [訳註] 中国では古代から「魂魄《こんぱく》」という表現がある。魂は陽《よう》で精神を司《つかさど》るのに対して魄《はく》は人の生成長育をたすける陰《いん》の気であるという。かつて『楚辞』の『大招』の英訳をめぐってウェイリーが魂魄への呼びかけを O soul と単数に訳したところ、ジャイルズが異議を申し立て、魂魄と複数である以上 O my souls と訳すべきだと論争になったことがある。しかしだからといって呼びかけた相手が複数の人間になったわけではない。

13 [訳註] ハーンが『心』の翌年一八九七年に出した『仏の畑の落穂』に収めた論に『ニルヴァーナ』があり、佐々木一憲氏の手になる Nirvana の新訳が公益法人中村元東邦研究所の『東方』に連載され、前田専學教授がその第二十九号に「ハーンの仏教研究の軌跡」について学問的なあとがきを添えている。訳者は『心』の仏典の出典についても同教授はじめ先学から御教示をいただいた。

14 ［訳註］「ジョン・モーレー氏」と氏がついているのはJohn Morley（一八三八－一九二三）が現存の英国政治家で文人だったからである。グラッドストーンを支持し政界でも活躍した。文壇でも*English Men of Letters*の編集を行ない、伝記作者として知られた。マードック先生が自分の日本史の紹介を漱石に依頼したとき、モーレーの言葉を引用しているのは、当時は英本国のみならず日本でも尊敬され、その意見は重きをなしていたからだろう。

15 ［訳註］トマス・ヘンリ・ハクスリー（Thomas Henry Huxley　一八二五－一八九五）。イギリスの生物学者。友人ダーウィンの進化論を支持した。次註にある『進化と倫理』（一八九三年）は厳復の手で赫胥黎『天演論』（一八九八年）として漢訳され、「適者生存」は優勝劣敗、弱肉強食というソーシャル・ダーウィニズムの思想を清末中国にひろめることとなる。

16 *Evolution and Ethics*, p.61 (ed. 1894).

17 ［訳註］総合的哲学synthetic philosophyとは、ここではその思想を述べた著者のスペンサーの名は記されていないが、総合的哲学が世間一般に受け付けられることは間違いないとハーンは思ったのであろう。なおハーンが『仏の畑の落穂』に収めた論『ニルヴァーナ』には副題としてA Study in Synthetic Buddhismと書かれている。これは竹内信夫氏が訳したように「総合的仏教についての研究」であって、平井呈一氏が訳したような「大乗仏教の研究」ではない。それはスペンサーの総合哲学synthetic philosophyを参照することによって仏教を再解釈するという研究意志の表明なのである。なお西洋の仏教研究の一大伝統の中でのハーンの位置については、竹内信夫『異文化への眼差し――ウィリアム・ジョウンズ、ウジェーヌ・ビュルヌフ、ラフカディオ・ハーンをつなぐもの』（『比較文学研究』六十号、p.45）を参照。

18 ［訳註］森鷗外は『妄想』で「（外国の小説は）どれを読んで見てもこの自我が無くなるといふことは最も大いなる最も深い苦痛だと云つてある。ところが自分には単に我が無くなるといふこと丈《だけ》ならば、苦痛とは思はれない。只《ただ》刃物で死んだら、其刹那《そのせつな》に肉体の痛みを覚えるだらうと思ひ、病や薬で死んだら、それぞれの病症薬性に相応して、窒息するとか痙攣《けいれん》するとかいふ苦《くるし》みを覚えるだらうと思ふのである。自我が無くなる為めの苦痛は無い。……そんなら自我が無くなるといふことに就《つ》いて、平気でゐるかといふに、さうではない。その自我といふものが有る間に、それをどんな物だとはつきり考へても見ずに、知らずに、それを無くしてしまふのが口惜《くちを》しい。残念である。漢学者の謂《い》ふ酔生夢死といふやうな生涯を送つてしまふのが残念である。それを口惜しい、残念だと思ふと同時に、痛切に心の空虚を感ずる。なんともかとも言はれない寂しさを覚える」と述べている。西洋小説は「どれを読んで見ても」は誇張だが、東から西へ行った鷗外が西洋人の自我観念の主張との対比で日本人の考えを述べているところが興味深い。ハーンが西から東へ来て同じ問題を考えたのと対《つい》を成している。

19 ［訳註］この「絶対的実在」the Absolute Reality とは仏教でいうところの「無我の大我」All-Self without selfishness (Nirvana, *Writings of Lafcadio Hearn*, Vol.VIII, p.170) に同一視され、あるいはスペンサーの「知ることのできない実在」Unknowable Reality (p.172) に同一視される。『仏の畑の落穂』に収めた論『ニルヴァーナ』でその関係はより詳しく説かれているが、ここにはそれについて論じた竹内信夫論文『ハーン「ニルヴァーナ」について』（『国文学――解釈と鑑賞』一九九一年十一月号、pp.106-107）にある次の説明を紹介するにとどめる。「この節では、西欧的「自我」観念の虚妄と仏教的「無我」の教義が、「ニルヴァーナ」の主体をめぐって論じられているのである。それに続く節では「ニルヴァーナ」と「カルマ」とが、実在と現象のアナロジーによって論じられる。その趣旨は次の一文に要約されている。

「あらゆる生命あるものの中心にある実在とは、いわば純粋なるブッダである。それに対して、眼に見える形態及び自我はそれを包み込むものであり、カルマにすぎない」(Nirvana, *Writings of Lafcadio Hearn*, Vol.VIII, p.197)。

すべてに内在する「純粋なブッダ」と呼ばれているものが、ニルヴァーナの相において存在している「唯一の実在」であるとするならば、我々の眼の前に現象している形あるものも、その形を認識している思考主体も、すべて仮にそう見えているだけの単なる現象、単なるカルマにすぎない。こうして見れば、ハーンにとっては、ニルヴァーナとはあらゆるものの実在の相を、カルマとはその現象の相を意味するものである、ということが理解できる」

20　〔訳註〕「多は一である」ないしは「すべては一つである」というテーゼはハーンがしばしば筆にする「モニズム」である。「存在一元論」などと訳されることもある。

21　〔訳註〕Ego as one is a fiction of selfishness を「我は一であるといふ考は我執の見である」が戸沢正保訳、「「自我」が単一なものだと考えるのは、うぬぼれの絵そらごとだ」が平井呈一訳、l'Ego unique est une fiction de l'égoïsme が Mme Raynal 訳である。「「自我は一つである」とは利己心が生み出したフィクションである」と平川は訳した。

22　〔訳註〕ここで ghostliness の言葉が出てくると訳者は説明に窮するが、前掲『ニルヴァーナ』の結びにこうした言葉がある。「科学の教えるところによって補強して見直せば、このさらに古い〔仏教〕信仰はわれわれ〔西洋人〕に次のことを教えている。つまり、何千年ものあいだ、われわれはものごとをまるであべこべに考えてきたのだ、ということを。だが、現実に存在するものは、ただ一つである。――われわれが実体だと考えてきたもの、それはただの幻影にすぎない。物質的なものは現実に存在するものではない。——そして、眼に見える人間は中身のない亡霊なのである」The only reality is One; —all that we have taken for Substance is only Shadow; —the physical is the unreal; —*and the outer-man is the ghost.* このようなハーンの仏教理解の中での ghostliness であろうかと考える。ハーンは亡霊どもの背後に「唯一の実在」としてのすべてに内在する「純粋なブッダ」を考え、「亡霊」どももその「唯一の実在」によって存在理由を獲得していたとしたのであろう。

23 ［訳註］この the divine in each being に対して第一書房版以来「それは各人の仏性」「各人のなかにある仏性」と訳されている。おそらくそれが正しいのであろうが、「人間各自の中にある仏性、すなわち神的なるもの」と平川は直訳しておいた。

コレラの流行期に

1 ［訳註］この流行歌の日本語原文は不明である。You and I together に始まるハーンの英語訳を意訳して日本語の歌らしくなるよう訳者が工夫した。

2 ［訳註］亡霊には影はないということは仏教の彼岸《ひがん》の世界でもいわれていることであろうか。ダンテの『神曲』では、煉獄《れんごく》では日がさしても影は落ちないことになっている。冥途《めいど》には影は落ちない、というハーンの説明は仏教知識に由来するのであろうか。

3 ［訳註］煙管《キセル》の火口《ほくち》と吸口《すいくち》をつなぐ竹を羅宇と書きラウともラオともいう。もとラオスから渡来した黒斑竹を用いたゆえという。その行商人は羅宇屋《ラウや》といわれた。

4 ［訳註］戒名の原語がどのような漢字であったかはわからない。Revered and of good rank in the Mansion of Excellence という英語訳から訳者が適宜推定した。

5 ［訳註］羅宇屋の妻が死ぬ間際に言った言葉を「お願いだからこの子をいつも死んだわたしと一緒にして」と訳したが、英文の the Shadow of me を直訳すれば「お願いだからこの子をいつもわたしの影と一緒にして」と言ったことになる。しかし「わたしの影と一緒にして」とか「私の魂と一緒にして」とかは職人の妻は言わないのではあるまいか。

6 ［訳註］水飴《みずあめ》は麦芽で作る琥《こ》珀色《はくいろ》のシロップで、母乳に恵まれぬ子供にこれを飲ませた。亡くなった母親が水飴で赤子を育てた話は『神々の国の首都』の十八節に出てくる。

祖先崇拝についての若干の考察

1 ［訳註］『國訳一切經』の『大般涅槃経』巻の第一寿命品第一の一には「爾《そ》の時に沙羅雙樹《しゃらそうじゅ》の吉《きっ》祥福地《しゃうふくち》の縦廣《じうくわう》三十二由旬《ゆじゅん》なり。大衆充満《だいしゅう》して、間に空缺《くうけつ》無し。爾《そ》の時に四方《しはう》の無邊身菩薩《むへんしんぼさつ》及び其の眷属《けんぞく》の所坐《しょざ》の處、或は錐頭《すゐづ》・針鋒《しんほう》・微塵《みぢん》の如し。十方《じっぱう》の微塵の如き等の諸佛世界の諸大菩薩、悉く来りて集会《じふゑ》す」（一九（43）頁）とあるが、ここのハーンの引用は T. W. Rhys Davids のパーリ語原典からの英訳 *The Sacred Books of the East,* XI., *Buddhist Suttas.* 1881, p.88 によっている。訳者の平川が『大般涅槃経』に依拠せず、英訳からこの引用を重訳して掲げたのは、ハーンが強調したかった点は、「生者の世界は死者の世界によって直接的に支配され」る信仰が日本では支配的であるとするハーンの見方が、この英文のいいまわしには示されているからである。すなわち“.... there is no spot ...., which is not pervaded by powerful spirits.”この二重否定は言い換えると「いかなる地点といえども、強力な霊鬼はあまねく存在している」ことになる、そのことはさらに言い換えると、いかなるところにも死者の霊は存在していて、しかもそれが生者の世界に強い力で働きかけている、ということになる。日本の神道的な宗教世界を説明するのに仏教の経典を引用したのは、一見筋違いのようだが、ハーンとしては西洋キリスト教世界とは違う、近代科学とも共存し得る東洋の宗教世界ということを主張したかったからでもあろう。

2 〔訳註〕神道を観察して、日本においては「宗教心の発達がごく原始的な段階に留まっている」と性急な結論を出した人たちとは、明治七年二月に横浜で開かれたいわゆる「神道シンポジウム」に集まった当時の著名な英米系統の知日家たちを指す。その代表の一人、アメリカ人宣教師サミュエル・ブラウンはこう述べた、「『古事記』には、道徳体系もなければ、倫理的問題の議論もない。儀式を定めず、礼拝の対象とすべき神も指定していない。一個の宗教たるに不可欠なものの一切が神道には欠けている。これがどうして宗教と称し得るのか、私には理解に苦しむ。神道は宗教として見た場合、これまで人類に知られたいかなる宗教と比較しても、内容空疎で、無味乾燥である」（『日本アジア協会紀要』*Transactions of the Asiatic Society of Japan*, pp.135-139 に掲載された一八七四年二月十八日のいわゆる「神道シンポジウム」の模様を報じた協会議事録による）

3 〔訳註〕キリスト教でも仏教でも人は現世《げんせ》の行為の善悪により因果応報の理《ことわり》に従って来世《らいせ》で報われるとする。現世と来世のあいだの関係はそのようにキリスト教でも仏教でも同じだが、前世と現世のあいだにも関係があるとするのはキリスト教ではなく仏教で、それだから仏教の業《カルマ》の教義は死んだ祖先たちと自分とのあいだに関係があるとする遺伝学により近いとする。

4 〔訳註〕キリスト教では人間と人間以外の動物を霊魂の有る無しで区別した。しかしそのような区別も、人間についての霊魂不滅の考えも、十九世紀の後半、ダーウィン『種の起源』（一八五九年）が学問世界で受け入れられるに及んで、急激に信憑性《しんぴょう》を失いはじめた。衝撃が西洋思想界を走った。遺伝学や進化論はキリスト教的人間観の根本にある霊魂不滅の考えを破壊したからである。霊魂不滅説が根底からくつがえされると、若いときからキリスト教信仰を失っていたハーンではあったが、生来宗教的な彼岸《ひがん》の世界に強い関心があったために、そのような精神的状況で冷淡なままでいられなかった。彼は唯物論者ではなかったのである。心の奥底に宗教的説明を求めようとするなにかがあったからに相違ないが、ハーンは進化論的に東洋思想を解釈することでその空白を埋めようとした。それだから神道は遺伝学や進化論と両立し得ると、やや強弁して説いたのであろう。「神道に固有の真理の要素とは、生者の世界は死者の世界によって直接的に支配されているという考えである」。このハーンの神道解釈の断案は、生者が祖先を敬いその教えに忠実に従うという意味で日本人は死者によって支配されているとする。そしてそれは同時に生者が遠い祖先から遺伝子を伝授されその働きによって支配されているという遺伝学的現実に等しい、と考える。ハーンは巨視的にはそのように日本社会をみなそうとしたのであろう。なおハーンはアメリカ時代から科学にまつわる啓蒙《けいもう》的評論などもいろいろ書いた、理系の学問についてもかなり独学した記者であった。が、ときに売らんかなの擬似科学に類する論に陥ることがなかったとはいえない。この『祖先崇拝についての若干の考察』にもそのきらいがないとはいえず、ハーンが後の世代のより厳密に「科学的な」日本学者たちから見放された理由でもあろう。

5 ［訳註］ハーンも参照したに相違ないアーネスト・サトウは『古神道の復活』でこう述べている。

日本語の「カミ」は単なる称号にすぎなかったのだが、漢字の「神」の訳に使われるようになった結果、本来は持っていなかった意味が付加されるようになったのだ（『アーネスト・サトウ神道論』庄田元男編訳、平凡社東洋文庫、五五頁）。

6 この文章は一八九五（明治二十八）年九月に書かれた。

7 ［訳註］『古事記』ではカミについて「神」と「命」の二様の漢字が区別して用いられ、「神」

は宗教的、「命」は人格的意義において用いられている。しかしハーンは、その種の細かい区別はもとより、建国神話に関係する「神」や、神棚《かみだな》に祀《まつ》られる普通の日本人の祖先の「神」の区別にもここでは立ち入らない、としたのである。たとえそのようにひっくるめて大づかみにとらえても、日本人のカミ概念は、西洋キリスト教のゴッドの概念とはきわめて明確に異なると考えたからであろう。

8 〔訳註〕「凡《すべ》て此《こ》の世の中の事は、春秋のゆきかはり、雨ふり風ふくたぐひ、又国のうへ人のうへの、吉凶《よきあし》き万《よろづ》の事、みなことごとに神の御所為《みしわざ》なり」（本居宣長『直毘霊《なおびのみたま》』。筑摩書房、日本の思想、一五、『本居宣長集』、二九二頁）。なおハーンは日本文は読めなかったから、本居宣長の引用は初期の英米の日本学者の手になる英訳の利用かとも思われるがはっきりしない。日本人協力者が資料を英訳して提供してくれたのだとしたら、本書 *Kokoro* を捧げられた雨森信成が助けてくれたという可能性もある。

9 〔訳註〕ハーンはここで「八百万《やほよろづ》の神」という『古事記』の冒頭天《あめ》の石屋戸《いわやと》の前に集まった多数の神々についての日本語表現を思い浮かべていたに相違ない。しかし eight という数字が西洋人読者にはとくに意味があるとも思われないから the acknowledged millions of the higher Shintō Kami という言い方をしたのであろう。なお higher とあるのは『古事記』にすでに登場した神々は格が上と考えたからであろう。

10 〔訳註〕「世間《よのなか》に、物あしくそこなひなど、凡《すべ》て何事《なにごと》も、正しき理《ことわ》りのまゝにはえあらずて、邪《よこさま》なることも多かるは、皆此《こ》の神〔禍津日《まがつび》の神〕の御心にして、甚《いた》く荒《あら》び坐《ます》時は、天照大御神高木大神の大御力にも、制《とど》みかね賜ふをりもあれば、まして人の力には、いかにともせむすべなし。かの善人《よきひと》も禍《まが》り、悪人《あしきひと》も福《さか》ゆるたぐひ、尋常《よのつね》の理りにさかへる事の多かるも、皆此の神の所為《しわざ》なる

を……」（本居宣長『直毘霊』。筑摩書房、日本の思想、一五、『本居宣長集』、二九五頁）

11　ここで私がいまとりあげているのは神道学者によって述べられた純粋神道のみについてのことである。しかし読者もご承知のことと思うが、日本では仏教と神道は混じりあっているばかりか、それに種々の中国思想もはいり込んでいる。純粋神道がその本来の姿で民衆の信仰の中にいまも存在しているかといえば疑問である。神道における複合霊魂 multiple soul 説（複霊観）について、霊的な結合が死によって解消されてしまうともともと考えられていたのかどうか、必ずしも判然としない。日本各地における調査の末、私自身は、複合霊魂は死後も霊的に複合していたとかつては信じられていた、と結論している。［訳註］ハーンが用いた pure Shintō の語は直訳すれば「純粋神道」となるが、それは西洋の日本学者の業績にも広く目を通した学者である村岡典嗣が『神道史』で用いた「古神道」に相当する語のようである。

12　［訳註］「又天皇《すめらぎ》の、朝廷《みかど》のため天の下のために、天神国神《あまつかみくにつかみ》諸《もろもろ》をも祭り坐す如く、下なる人どもも、事にふれては、福《さち》を求むと、善神《よきかみ》にこひねぎ、禍《まが》をのがれむと、悪神《あしきかみ》をも和《なご》め祭り、……善《よき》神のみにはあらず、悪《あし》きも有りて、心も所行《しわざ》も、然ある物なれば、……されば祭るにも、そのこゝろばへ有りて、いかにも其神の歓喜《よろこ》び坐すべきわざをなも為《す》べき。……堪《たへ》たる限り美好物《うまきもの》多《さは》に献《たてまつ》り、或《ある》は琴ひき笛ふき歌儛《うたひま》ひなど、おもしろきわざをして祭る、これみな神代の例《あと》にして、古への道なり」（本居宣長『直毘霊』。筑摩書房、日本の思想、一五、『本居宣長集』、三〇八－九頁）。日本人が死者の善悪を問わずに祀《まつ》るのは神道的心情に即した慰霊の仕方である。善悪は時の経過とともに変動する価値観であり、そのような現世的・一時的な判定を超えるところに和解を願う宗教的意味はある。

13　［訳註］文化人類学者ペルゼルは論文『日本の神話における人間性』（John C. Pelzel, "Human

Nature in the Japanese Myth," A. Craig ed. *Personality in Japanese History*, University of California Press, 1970）で「性愛が社会的善と対立したり、社会の要求によって枠をはめられているようには、神話のどこにも書かれていない」と指摘し、日本神話に道徳的規制が少ないことを肯定的に認めている。ペルゼルにいわせると日本の「神話で表現されているところを一般化すると、青年が娘と会って互いが気にいったとき、青年がまず言うのは簡単な "Let's go to bed. How about it ?"（一緒に寝ようではありませんか）という言葉になるが、拒否されたということはほとんど記されていない。このような性愛の描写においては、明らかに相互関係が基本になっている。……明らかなのは、性愛をうまくいくもの、当然そうあるべきで二人の心に否定されないものとするこのような表現法は、今日まで日本人の考えの基底となって残っているということである」。ペルゼルにいわせると「（日本において）道徳というのは他者に対する全面的同情であるといっても間違いではなかろう。すなわち、人間的権利を主張するのではなく、人間らしい思いやりを分け与えようとする意欲の中にある。人はまた同じように重要で共通な贈り物を受け取るのである。実際、道徳とは愛の形から出ているものにほかならない。こういう背景において、おそらくわれわれは神話の性愛についても従来と言い方を改めねばなるまい。たんに、彼らがこの行為にともなう「罪悪」感を欠いていて、それを動物としての人間の行為というレベルへまで落としているということではない。そうではなくて、男女が互いを求めるとき、その喜びを受け取り、与えるのは「良い」ことであり、おそらく、あらゆる関係の中でもっとも理想に近いものなのである」。性愛について非常に肯定的な見方が日本人のあいだで分かち持たれていたとペルゼルは考察した。

14 ［訳註］D・H・ロレンスはハーンより三十五年あとに生まれた人だが、情欲のカミの固有の権利を主張した点ではハーンの人間観に共通していた。高貴な感情が育《はぐ》まれたのも、もとはといえば人間意識の最古層であり、その人間意識の第一層ともいうべき土壌を形成したのはほかならぬ本能的情欲だったと見るからである。

15 ［訳註］万霊節と訳したのはAll Souls' Dayで十一月二日。なおその前日の十一月一日がカトリック教にいう万聖節である。

16 ［訳註］ハーンの平田篤胤《ひらたあつたね》『玉襷《たまだすき》』十之巻の引用は間接話法の地の文と直接話法にわたっているが、日本語原文は次の通りである。「扨《サテ》まづ先祖をかやうに、大切にすべき謂《イハレ》を心得ては、況《マシ》て天神地祇を、粗略に思ひ奉る人は、決して无《ナ》い筈《ハズ》のこと。又現に今生におはし坐《マス》親を、粗末にする人は无《ナ》く、神と親を大切にする心得の人は、まづ道の本立《モトダテ》の固《カタ》き人故、その人必君に仕《ツカ》へては忠義を尽《ツク》し、朋友と交りては、信宲《マコト》があり、妻子に対しては、慈愛ある人と成《ナ》りなる事は、論は无《ナ》いだに依て、先祖を大切にするが、人とある者の道の本だと云《イフ》のでム《ゴザル》。なぜと云に、其ノ先祖を大切にする行《オコナヒ》が、則《スナハチ》いはゆる孝行で、孝行なる人に、不忠不義の行ひをする人は、決してなき物でム《ゴザル》」(平田篤胤全集刊行会編『平田篤胤全集』第六巻、五五九頁)。ハーンはサトウの『古神道の復活』(『日本アジア協会紀要』一八七四年)を参照したと思われるが、サトウはそこで平田篤胤の説を次のように紹介している。

平田は説く。……先祖の霊に祈りを捧げることは、あらゆる徳をもたらす主因であり、先祖に対してこの義務を果たす者は、必ずや神を崇《あが》め、生きている親に対しても敬意を払うものだとし、そのような人間はまた天皇に対しては忠実であり、友に対しては友情に篤《あつ》く、妻や子に対しては優しく接するものだと説いたうえで、かかる先祖崇拝の真髄が、じつは孝行なのだ、中国の書にも、「忠臣は孝子の門より出《いず》る」、さらに「孝行はあらゆる行動の基本」と書いてあるとしている(『アーネスト・サトウ神道論』庄田元男編訳、平凡社東洋文庫、一四九頁)。

17 ［訳註］ハーンがここで述べたと同じような考えは二十世紀の末、モリー先生によって死ぬ前にも語られた。それはわが国にも『モリー先生との火曜日』（NHK出版）によって紹介され反響を呼んだが、その原作の寓話の一節をここに訳して引用する。

波は沖で跳ねて遊んでいた。だが男の波は岸に衝突することに気がついた。このままでは自分は消滅してしまう。「これはえらいことになったぞ」と彼は絶望的な顔をして言った。そこへ跳ねながら女の波がやって来た。そしてたずねた。「どうしてそんな暗い顔をしてるの」「君はわからないのか。君はいま、あの岸にぶつかって、この世から消えてしまうんだぜ」。女の波が言った。「あら、あなたこそわからないのね、あなたは波でなくって、海の一部なのよ」

18 ［訳註］ハーバート・スペンサーについては『前世の観念』第二節とその註4を参照。

19 『カレワラ』第三十六歌。［訳註］森本覚丹訳では墓の中でめざめた母は土の中から「なお黒犬のムスティは生きてあり、彼を伴いて森へ行けよ」ということになっている。ハーンは非キリスト教文明社会の神話に早くから関心を示した人で、北米時代の一八八四年にフィンランドの全五十歌の民族叙事詩『カレワラ』の三歌を *Stray Leaves from Strange Literature* に再話して載せたことがある。

20 ［訳註］これはハーンが祝詞《のりと》に類した言葉を要約して述べたまでではあるまいか。岩波文庫の『心』の訳者平井呈一はこの言葉は平田篤胤『玉襷』十之巻の「拝先祖霊屋詞」の英訳であるとするが、平井はその根拠を示していない。そもそもハーンの訳は「拝先祖霊屋詞」の全文の直訳ではない。祖先に呼び掛けている点のみは共通しているが、これを出典とみなしてよいかは疑問である。なお「拝先祖霊屋詞」は全文漢字で書かれているが、ここでは文章そのものは改めずに読みやすい形にして引用して読者の参考に供する。「遠《トホ》ツ御祖《ミオヤ》ノ御霊《ミタマ》、代々《ヨヨ》ノ祖等《オヤタチ》、親族《ウカラヤカラ》ノ御霊《ミタマ》、総《スベ》テコノ祭《マツリ》屋《ヤ》ニ鎮祭《イハヒマツ》ル御霊等《ミタマタチ》ノ御前《ミマヘ》ヲ慎《ツツシ》ミ敬《ヰヤマ》ヒ、家《イヘ》ニモ身《ミ》ニモ枉事《マガコト》アラセズ、夜《ヨ》ノ守《マモリ》日《ヒ》ノ守《マモリ》ニ守幸《マモリサキ》ハヘウヅナヒ給《タマ》ヒ、弥孫《イヤヒコ》ノ次々、弥《イヤ》益々ニ栄《サカエ》シメ給《タマ》ヒテ、イノチ長ク、御祭善《ミマツリウルハ》シク仕ヘ奉《マツラ》シメ給《タマ》ヘト、祈《イノ》リ白《マヲ》ス事《コト》ノ由《ヨシ》ヲ、平《タイラ》ケク安《ヤスラ》ケク聞《キコ》シメシテ幸《サキ》ハヘ給《タマ》ヘト畏《カシコ》ミ畏《カシコ》ミモ拝《ヲガ》ミ奉《タテマツ》ル」（平田篤胤全集刊行会編『平田篤胤全集』第六巻、五五一頁）

21 ［訳註］日本では会社や団体などにさまざまな擬似家族的集団が「一家」を構成し、親分・子分の関係が生ずるといわれたが、ほかの文明に属する社会にも部族的結合の力が強い場合は多い。キリスト教西洋社会でもイタリア系のマフィアなど、擬似家族関係で結ばれているようである。また時代の経過とともに人間関係は急速に変化している。ポスト農業社会での都市化現象や少子化も人間関係の希薄化を促している。

22 ［訳註］穂積陳重《ほづみのぶしげ》が大正天皇への御前講義で述べた「我《わが》皇国に於《おい》て、国家の構成分の最小単位たる個人は各家に属して其家祖を祭り、又《また》国家の単位団体たる各家は遠祖神たる氏神を崇敬し、全国民は畏《かしこ》くも皇室を「おほやけ」と仰ぎ奉り、日本全国民が恰《あたか》も一大家族として皇祖皇宗を崇敬せり」などはハーンが言及している家族国家観の典型的な例であろう。

23 ［訳註］ここに記された指摘は意味深い。キリスト教がキリスト教を信ずる西暦紀元以前の人々をことごとく地獄落ちとみなしたがゆえに西洋社会では先祖崇拝がすなおに行なわれなくなったとするハーンの解釈である。一般に農業社会では老人や祖先の経験智が尊ばれたがゆえに、祖先崇拝が行なわれやすく、東アジアの中国・韓国・日本などでは祖先の墓を大切にしてきた。その中でも国家が信用できない地域では血縁のみが頼りであるだけに親戚づきあいはいよいよ大切であった。その裏返しともいえるが、福祉国家が出現し、それに依頼することが可能になると、大家族は核家族化する。そして都市化の進行にともない「個人の独立性が尊重される」。そういえば聞こえはいいが、人間関係は希薄になり、さらには原子化する。ハーンが描いてみせた明治日本は多くの西洋人の目には異質な社会、遅れた社会と映じたであろうが、一部の人にはあこがれの理想社会のようにも映じたであろう。なおハーン自身は、崩壊家庭で育ち、深く苦しんだために、その反動として日本の大家族を過度に理想化した節もあったのかもしれない。ハーンが松江でめとった妻とその数多い眷属《けんぞく》を転勤先の熊本、神戸、東京へも連れて行き、喜んで扶養したことは知られている。なおこのように日本における祖先とのつながりの意味を肯定的に強調していたハーンは、自分自身の父方の祖先とのつながりの意味をどのように考えていたのだろうか。ハーンは父のために不幸な子として育ったが、親不孝な子として大きくなったともいえるのである。

24 〔訳註〕 ハーンが cosmic emotion の語で言いたかった感動は、ユーゴーの抒情詩《じょじょうし》などに見られる、とハーンは東大の講義で述べている。原初のころから人間の体内に遺伝的に伝わってきた、一個人を超越した、宇宙的ともいえるような宗教的感動を指す。私見では、夏の夜、高い山で満点の星空を見上げる、そうしたときに覚える感動も宇宙的な感動、コスミック・エモーションの一例としてあげられよう。

25 〔訳註〕 この種の感覚は二十一世紀の日本人にも伝わっており、「消費は美徳」というようなコンシューマー・ソサイアティーに対する反感は根深い。日本において「清貧」の思想が繰り返しもてはやされる所以《ゆえん》であろう。

26 〔訳註〕 徳川家康の言葉は『駿河《するが》土産《みやげ》』に家康が古くなった衣服や足袋を大切に保管させた話、また『故老諸談』には家康が「家業の器物を作り調えて通用」させる労苦を慮《おもんぱか》って「衣食住の三つを調える故にこれを三宝という」などと述べた言葉などに引かれているが、ハーンは周囲の日本人の口からそれらを間接に聞いたのであろう。その過程でハーンは家康の言葉を英語にわかりやすくパラフレーズしたものと思われる。

27 ［訳註］柳宗悦は自分が日本で大正時代末年に始めた民芸運動について西洋のフォーク・アートと民芸を区別して「アートが主として美術品をさし、とかく個人的作品を意味するのに対し、民芸は非個人性を特色とする」として両者は内容的には近似しているのだが、価値認識の上からはたいへん違うことをいっている。柳はハーンの愛読者であったが、ハーンのこのような言説にも励まされて他に先がけて無銘性の民芸の価値肯定に向かったのではないかと思われる。

28 ［訳註］ハーンは妻の節子の優しさは節子一人のものではなく、何代にもわたる日本女性の優しさの遺伝的とでもいえる美質の結晶と感じたのであろう。

29 ［訳註］Mater Dei ラテン語で「神の母」の意。ハーンは四歳で生き別れた瞼《まぶた》の母を慕い、寝室の壁にかかっていたギリシャ正教のイコンの聖母マリアの像に母を偲《しの》び、大きな眼をした画中の子は自分自身だと思っていた。小泉節子の『思ひ出の記』の英訳が出たとき、『アカデミー』誌は文中に描かれたハーンを the wonderful grown-up child of hers と評したが、ハーンが妻の節子に甘えていることは英国の書評者にもわかったのである。そうした母性愛を神々しいものとするハーンが吐露《とろ》した女性観がこの『祖先崇拝についての若干の考察』にも出ている。その際、近代の遺伝学や進化論の知識を援用してハーンは自分自身の日本体験を理論化しようと努めていたので、この『祖先崇拝についての若干の考察』は遺作となる『日本――一つの解明』の骨格をなす考えをすでに予兆する論といえよう。しかし一見学術的な記述の中にジャーナリスト的な誇張や極端な見方に走る傾向も看取されるように思われる。

30 ［訳註］ハーンは『前世の観念』の第二節でも一目惚れなどを例に超個人的な感情を遺伝学的に説明している。

31 ［訳註］古来からのキリスト教の霊魂説では人間の霊魂は一つのはずだが、さまざまな人物を作中に描いたシェイクスピアはコールリッジによって「百万の魂を持つ」myriad-minded Shakespeare (Coleridge, *Biographia Literaria*, ch.XV) と讃えられた。

32 ［訳註］本居宣長は、動物は生まれながらに自らの生き方を知っている。もし教育の強制によってしかわからないとするならば人は動物よりも劣ることになる。そのゆえ日本の古代には、倫理とか道徳とか、法による強制を意味する単語はなかった。「美知《ミチ》」という単語はあったが、それは地上の道を意味した、と『直毘霊』で主張した。アーネスト・サトウは『古神道の復活』などの論で神道のその種の特性に言及している。no code of ethics is necessary というハーンのこの言葉は、バジル・ホール・チェンバレンが『日本事物誌』*Things Japanese* の中で神道に対して譏誚《きしよう》的な口調で述べた it has no moral code「神道は道徳規範も欠いている」に対する反論の含意があるものと思われる。「倫理規範は必要としない」社会こそが望ましい社会の姿だとハーンは論じたのである。ハーンはチェンバレン、サトウなどの神道に対する否定的な見方に反撥《はんぱつ》したのであろう。

君子

1 「鬼も十八、薊《あざみ》の花」、ほかに似た言いまわしとして「蛇《じや》も二十《はたち》」がある。

解説　日本の内面生活解釈者としてのハーン

平川祐弘

独立心のある人間は自分一人の頭で考えているようだが、ただ単に個人として考えるのではない。先祖から伝わるものを内に秘めた一人としてじつは考えている。一九八一年、小泉八雲について私が初めて本を出したとき市原豊太先生はそこに記されたハーンの考え方をことのほか喜ばれて、感想を次の歌に記された。

我一人思ふ心はたゞ独り思ふに非ず祖先《みおや》の心

この歌はハーンの日本人観を見事にとらえている。ご先祖さまとともに生きるという日本人の心を言いあてている三十一文字《みそひともじ》と感じる。それで『心』解説の頭に掲げさせていただく。

日本人の心を語ることを狙いとしたハーンのこの著書を、まず作者の生涯と作品群の中で位置づけたい。『心』は原題を*Kokoro*という。一八九六年、米国ではHoughton, Mifflin & Co.から、英国ではRiverside Pressから出版された。日清戦争の翌年の明治二十九年のことである。

一八五〇年六月二十七日に生まれたラフカディオ・ハーンは一八九〇（明治二十三）年四月四日に来日し、その八月三十日から松江に一年余、ついで翌一八九一（明治二十四）年十一月十九日から三年弱を熊本で暮らした。その後一八九四（明治二十七）年十月十日に神戸に移り、そこで英字新聞記者を二年足らず務めた。一八九六（明治二十九）年、日本に帰化、招かれて九月九日に上京、東京大学で教え、かたわら執筆にいそしんだ。一九〇四（明治三十七）年九月二十六日に死んだ。小泉八雲と節子の墓は雑司ヶ谷《ぞうしや》霊園にある。

『心』が書かれた十九世紀末年とは宗教思想史的に世界はどのような時代であったのか。また日本をとりまく環境はどうであったのか。

西洋的価値観を至上としたキリスト教宣教師にとってはキリスト教化こそが文明開化であった。日本のエリートの中からもその見方に同調する若者は出た。しかしハーンのやや皮肉な観察によると——おそらくこれが実態であったろうが——「宣教師は優秀な教え子ほどキリスト教に留まる期間が短いことに気づくと驚きかつ衝撃を受ける」（本書所収『ある保守主義者』第六節）。政治的な若者は、西洋帝国主義を警戒していたから、キリスト教化のためならば他国の植民地化をも辞さぬ価値観の持ち主には追随《ついずい》できかねたであろう。他方、自然科学の教育を受けた若者の質疑に、宣教師は旧来の神学的説明を繰り返したに相違ない。だがそれでは日本人の英才を説得することはできなかったであろう——「万能なものをゴッドと呼びます。万能ですからゴッドはあらゆる特性を備えています。その特性の中には存在するという性質も含まれています。よってゴッドは存在します」。幼稚な言葉に訳したが、ほぼこのような説明こそ聖アンセルムス以来、西洋で長きにわたり行なわれてきた「神の本体論的存在証明」だった。しかしそんな神学的説明は、西洋でもすでに破綻《はたん》しており、日本の俊秀の受け付けるところとならなかったのは当然だろう。「霊魂」soul は人間のみにあるとするキリスト教的人間観——裏返せば動物区別観——はいまでは日本でクリスチャンと呼ばれる人も必ずしも受け付けないのではあるまいか。ダーウィンの進化論が一世を風靡《ふうび》し、人と猿との連続性が話題となるにつれ、教会の教義《ドグマ》は次第に疑問視された。科学主義が謳歌《おうか》された十九世紀は一面ではキリスト教の衰退期でもあったのである。

しかしだからといって対東洋との関係で西洋人一般の西洋優位の思考パターンが変わることはおよそなかった。産業革命以後のヨーロッパは世界大の発展を遂げつつあった。その地理的視野の拡大の中で非西洋に対する関心も高まったのである。千八百年代の末年はピエール・ロティなどの異国情緒がもてはやされた。これは帝国主義的進出と裏腹の現象である。ただし西洋には産業文明への自己嫌悪から西洋脱出の夢もまた生まれた。

東洋起源の宗教思想――宗教的ジャポニスムとでもいうべきもの――が西洋に入り込む余地もわずかながら生じたのはそのためで、ハーンの日本関係著述はまさにそんなめぐりあわせも手伝って西洋で歓迎されようとしていたのである。

ハーンは常に推敲《すいこう》を怠らぬ文章芸術家であった。一八九四年に出した来日第一作『知られぬ日本の面影』は、満を持して日本滞在五年目に出版に踏み切った分厚い本である。この『知られぬ日本の面影』が出雲《いずも》に取材した新鮮な紀行文であるとするなら、翌一八九五年に出した第二作『東方より』は主に九州に取材した作品集である。それに引き続く『心』は来日第三作で、著者はその特色を巻頭に掲げた言葉で「この巻を構成する諸編は日本の外面生活よりもむしろ内面生活[1]を扱っている。――それだから「心」Kokoro (heart) という標題の下にまとめた」と言った。

収められた十五篇のうち『日本文明の真髄』『趨勢一瞥《すうせいいちべつ》』『前世《ぜんせ》の観念』『祖先崇拝についての若干の考察』の四篇は日本解釈者を自負するハーンの日本論そのもので、これは従来の二冊にない論文風著述である。残り十一篇はおおむね芸術作品として仕上げられた。それらは従来通り読みやすい体裁はとっているけれども、それなりに日本文化論としても読める小品となっている。ルポルタージュに文化論的解釈が付随している場合もあれば（『停車場にて』『旅日記から』『戦後に』『業《ごう》の力』『神々の黄昏《たそがれ》』『コレラの流行期に』）、物語に文化論的解釈が織り交ぜてある場合もある（『門《かど》づけ』『阿弥陀寺《あみだじ》の比丘尼《びくに》』『春』）。

またたとえ論はなくとも物語それ自体が日本の男、日本の女を印象的に描き上げている場合がある（『ある保守主義者』『君子《きみこ》』）。

来日第一作『知られぬ日本の面影』は米英読書界に日本通作家としてのハーンの地位を確立した。初版はわずか千部だったが、たちまち二版、三版と版を重ねた。亡くなる年に出た来日第十作『怪談』はハーンの再話文学作者としての真骨頂を示す傑作で、ハーンを世界文学史上の人とした。日本における『怪談』の作者の位置をドイツにおけるグリムやデンマークにおけるアンデルセンに並べる評家（カウリー）もいるほどである。

その『怪談』『知られぬ日本の面影』と並んで、ハーンを代表する三作の一つと目されるのが『心』で、その特色は「ただ単に外からの外人観察者として見るのではなく、日本の庶民の日常生活にハーン自身も加わって、日本の庶民の心を心として書」いたところにあった。

以下、目次順に従い各篇を解説する。

『心』の第一篇『停車場にて』At a Railway Station は著者の自信作で、それだからこそ巻頭に掲げたに相違ない。日本人論を単なる論として抽象的に述べるだけでは広い層の読者をつかみ得ない。米国の上流・中流の読者に訴えるようまず物語として語ることによって読者の心をとらえたところにハーンの巧《たく》みさがあった。というかそれが文筆で生き抜いてきたハーンの文章家としての心がけであり、またそうすることによって芸術表現の妙趣を本人も味わい、読者も楽しませたのであろう。執筆時のハーンが思い浮かべた読者は米英人で、それも女性読者が多かった。ところが生前のハーン自身はまったく予期しなかったことと思うが、いまや最大の読者は日本人である。——

そんな英語作家ハーンが小泉八雲として日本に定着する様をこの目で見てきた学究として、私の『心』にまつわる個人的追憶を恐縮ながら添えさせていただく。外地で外国語でハーンを通して日本に親しみを覚えた話である。一九五五年二月のことだった。二十三歳の私はノルマンディーの友の家に招かれて彼女の書棚にあった『停車場にて』をフランス語訳で初めて読んだ。*Un Criminel*（犯人）と題されていた。主人を殺された遺族と連行してきた犯人とを熊本駅頭で引き合わせた警察官の話である。殺された主人の妻がおんぶした子供に向かって巡査が言う、「坊や、こいつが四年前に坊やのお父さんを殺した男だ。……よく見て御覧、坊や！　恐がるんじゃない。辛《つら》いかもしれないが、これは坊やの務めだ。見て御覧！」——人々はまるで息を殺したかのようである。そのときハーンは犯人の表情が歪《ゆが》むのを見た。悔恨《かいこん》の情にかられてひれ伏した犯人は「御免なあ！　坊や、許してくれ！」と叫ぶ。Real poetry of the event は殺人犯のこの幼児への謝罪にある。カトリーヌの家で夜も更けて読んだ私は思わず目頭《めがしら》が熱くなった。それは異郷で孤独だった留学生がおちいりがちなセンチメンタリズムだったのかもしれない。それは敗戦後まだ十年も経《た》っていなかった。そのころの私は自信喪失した同胞の中にあって日本にもなお尊ぶべきものがあることを言いたかったのだろう。だが人間的に大切ななにかがこの駅頭の光景にはあった。——当時もそう感じたが、六十年以上後のいまもそう感じている。その「出来事の持つ真の詩情」に共感すればこそ私は生涯を通してハーンとつきあってきたのだろう。そしてその人の作品を読むことでおなじく「感じのいい」sympathetic な良き人々に出会うこともできたのだろう。

『停車場にて』にフィクションがまざっていることは私も承知している。しかし肝心なことは出来事の持つ真の趣《おもむ》きを伝えることであり、それ以外の細部は改変しても差し支えないのではないか。その「詩と真実」については『小泉八雲——西洋脱出の夢』第五章で分析した。その後こんなこともあった。米国と日本では子供が占める位置が違うこと、警官と民衆の関係が違うこと、この二つの意味にふれた平川のウィルソン・センター一九七八年発表論文 Lafcadio Hearn’s ‘At a Railway Station,’ a case of sympathetic understanding of the inner life of Japan は、国際交流基金の英語ビュルティンに掲げられたが、それがたまたま英国の日本学者ルイ・アレン教授の目に留まり、私の知らぬ間に彼の遺著 *Lafcadio Hearn: Japan’s Great Interpreter*, ed. Louis Allen, Global Oriental, 1992 に収められて活字となった。アレン教授は最初このハーン詩文選をペンギンから出そうとして断られたが、それが思いがけず遺著として日の目を見たので私に連絡はなかったのである。英国の Global Oriental 書店から私がその後ハーン関係編著などを次々と世に出すことを得たのはそんな偶然に由来する。

丸山学の調査（『小泉八雲新考』）で明らかになったように、巡査殺しの犯人との対面というか対決は、熊本駅頭で「私」が目撃したように書かれているが、じつはハーンは明治二十六年四月二十二日の『九州日日新聞』記事に依拠して再話した。ルイ・アレン教授の英文遺著『ラフカディオ・ハーン――日本文化の最良の理解者』に平川論文が載っていると私に教えてくれたのは当時カナダ在の太田雄三氏だが、氏は『ラフカディオ・ハーン』（岩波新書、一九九四年）でハーンが記事を曲げて文芸的効果を高めたことを非難して、ハーン神話の解体なるものを試みた。犯人は「地べたにひれ伏す」ことはしていない、犯人を護送してきた巡査は井上平太《いのうえへいた》一人ではない、などをハーンの日本像の虚構性の例証としてあげている。だが文学作品はフィクションと呼ばれるが、虚構が事実でないとして文学者ハーンを太田氏のように dubious interpreter of Japan と難詰《なんきつ》するのはいかがなものか。

それより意味深い実質的な調査は、井上智重『異風者伝《いひゅうもんでん》――近代熊本の人物群像』（熊本日日新聞社、二〇一二年）の「井上平太（1848〜1933）」の項目で、井上平太の名は『小泉八雲事典』にもないので、ここに紹介しておきたい。平太はなんと「近藤勇をつけねらった肥後の剣客」で維新後は三十年間、平巡査のまま勤めた。犯人を捕まえても説諭して放免し一度も検挙したことがなく、それを誇りとしていたといわれる。だがそんな井上巡査だったからこそ言葉に心熱がこもって、それで犯人悔悟《かいご》の場面もあり得たのだろう。僧侶の澤木興道は井上の肉声をこう伝えている。澤木が熊本で参禅道場を開くと『水滸伝《すいこでん》』にでも出てきそうな井上老人が加わった。「平太老が座禅を組んでいると、天井から一匹のクモが糸にぶらさがって目の前にスウッと降りてきた。これが目障りになって仕方がない。「ええ、うち食え」と思って、ぱくっと食ってしまった。そしてあとで人にしゃべっている。「ヌスットグモは食いなさんな。にがかですばい」。なお同書には最晩年の流鏑馬姿《やぶさめ》の井上が写っているが、只者《ただもの》ではない。その凜《りん》とした姿こそ肥後《ひご》異風者《いひゅうもん》の実像であろう。

第二篇『日本文明の真髄』The Genius of Japanese Civilization は『大西洋評論』誌 *Atlantic Monthly* 一八九五年十月号に発表された。ハーンの来日第一作『知られぬ日本の面影』は大半が紀行文から成り、そのため概念的に日本を論じた文章は少ない。日本人論といえるものを強いてそこから拾えば『日本人の微笑』であろう。第二作『東方より』もさまざまな文章中――たとえば『柔術』など――に日本人論の要素が見え隠れはするが、しかしそれだけで一篇の独立した日本論となるような文章ではない。強いて拾えば『永遠に女性的なるもの』であろうか。そのように見てくると『日本文明の真髄』はハーンの本格的な日本文明論の第一作品ということになる。

『小泉八雲の文学』（一九八〇年）の著者森亮教授もほぼ同じ判断だが、ハーンは物語が第一、紀行文が第二、論文は第三というのが私のおおよその評価だった。私はハーン著作の中で日本論には必ずしも高い価値を認めずにきた。日本論は学術論文というにしては誇張があり恣意《しい》的判断がまじる。発表当時は西洋受けしたかもしれないが、時の吟味《ぎんみ》に耐えるとは限らない。そういうやや厳しい判定を私は下していた。そのために、たとえば平川編の講談社学術文庫『小泉八雲名作選集』にこの『日本文明の真髄』などは加えてない。ハーンの日本論には主観的な日本把握の誤りが目についたからである。

しかしいま本篇を訳しながら丁寧に読むと、日本人の宗教心についてのハーンの指摘にあらためて首肯《しゅこう》する節がある。日本人は外国渡来の信仰の深淵《しんえん》な哲理にはあまり関心は示さなかったが、無常の教えは時が経つにつれ日本人の国民性に深い影響を与えたようだ、という観察は、マルティニーク島における後来のキリスト教の感化とそれより古くから伝わった黒人たちの心の奥の宗教感覚へ注意を払ったハーンらしい類推による日本理解なのであろう。仏教の中でもとくにとりいれたものは古来の神道的感受性に則した面であるとハーンは推定したのである。なるほどその先祖伝来の感覚がわれわれの身内に潜在すればこそ、日本人は進んで余計なものをそぎ落とす。そのような美学がいまに伝わり、生き方の一つの範となっているのだろう。それで豊かになったいまも「清貧」を口にしたりするのだろう。それは遺伝にも似た感覚の目覚めなのであろうか。

西洋人が永遠を望んで建築した壮大な寺院、渡来人が建てたに相違ない巨大な仏寺。それとの対比で語られるハーンが受けた山中の神社の印象、「たどり着いてみたら、そこにあるのは空寂《くうじゃく》のみ——妖精か天狗《てんぐ》の類《たぐい》が住んでいそうな、がらんどうの小さな木造の社《やしろ》が、千年も年古《としふ》りた樹々の影深い中に物寂《ものさ》びている」——このような神道の民の宗教状況の把握は、読者が年をとるにつれますます興味深く思われる。後述するホーフマンスタールは日本の宗教を伝えるハーンを「その文章には深くて捉えることの難しい物が、まるで深い海底から光の中へ運び出されたように次々と並んでいる」と評した。仏教哲学を伝えながら「それは私たちをこちたき概念や観念の荒地へ引きこむことはない。だからそれは宗教ともいえる。しかし宗教とはいいながら、それは人をおどしたりはしない」とオーストリアの文芸評論家はハーンの日本観察の機微をついた。ハーンはマクス・ミュラー編の *The Sacred Books of the East* 叢書《そうしょ》をアメリカ時代から買い求め、ヘルン文庫にはあわせて二十四冊ほどが残っているが、しかし本人は肝腎の漢訳仏典は読めない。そのようにハーンには言語能力に限りがあった。しかし世の中わからないもので、そんなハンディキャップがじつは逆に幸いしたのである。ハーンが描いた日本の宗教風景は、ベルナール・フランクも指摘するように（平川・牧野編『ハーンの人と周辺』参照）、「街の音が聞こえてくるような人々の生活に親密に結ばれた」具体的な民俗の姿においてであったからであり、またそれだからこそ貴重なのである。

この『日本文明の真髄』については遠田勝教授が『小泉八雲事典』の「近代化と西洋文明」の項目で見事な指摘をしている。ハーンは「日本人は過去一千年にわたり立派な文明人であった」といい、その証拠は「靴をはき洋服を着て鉄道に乗り工場で機械を操ること」ではなく「体を清潔に保ち、礼儀をわきまえ、職人として第一級の腕をもつこと」であるとしている点に注目する。日本の近代化をみつめるハーンの憂鬱《ゆううつ》について遠田氏はこう述べる、「その東西文明の対決と混合から、西洋よりも醜く西洋化された、貪欲《どんよく》で利己主義的な近代国家が誕生するのか、それとも共同体としての倫理や伝統的習慣を重んじ、西洋の個人主義や自由の理念をも巧みに取り入れた新たな「文明」が誕生するのか、ハーンは期待と絶望の間を最後まで揺れ動くことになる」

明治から大正・昭和を経て平成に至るあいだに大きく揺れ動いた観念の一つは自己犠牲の精神だろう。「人間社会は互いに自己を与えあうことの上に築かれている。人が人のために犠牲になる、一人の人が全体のために犠牲になる、その犠牲こそがあらゆる真の社会の本質である」（ラムネー）。この言葉を引用してブリュンティエールは言った、「この名言の意味を、人々の頭にしっかりと叩《たた》き込み深く印象づけるべく努力がなされないのなら、われわれの教育上のあらゆる措置はすべて徒労に帰すであろう」。フランスの文芸評論家は自己犠牲を忘れた個人主義がフランス社会にもたらす悪について言及したのだが、それに再言及したハーンは、日本にもやがてその傾向が出ることを予測していたに相違ない。ルイ・アレン教授はハーンの詩文選を編んだとき、この『日本文明の真髄』を Japan Psychological を説明する傑作として選んだ。[2] 当時の私は頭をかしげたが、その選択には一理あったと思う昨今である。

第三篇『門づけ』A Street Singer には門づけの三味線《しゃみせん》弾《ひ》きの女が登場する。

戦前の日本には西洋一辺倒の文化人がいて、三味線などの音曲《おんぎょく》を嫌った。戦後もその風潮は尾を引いていて、昭和四十年代、東京藝大音楽学部で私はフランス語を教えていたが、大学構内で邦楽の音が流れるや、顔をしかめる日本人同僚語学教師がいた。そんな風潮は在日西洋人のあいだにも強かった。日本研究者の大御所バジル・ホール・チェンバレン（一八五〇 - 一九三五）は、なにかというと西洋の優越を口にした人だが、西洋の良さの理由の一つとしてやはり音楽芸術をあげ、三十八年間（一八七三 - 一九一一）に及ぶ日本滞在を六十一歳で打ち切る理由として「東洋にいるかぎりワーグナーのような音楽は聴けないから」と言った。当然、日本音楽に対する評価は手厳しい。『日本事物誌』の「音楽」の項目は次のように始まる。

音楽。東洋人が楽器をギーギー鳴らしたり、声をキーキー張りあげるのは、音楽といえたものではない。だがあの低級な代物《しろもの》をもし音楽《ミュージック》と呼ぶことが許されるならば——それはこの美しい語を汚《けが》すものであるけれども——音楽は神代《かみよ》の昔から日本にあったと言って良いだろう……。なにとぞ二十一世紀が来るまでに、三味線《しゃみせん》、琴《こと》、その他あらゆる種類の和楽器が薪《まき》に化してしまうことを切に望む。そのお蔭《かげ》でもし貧乏人が暖《だん》を取ることができたなら、その方が本来の目的よりも、余程有用な目的に役立つことだけは論をまたないであろう。

これは自由闊達《かったつ》というよりはやはり暴言というべきではあるまいか。ハーンは我慢できなかった。ハーンは民俗音楽について早くから一家言《いっかげん》ある人で、米国時代にまめに文通した相手にクレビール Henry Edward Krehbiel（一八五四‐一九二三）がいた。クレビールは民俗音楽研究の先駆者で後に音楽評論家として『ニューヨーク・トリビューン』紙に四十三年にわたり音楽批評欄を担当するが、ハーンはそのクレビールが無名のころから親しくつきあった。一八七八年ごろの手紙にもクレオールをはじめ民俗音楽にまつわる文通が多い。*Complete Letters of Lafcadio Hearn* は Cengage Learning から刊行される予定だが、そうなればハーンとクレビールとの音楽関係の文通の詳細もさらに明らかになるだろう。すでにニューオーリーンズ時代に中国音楽の演奏会も企画したことのあるハーンである。鋭い民俗の観察者であったハーンは目だけでなく、耳もよく働かせた。松江時代にも日本の祭りの音曲《おんぎょく》に聞き入っている。笙《しょう》や篳篥《ひちりき》の演奏を聞いて「何回も聞くうちに……日本古来の音楽にはそれなりの妖《あや》しいまでに美しい魅力があることがわかってくる」と『英語教師の日記から』に書いている。小学唱歌の普及によって駆逐されつつあったわらべ歌の歌詞や曲も集めようと試みている。そんな人だけにチェンバレンの日本音楽論に対しては本人宛に抗議の手紙も書いた。だがそうした私信にもまして雄弁な抗議はこの『門づけ』であろう。女は三味線弾きである。「あの門づけの女の声には一民族の経験の総体を超えたより大きななにかに訴える力があった」というハーンの言葉に真実味はないとはたして断定できようか。

なおハーンは一八九五年三月、チェンバレンに宛てて次のような手紙を書いている。ここに『門づけ』の成立事情が伝えられている。

先日それについてあなたにお話ししたいある感情を、それでも、抱きました。私は言語に絶するほど日本を憎む気持になり、こんな世界は生きるに値しないと思えたほどでした。ところがそのとき二人の女がやってきた。その一人が三味線を弾《ひ》きながら歌をうたった。すると狭い庭が入ってきた人で一杯になりました。あれほど甘美なものを聞いたことはありません。この世の嘆きも美しさも、この世の苦労も楽しみも、その声に沁《し》みこんでふるえていた。すると以前の日本や日本の事物に対する私の愛情が舞い戻り、大いなる優しさがその場を包み込むかのようでした。なんだか霊に憑《つ》かれたような気がした。

第四篇『旅日記から』From a Traveling Diary は、春先の車中で居眠りする上品な女たち（第一節）の個性的な観察で始まる（その同じ女たちが袖《そで》なしの洋服で夏にバスに乗ると途端にあられもない姿になるのみか身ごなしも乱れる、というのは竹山道雄の観察である）。宿の部屋で雨戸《あまど》を開けると「朝日がさして、格子《こうし》に区切られた金色に輝く障子《しょうじ》に、小さな桃の樹の影絵がくっきりと浮かぶ」（第二節）。雨戸を繰《く》った後の障子へのハーンの愛着は仙北谷晃一も講談社学術文庫版、小泉八雲『日本の心』の「解説」で特記しているが、ハーンはその影の絵に日本画の美学を思わずにいられない。『旅日記から』は主として明治二十八年四月の日本の内国博覧会（第四節）やそれに付随した展覧会、近ごろ落成した大極殿《だいきょくでん》や東本願寺の建立《こんりゅう》（第六節）など観光案内に日本文化論を適宜《てきぎ》おりまぜた紀行文である。

その中で貴重なのは第三節の神道の社《やしろ》にふれた次の指摘だろう。「参拝のための、あるいは安らぎのための聖なる場所に近づいていく道筋……はどこにも通じない、その石段は行く先に何もない」。このハーンの指摘はフランスの詩人大使クローデルの神道観に近い。あるいはハーンを読んだことがクローデルの神道観念の形成に与《あずか》ったのかもしれない。モーリス・パンゲは『日本解釈者としてのポール・クローデル』の中でそれを要約して「神道の神々は偶像とはならない。参道を歩いてきて拝殿の前に立つ。そこで崇《あが》め奉《たてまつ》るものは場所である。建築物によって位置を指示された正常な土地である。神社建築そのものは一隅にある石碑のような……もので、それがいちばん大切なのではない。神社も鳥居もなにものかを指示するためのものである。それは山中の谷なり森なり自然の土地を聖ならしめ、その神性を帯びた土地の美しさをいわば定義づけるためのものである」と述べた。なおこの件《くだ》りの原文 high places of worship or of rest は既訳では「高い所にある礼拝、休息の場所」（石川林四郎訳）、「どこか小高い場所にある、神社とか休み場所など」（平井呈一訳）などと訳されているが、rest は単なる休息ではなく「最後の憩《いこ》い」ではあるまいか、また high place の high は単なる地理的な「高い」ではなく「聖地」の意味ではあるまいか。

ハーンは「日本の子供たちはたいていお寺の境内《けいだい》で遊んで過ごす」と第五篇『阿弥陀寺の比丘尼』The Nun of the Temple of Amida の第四節に書いた。最終作『日本——一つの解明』の冒頭でも西洋のキリスト教会の庭からは子供たちの遊び声は聞えないが、日本の神社仏閣《ぶっかく》の庭からは子供たちの楽しい遊び声が聞える、という東西宗教の特性の相違を指摘し、日本が子供の楽園であることをその美点として強調したが、この『阿弥陀寺の比丘尼』もやはりその讃歌の一つといえる。ここでも陰の主人公は子供たちを守ってくれるお地蔵様である。そのお餅《もち》のお供えの数にまで言及する具体的な民俗学的観察が、このおよそあり得ない童話的な物語に真実味を付与している。近所の人たちと比丘尼の関係もハーンが良しとした日本の伝統社会の雰囲気を伝えている。

日清戦争直後の巷《ちまた》の模様をもっとも生き生きと伝えた一文は、日本作家の誰にもまして、ハーンの第六篇『戦後に』After the War であろう。「英語で書いた日本文学」であり、リアリズム文学の要素を当時の日本人作家の誰よりも豊富に含んでいた。ハーンは日本が三国干渉から十年後にロシアと戦って勝つことを知らずに死んだが、しかしこの日清戦争直後に書かれたルポルタージュには、日本が日露戦争をどのように戦うかが、もうはっきりと目に見えている。草葉の蔭で故人の霊が生きている人々を見守っているという感情はいまも私たちのあいだにあるが、ハーンは日本人のそんな生死にまつわる民族感情にふれて、日本人のロシア人に対する敵愾心《てきがいしん》に注目したのである。

第七篇『春』Haruは「ハル」とも訳されてきた。これは日本の古風な女性を記述する日本女性讃美の論のように一見みえる。しかしじつは理想の女性の姿を追い求める女性論の体裁《ていさい》をとりながら、読者の読みようによっては、怪談でもあるところに真価がひそむのではあるまいか。

その明治の理想の女性を讃美する建て前と本音の関係は裏返すと、新しい理想の女性を讃美する昨今のフェミニスト論議にしても、その声高《こわだか》な、一見正義の主張の裏にひそむ怨念《おんねん》を白日《はくじつ》の下にさらすならば、人間の真を伝えるすぐれた怪談に転化する可能性があることを示唆している。[3] ハーンの作品では非はもちろん春ではなく夫にあるのだが、『春』は反射的にそんなおどろおどろしい可能性を予告する女性論の一例ともなっている。「あなた?」という一声は忘れがたい。

第八篇『趨勢一瞥』A Glimpse of Tendencies に注目した人にフランシス・キングがいる。小説家キングは批評家として目利きであり、英国文化振興会の役員として日本に勤務したことがあるだけに、ハーンに強い関心を寄せた。ハーンの詩文選 *Lafcadio Hearn, Writings from Japan*, An Anthology Edited with an Introduction by Francis King (Penguin, 1984) を出しているが、ハーンの文章を旅行記を主とする Recollections、考察というか論を主とする Reflections、物語を主とする Relations の三つに分類した。選ばれた作品の点数から推察して、キングはハーンは物語や紀行文にすぐれ、論文は第三というおおよその順をつけた人と思われるが、この『趨勢一瞥』を六つの Reflections の一つとしてそのアンソロジーに選んでいる。

『趨勢一瞥』が日本論としていまなお読者の関心を呼ぶのは、それが十九世紀末年の開港場の記述として例外的に貴重だからであろう。外見の記述としても、それが孕《はら》む西洋列強と日本の緊張関係の記述としても、歴史的価値がある。ハーンが新聞記者としていかに卓越していたかを偲《しの》ばせる。遠田勝教授は『小泉八雲事典』「居留地と不平等条約」の項目でその点にふれ、「『趨勢一瞥』は『居留地哀亡史』とでも題すべき作品で、〔ハーンの〕神戸や横浜での見聞が豊富に折り込まれており、その新旧勢力の交代をあざやかに捉えた冷徹な観察眼は、チェンバレンの恨みがましい懐旧の文とは好対照をなしている」と評した。ちなみに頭からの条約改正反対者のチェンバレンは『日本事物誌』の「対外条約」の項にこう書いた。

〔日本側の〕要求は法外なものであった。しかし——不可能事もときには起こるものである——実際にその要求が認められたのである！　どうしてそんなことになったのか、誰にもわかるまい。愛国的な英国人の見地から眺めると、日本における英国居留民達（すなわち、この問題についてもっともよく知っている階級）は、ほとんど全員こぞって、英国の外務省を軽蔑の眼で見ている。

チェンバレンはこのように「外交交渉における英国的愚かしさ」を嘆いたが、彼にはハーンほど客観的に国際情勢を把握できなかったのである。千八百九十年代から半世紀、いやそれ以上の長きにわたって西洋日本学の世界で権威として君臨した学者はバジル・ホール・チェンバレンだが、彼本人は信仰のないヴォルテールの徒であるけれども、西洋キリスト教文明の優越性を主張した。日本在留の西洋人のあいだでそんなチェンバレンの評判は今日《こんにち》もなお依然として高い。だがその主著 Basil Hall Chamberlain, *Things Japanese*（『日本事物誌』）が二十一世紀の今日にいたるまで在日西洋人のあいだで尊重されてきたのは、一つにはその書物を読むと西洋人であることに優越感を覚え安心することができたからではあるまいか。今日にも伝わる外人クラブのメンタリティーは明治の外人居留地の心理状態を彷彿《ほうふつ》させて興味深い。太田雄三氏がいうようにハーン神話に囚《とら》われ日本礼賛《らいさん》の自己満悦に陥ることは愚かしいであろうが、チェンバレン神話や、それに引き続くノーマン神話に囚われることはさらに愚かしいことではあるまいか。

ハーンは開港場のスケッチをシリーズで書くつもりであったが、この一篇だけで終わった。そのことはハーンの没後、雨森信成《あめのもりのぶしげ》が報じている。開港場の生活はハーンにはおよそ共感がもてるものではなかった。日本に帰化したハーンが開港場に足を踏み込むと Hearn went native.「ハーンは土人になった」と蔭で囁《ささや》く者もいたからである。外国人居留地に住む外国人との距離がそれだけひろがってしまうと、ハーンとしてはこれ以上は書きたくなかったのであろう。しかしハーンがこの一篇を残してくれたからこそ明治日本の反日ジャーナリズム[4]の正体もあざやかに後世に伝わったのである。

第九篇『業の力』By Force of Karma は、従来「因果応報の力」とも訳されてきた。「業の報《むく》い」とも訳しうるが、本書では簡潔な「業の力」を踏襲した。業《ごう》は仏教用語で、サンスクリット語（梵語《ぼんご》）カルマン karman の訳である。英・仏語ではカルマ karma という。キリスト教でも仏教でも現世《げんせ》の行為によって来世《らいせ》で報いを受けるという因果応報の考え方をする点ではきわめて似通っている。しかし前世との関連で現世において報いを受けるとするのは仏教に見られる考え方である。進化論以後の近代の遺伝学の発想は仏教のこの前世との関連で現世で報いを受けるカルマの考えにむしろ近いとハーンは考えた。それは『前世の観念』でもさらに詳しく説かれる見方で、ハーンとしては大発見を報じる気持であったろう。人間が先祖の遺伝で支配されることを「業の力に支配されて」いる、と捉えなおすなら、仏教の方がキリスト教よりもダーウィン以後の進化論と両立しやすいとハーンは見た。この随筆『業の力』はその種の最初の試論である。

ここでハーンは例として初恋の男女の行動は自分個人の意志よりも未生《みしょう》以前の霊的な記憶のごときものによって左右されると主張する。——なお初恋にかぎらず、生きている人間の行動には当人だけでなく亡くなった祖先たちにも責任があるとし、故人の影響がいま生きている個人におとらず大きいとするのがハーンの見方である。それがハーンが日本社会を論ずる出発点ともなり、遺著『日本——解釈の試み』に通底する考え方となる。日本人は祖先を崇拝するが、それはとりもなおさず死んで神となった人々（祖先）によっていま生きている人々が支配されているという日本人観で「神国日本」の神もそうした意味で用いられたものである。

本題から外れるが、夏目漱石が初期の作品で霊の感応のような心霊現象に言及し（『琴のそら音』）、さらに『趣味の遺伝』では「恋愛の神秘、心霊の不可思議の可能を信じるといふのみでなく、一歩進んで、それを遺伝学の立場から、十分可能であると証明することができるとする態度が示されてゐる」（小宮豊隆解説）。これは漱石がおそらくハーンから示唆を受けたからであろう。

漱石はハーンのもっとも丹念な読者の一人であった。日本人作家として後年『心』という題で小説を書いたのも、東大での先任者ハーンに対する対抗心もあってのことだったのではあるまいか。ちなみにハーンが一八九六年刊行の英語の自著に *Kokoro* という日本語の題名を与えたのは、ハーンが愛読した、やはり「心」を意味するイタリア人デ・アミーチスの作品 *Cuore* が英語世界でもイタリア語の『クオレ』の名前で評判となった前例にかんがみてのことである。

第十篇『ある保守主義者』A Conservative は、私観では『心』の主要作だが、主人公の半生はハーンが雨森信成から聞いたものそのままなので、ハーン自身は主要作とみなさなかった。この『心』は『ある保守主義者』のモデルである雨森信成に献じられた。

雨森信成は、一八五八(安政五)年、福井藩士松原十郎(実名、義成)の次男として生まれた。後年は横浜在住の実業家として成功し、一九〇六(明治三十九)年三月一日、数え年四十九歳の若さで亡くなった。少年の日には藩校明新館で学問を修めたが、その明新館に一八七〇(明治三)年七月、英人アルフレッド・ルセーが英語の教師として雇われた。このルセーが『ある保守主義者』に登場するお雇い外国人である。翌年三月には米国人ウィリアム・エリオット・グリフィスが着任し、英語で理化学を教えたのみか、ドイツ語フランス語まで教えてくれた。同年七月に廃藩置県が行なわれ、九月に雨森は福井を離れ、横浜に向かうことになる。

雨森の生涯は長い間、いわば埋もれた思想家として詳細が不明だったが、グリフィス研究者山下英一氏による『グリフィスと福井』(福井県郷土誌懇談会、一九七九年)とそれに続く丹念な調査により、かなりのところまで分かるようになった。雨森自身がかつての師グリフィスに送った一九〇四年十二月二十一日付の手紙で、A Conservative は自分であると打ちあけた旨《むね》も明らかにしている(山下『人間 雨森信成(1)』、『若越郷土研究』一九一号〔一九八八年八月〕)。この手紙で雨森は、『ある保守主義者』は「もちろん、ハーンなりに話の大要を潤色しています。それはご承知のように出来事を理想化するためですが、大体のところこの論文はある時期までの私の人生の歴史を物語っています」(山下訳)と語っている。私は『破られた友情――ハーンとチェンバレンの日本理解』(一九八七年）で雨森信成の日本回帰の軌跡を詳しく辿った。

ハーンが雨森の知己を得たのは熊本時代の一八九一（明治二十四）年のことで、周囲に英語のできる日本人教師はいるのだが、彼らは日本のことをおよそ知らない。知的交友 intellectual companionship の欠如に悩みはじめていたところ、横浜駐在の米国海軍主計官ミッチェル・マクドナルドが雨森を紹介してくれたのである。以後ハーンは十余年の長きにわたって、雨森と文通を交わすこととなる。ハーンは雨森に自作の原稿を送って、文中の固有名詞の綴りや意味に間違いがないかチェックしてもらうこともあり、互いに英文を交換しては出来映えについて批評を交わすのを常とする仲だった。

当初ハーンは雨森のことを「生意気な日本人」と感じたようだが、じきに深い敬意を表するようになった。ミッチェル・マクドナルドが雨森の写真を送ってくれたときには、一八九八年四月十五日のマクドナルド宛の手紙で「これは色褪せることのない写真だ。言わずともおわかりと思うが、百万の日本人の中にこれに匹敵する見事な肖像はない。雨森は日本人種の至宝ともいうべき人だ」と絶賛している。

フランスの『両世界評論』誌がアンドレ・ベルソール夫妻を日本に特派したとき、ハーンは夫妻に引き合わせたい人は英国人ではチェンバレン、日本人では雨森であるとチェンバレンへの手紙で述べている。

ハーン没年の翌年、雨森は『大西洋評論』誌一九〇五年十月号に、故人を追悼して見事な英文による論考『人間ラフカディオ・ハーン』Lafcadio Hearn, the Man を寄せている。この追悼文の一特色は、今日所在不明となっているハーンの雨森宛の書簡からの引用がふんだんになされている点で、人間ハーンの面目や作家としての特質を伝えて鮮やかである。例えば次の一節のごときはハーンの意図がどの辺にあったかを示すものだろう。

私は物語を勝手に拵《こしら》えることはしません。私は物語を日本人の生活から拾います——新聞に出た実話、お遍路さん、旅行者、召使いなどから聞いた話、そして私自身が旅行しながら見聞した話——そうしたものから材料を拾うのです。

『ある保守主義者』を書いたころの熊本・神戸時代のハーンは、心は振り子のように日本と西洋のあいだで激しく揺れ動いた。日本に対する幻滅と愛着、反感と共感である。第三篇『門づけ』の項で引用した、一八九五年三月付でハーンがチェンバレンに宛てた手紙には、まさにその愛憎関係について告白している。

そのような「日本への愛情」と「西洋への回帰」の二つの相反する気持のあいだではげしく揺れたハーンであった。しかしそんな人であったからこそ、一旦《いったん》は西洋へ傾倒した雨森信成の日本への回帰をも見事に見透《みすか》し得たのだろう。このハーンの love-hate relationship with Japan については Return to Japan or Return to the West ? —— Hearn's 'A Conservative', in S. Hirakawa, *Ghostly Japan as Seen by Lafcadio Hearn*, Tokyo, Bensei Publishing,

2022に詳しい。

『ある保守主義者』の結びでハーンがそれとなくした主張に対し、自分の考えはあくまで自分の考えであって、父親とか母親とかは関係ないと主張する人も多いだろう。しかし年をとれば人は誰しもいまは亡き両親のことを思わずにいられない。ご先祖さまを神棚に祀《まつ》る家ではとくにそのような思いは強いであろう。——ハーンの日本観察は多くの家にまだ神棚が祀られている時代の記録である。人間の霊は先祖の霊をも遺伝的に受け継いでいる以上、先祖につながることを私たちはごく自然なことと考える。しかし親子のつながりも、その情《じょう》も、人によりけりなのだろう。私はハーンに関する最初の書物『小泉八雲——西洋脱出の夢』を書いたとき、一女性読者に「このような本をお書きになる著者のお母さまはどんな方だったのでしょう」と言われて、はっとしたことがあった。そして亡き母親の手がそっと自分の手を握ったのを感じることはほかの人にもあることだろうと思ったのである。

第十一篇『神々の黄昏《たそがれ》』In the Twilight of the Godsは、『大西洋評論』誌一八九五年六月号に発表された。「神々の黄昏」という言葉それ自体はワーグナーのオペラGötterdämmerungの題をアイロニカルに借用したもので、信仰が薄れ、神仏の像は開港場の西洋人骨董商《こっとうしょう》の薄暗い土蔵の中に雑然と収められている。大英博物館に買い上げられたとしても、「この仏像たちは、死んだ神々の広大な墓地《ネクロポリス》ともいうべき館の一角に閉じ込められ、エジプトやバビロンの忘れ去られた神々と同居を余儀なくされて、ロンドンの喧騒《けんそう》にかすかに身を震わせ」ることになるだろう、とハーンは想像する。そして金儲けのことだけが念頭にある英国商人の脇でハーンは東洋の霊性を示唆する仏典の言葉をちりばめる。文人ジャーナリストの心憎い演出である。

第十二篇『前世の観念』The Idea of Preëxistence は、ハーバート・スペンサーの総合哲学 synthetic philosophy の認識圏内に仏教の哲理を位置づけようとするハーンの野心みなぎる再解釈で、その試みのことは『業の力』の解説でも述べた。また本稿の続篇ともいうべき大論考が『心』の翌一八九七年に出る『仏の畑の落穂』に収められた『ニルヴァーナ』である。ハーンが『ニルヴァーナ』の副題を「総合仏教の一研究」A Study in Synthetic Buddhism としたのは、スペンサーの総合哲学 synthetic philosophy を参照することによって仏教を再解釈するという研究意志の表明でもある。しかし「ハーンの仏教理解は、スペンサー的バイアスにもかかわらず、相当に正統的なものであるように思われる」というのが竹内信夫教授の評価である（竹内『ハーン「ニルヴァーナ」について』、『国文学——解釈と鑑賞』一九九一年十一月号）。

それにしても高等学校在学中、大叔母の倒産により勉学の中断を余儀なくされたハーンが、その後図書館などで独学し、貧しい身でありながら基本的な図書を買い求め、それら英仏語文献を読むことによって到達した東洋研究は当時としては稀《まれ》に見る水準であり、敬意を払わずにはいられない。しかしそうはいっても、英語で仏教の極意《ごくい》を伝えるという操作はハーンにとってもきわめて難しく、それをまた日本語に訳し直すこともはなはだ難しい。註にも記したが、訳者はハーンが引用したり利用したりした英訳仏典の当該箇所を探しその漢語を生かすようにつとめた。

人間と人間以外の動物を霊魂の有る無しで区別してきたキリスト教は、十九世紀の後半、危機にさらされた。そのような区別による神学的意義は、ダーウィン『種の起源』（一八五九年）が学問世界で受け入れられるに及んで、急激に薄れ始めた。衝撃が西洋思想界を走った。遺伝学や進化論の考え方はキリスト教的人間観の根本にある霊魂不滅の考え方をも破壊するかに見えたからである。

若いときにキリスト教信仰を失ったハーンではあったが、生来、宗教的な思いは強く、彼《ひ》岸《がん》の世界に深い関心があった。そのために、霊魂不滅説が根底からくつがえされると、そのような精神的状況に冷淡なままでいられない。ハーンは無神論者でもなければ唯物論者でもない。それだから『前世の観念』の第六節では「宗教的感情とは、教義《ドグマ》よりもはるかに深いものであり、たとえあらゆる神々が死滅しあらゆる信仰形式が壊れようとも生きのびるものであ」ると述べたのである。そういうハーンの心の奥底には自然科学の進歩によって生じた宗教的空白を埋めたい気持もあったからに相違ないが、進化論的に東洋思想を解釈することでそのブランクを埋めようとし、東洋の宗教はキリスト教と違って遺伝学や進化論と両立し得ると、その可能性の発見に興奮して、やや強弁して説き始めたのである。

なおこの『前世の観念』の第七節でハーンは、十九世紀末年、西洋は東洋起源の前世の観念を承認したことによって文学世界も豊かになった、と述べ、さらに霊魂が多重なものの合成であるという観念も西洋の思想界に伝わるであろう、と述べた。これは東西文化交渉史の中でも特筆すべき大問題のはずだが、若い日の私はその影響関係の詳細を具体的に追跡しようとも思わなかった（またできもしなかった）。四十代の私はハーンの宗教に重きを置く日本論を敬して遠ざけたばかりか、減点法で採点し、ハーンの筆致にある誇張や文飾などの欠点をもっぱらマイナス評価していた。しかしそれは私自身がハーンの仏教関係の論文がよく理解できないところからくる、親近感の不足に由来する冷淡さであったのかもしれない（じつはいまもよく理解できたとは到底いえないのである）。

西洋で精神分析などの学問が十九世紀末年から発達し始めた背景には、東洋思想の影響で、人間の魂を多重的なものとして捉えることが許される雰囲気が広がったことも関与したのであろうか。ハーンの没後のことだが、アーサー・ウェイリー『源氏物語』の英訳に対するプリチェットの批評に、紫式部の作品はフロイト的な分析にたえるという指摘があり、生霊《いきりょう》となる六条御息所《ろくじょうのみやすどころ》の多重的人格のことが話題となったが、これはハーンの予想が実現した一例であろう。参考までにウェイリー自身が初版第二分冊のイントロダクションで human personality is built up of different layers which may act in conflict について述べた言葉[6]を引いておく。

紫式部が「近代的」であることには偶然的な別の理由もある。それは中世の仏教には今日《こんにち》のヨーロッパではやりとなっているある種の心理上の観念がすでにあったからである。人間の人格はさまざまな多重の層から成り、その各層は勝手に動いて相互に衝突するかもしれない、とか、人間の情念はきわめて強烈に存在しているかもしれないにもかかわらず、その情念が作用している当人はそのことに気づかずにいる、とか――こうした観念は古代の日本ではありふれたものだったのである。

第十三篇『コレラの流行期に』In Cholera-Time は、一面では日清戦争直後に伝染病が猖獗《しょうけつ》した様のルポルタージュだが、妻に先立たれ、男手で赤子を育てている煙管《キセル》売りの商人の身上話《みのうえばなし》を添えたことで秀逸な作品となっている。とくにその結びが印象的である。羅宇《ラウ》屋《や》には牛乳を買う余裕はない。それでもう一年以上お粥《かゆ》と水飴《みずあめ》で育てている。

「子供は丈夫そうで、乳がなくとも問題はなさそうだね」

とハーンが言うと、万右衛門《まんえもん》が言った、

「それは死んだ母親がお乳をあげてるからですよ。この子にお乳が不足することなどあるものですか」

その「口調はきっぱりして叱《しか》られたような気がした」とハーンは述べる。これと同じようにたしなめられた場合は、『橋の上』の結びで老車夫平七に「なぜって、口外したりしたら悪いではないですか。そんなことをしたら恩知らずではないですか」という「非難の言葉」を言われた場合にも認められる。[7]いずれも知識人の生半可《なまはんか》な常識よりも尊ぶべき知恵が無学の民衆の信心の中に秘められていることを暗示する結びとなっている。

第十四篇『祖先崇拝について』Some Thoughts about Ancestor-Worship は、遺作『日本――解釈の試み』に先駆ける神道的日本の根本問題にふれた論文である。この論文も『前世の観念』などと同様、十九世紀末年の西洋における宗教状況を踏まえた上での日本宗教論であるところに特色がある。

「神道に固有の真理の要素とは、生者の世界は死者の世界によって直接的に支配されているという考えである」。このハーンの神道解釈の断案は、生者が祖先を敬いその教えに忠実に従うという意味で日本人はカミとなった死者によって支配されている、すなわち「神国」であるとする見方になる。それだからハーンの *Japan: an Attempt at Interpretation* はハーン自身が原稿用紙に「神國」と漢字で墨書《ぼくしょ》した関係もあって、当初『神国日本』と訳されたのである（「日本――解釈の試み」という題は「神国」の表記が与えかねない誤解を避けるために戦後使用されてきた訳語である）。

ハーンはアメリカ時代から科学にまつわる啓蒙《けいもう》的評論もいろいろ書いてきた。独学だが、理系の学問にも広く通じ、科学記者としても旺盛《おうせい》な活動をした。しかし、ときに売らんかなの擬似科学に類する論に陥ることがなかったとはいえない。あらかじめ頭に閃《ひらめ》いた思想的な筋書《デザイン》の中にさまざまな事例を都合よく流し込む、というきらいがかいま見られる。それが新聞記者ハーンが、後代のより厳密に「科学的な」日本学者たちから冷やかに見られた理由の一つでもあったろう。しかしハーンが冷遇されたのはなんといっても彼が神道の価値の弁護者だったからではあるまいか。ハーンは生前から在日のキリスト教関係者から煙たがられたばかりか悪意をもって見られた。神道は、第二次世界大戦の最中に連合国側が作り上げた強烈な敵対プロパガンダで槍玉《やりだま》にあげられた対象である。「天皇崇拝と軍国主義を結合した国家神道」という見方である。その断罪は激しくて米英側のみか敗戦後は日本国民にも影響を及ぼした。「神道」という言葉は口に乗せてはいけないというタブーのような雰囲気が、戦後四十年間ほど続いたのである。内外の宗教学者も否定的な見方を繰り返した（アメリカ占領軍の神道政策に同調した『国家神道』の著者村上重良、その見方をまた踏襲したハーデイカー Helen Hardacre など）。

しかしキリスト教至上の立場から神道を見下す人は明治に来日した宣教師たちと同じことで、そんな独善的な態度では日本の宗教文化を納得的に説明できない。今日においても日本人は元旦に神社仏閣に参拝する。その千万という単位の人の信仰をなんと解釈するのか。

明治時代、宣教師系統の西洋日本学者はヘボン、ブラウンはじめ文明開化とともに神道は死滅すると予測した。他のチェンバレンらの日本専門家もそれに同調した。そうした時流に反してハーンはただ一人神道の風俗を記録し、さらに祖先崇拝という神道行事の意味に注目した。普遍的と自称する世界宗教による宣教も、植民地化も、文明開化も、先祖伝来の土俗的信仰を根こぎにできない。マルティニーク島での経験から、そのことをハーンは知っていた。日本における仏教化も、文明開化も、先祖伝来の信仰を根こぎにできるはずはないという確信の上でハーンは出雲の地におもむいたのである。そしてその予測はものの見事に当たった。ハーンの先祖崇拝についての理論的考察には部分拡大視の歪《ゆが》みがあろうとも、ハーンが西洋人として初めて神道の価値を認め、その多くの面を文章化した功績は無視できないであろう。必ずや再評価される日がくるのではあるまいか。

ハーンがこの論文で述べたもっとも示唆に富む、鋭い、比較論的な指摘は「神道の道徳的感情の中でもっとも顕著なものは過去に対する愛情のこもった感謝の念」であり、西洋社会でそのような感情がもはや残りえなかったのは、「キリスト教以前の古代の人を地獄に落としそのような故人の業績を讃《たた》えることを禁じた信仰は、――われわれ人間の万物に対する感謝はことごとくヘブライ人の神に向けるよう教え込む教義は、――過去への感謝の念を疎《うと》んずる思考習慣、過去に対して思いやりのない習慣を創り出した」ためという点であろう。このハーンの指摘が歴史的に見てどこまで正しいのか、権威ある研究があるならば是非訳者まで御教示願いたい。

第十五篇『君子』Kimiko の訳にこの漢字を当てたのは訳者である。ほかにも表記の可能性はあるが、君香・君子と続く名前であるのでこの漢字が落ち着きよいように思われる。

話の筋はこうである。君子は武家と思われる身分の高い家の娘だった。明治初年に家は没落し困窮のうちに父は死に、母は病《や》む。機織《はたお》りではもはや家計を支えることができず、君子は芸者になる決心をする。才色兼備で客たちに騒がれるが、いいよる男たちを相手にしない。ついにある若い男と相愛の仲となった。だが、相手はなびこうとしない君子に絶望のあまり自殺を試みたが、君子の介抱で一命をとりとめる。男は富もあり位も高い人の息子で、両親も君子との結婚に承諾を与えた。君子の母はすでに世を去り、気になる妹も嫁《とつ》がせた。だがいざ自分の番というときに君子は尻込《しりご》みする。母と妹のためとはいえ暗い生活を送った自分には良家の嫁になる資格はない。そのことを婚約者に告げて行方《ゆくえ》をくらます。森亮教授は君子のこの身の処し方をこう紹介した（『小泉八雲の文学』七二－七三頁）。

これは女の自己犠牲の一つの姿である。彼女がよごれた前歴をもつ自分は正常の結婚生活に入れないと身を引いたのは、貞女は両夫にまみえないというような儒教的中国思想の俗間のゆがめられた受取り方のせいであろう。……この思想をずいぶん屈折させて受け取った結果の自分を卑下する気持である。しかし、その解決方法として彼女が選んだのは仏教的遁世であった。自分は罪深い身だという諦め切った運命観とそういう深い罪をさらに繰り返すことを避けたいという配慮が彼女を尼僧にさせたのである。

森亮教授は君子を実話としてとらえ、ハーンは「彼の勘で君子の前後の行動に一貫性を認めて美しい物語を語った」とした。しかし私は、君子の後半生の姿は、明治といえども現実には存しなかった理想の姿ではないかと考える。日本人の心をよく見、その典型を描き出す術《すべ》を心得たハーンではあったが、やはりロマンティックなるものへの憧《あこが》れがあって、その気持やその芸術的要請に惹《ひ》かれて『君子』を描いた、と考えるのである。詳しくは平川祐弘『小泉八雲――西洋脱出の夢』第一章の「君子の「無言の愛」」の節を参照。これはモーパッサンなどにある「無言の愛」を貫くという西洋小説の応用作品でもある、というのが平川解釈である。だがそれにしても、一旦姿を消した後の君子の生き方と死に方はやはり東西の純情な読者の心をとらえるに相違ない。

最後に総論を考える。『心』について書かれたおそらくいちばん美しい言葉はフーゴー・フォン・ホーフマンスタール（一八七四－一九二九）が、ハーンの死の報せを聞いた直後に書いた記事『ラフカディオ・ハーン』であろう。三十歳のオーストリアの詩人は当時知られていたハーン作品の中でとくに『心』を推《お》し、「あの愛すべき、おそらくいちばん美しい書物」と呼んだ。そしてさらにこう述べた。

「心」とはドイツ語でも das Herz der Dinge「物の心」というように「内面の意味」とも解せられる。そして本当にこの十五篇からなる書物には「物の心」がひそんでいる。その各章の題に目を通したとき、その内容を人に正確に伝えることは無理なことだと直覚される。それはよその人にその人が聞いたこともないような声音《こわね》やかいだこともないような香りを伝えようとするのと同じことだ。このような芸術形式については——その形式の中に比類ない筆による芸術作品が凝縮されているのだが——私は正確に叙することに困難を覚える。その書物の中に『停車場にて』という題の、短い一逸話がおさめられている。ほとんどとるにもたらぬ逸話、センチメンタリズムから脱却しているとはいいきれない逸話なのだが、ただそれは書く術《すべ》を心得た人によって書かれた。しかも感じる術を心得た人によってあらかじめ感じられた。その次に『阿弥陀寺の比丘尼』という話がある。それは一つの短編小説といえる。そしてその次に『ある保守主義者』という章が来るが、これは全然小説とはいえない。これは洞察、それも一つの政治的洞察で、芸術作品のように濃縮され、逸話のように物語られている。これは私見では要するにジャーナリズムの一産物なのだが、ただこれはこの世でできるかぎりの、最高度に教養のある、真面目で、内実のあるジャーナリズム活動の所産なのである。そしてその次にあの比類のない思想の文章『業の力』が続く……。私の間違いでなければ、それは哲学である。しかしだからといって私たちを冷たいままにほうっておくことはない。それは私たちを概念や観念の荒地へ引きこむことはない。だからそれは宗教ともいえる。しかし宗教とはいいながら、それは人をおどしたりはしない。世界で自分だけが存在しようとはしない。それは心の重荷とはならないのである。それだから私はそれを使節と呼びたい。一人の魂からほかの魂への友情にあふれた使節、およそ新聞とか週刊誌とかいうものの埒外《らちがい》にあるようなジャーナリズムの仕事、新聞記者にありがちな思いあがりもなければ下手《へた》な小細工なぞのない芸術作品、重苦しいところがなく生命にみちた学問、手紙、未知の、未見の友人へあてられた手紙、——そのように呼びたい。

ホーフマンスタールのこの記事が出た翌一九〇五年、ベルタ・フランツォースの手になる『心』のドイツ語訳はホーフマンスタールのこの評論を巻頭に掲げて世に出た。エーミル・オルリックの装幀が美しいところからいまでも高価な値がついている。レオン・レイナル夫人の手になるフランス語訳は一九〇四年に出た。日露戦争で日本の名が世界に知れたことが追い風となってハーンの名声は世界各地にひろまった。オランダ語訳はやはりホーフマンスタールの評論を巻頭に掲げているが一九〇五年に出た。当時のホーフマンスタールは全西欧文壇の美の最高審判者のごとき地位をいちはやく占めていたのである。ロシアの脅威を感じていたロシア周辺の民族は敏感に反応した。ポーランド語訳とフィンランド語訳（部分訳）は一九〇六年に、スペイン語訳とイタリア語訳は一九〇八年に、デンマーク語訳とハンガリー語訳は一九〇九年に、ロシア語訳は一九一〇年に出た。

訳出にあたっては、十六巻本 *The Writings of Lafcadio Hearn* (Boston and New York : Houghton, Mifflin & Company, 1922) の第七巻所収の *Kokoro* と一九七二年に Tuttle 社から出た版本の英文テクストを使用した。なお研究社小英文叢書の藤井一五郎注釈の *Kokoro* は昭和四十四年に二十二版発行となっているが、教室で使用して実にいい英語教科書であると感心した。本書中四篇は講談社学術文庫版、小泉八雲著、平川編『日本の心』の訳文に手を加えた。訳文中の〔 〕は訳者による補足である。

Kokoro の原書には巻末に Appendix があるが、前後二回出た仏訳本にも省略されている。ハーンが文芸作品としてよりも資料として付録に載せたものと見做《みな》したからであろう。本訳書でも省略した。『心』は昭和三年、第一書房の『小泉八雲全集』第五巻に収められたのが本邦初訳で、複数の訳者の手になるが付録「俗唄三つ」は稲垣巖が訳している。ほかに平井呈一訳『心』が岩波文庫に収められている。

ひと言、臆測に類することも添えたい。石原喜久太郎（明治五年 - 昭和十九年）は島根県八束郡二子村の士族の出。島根県立尋常中学校四年生から五年生の初めにかけてハーンから習い、ハーンは『英語教師の日記から』の十八節に「石原は侍《さむらい》だ。人並はずれた性格の力があり、クラスでも非常な人望がある。多少ぶっきら棒で、自分の考えをいつも貫くが、正直で男らしいので好感が持てる。自分が思っていることをなんでも言う。そして思ったままの調子で話すから、ときには相手にすると多少面倒なこともあるくらいだ。たとえば教師の説明の仕方に間違いを見つけると平気でそれを指摘し、もっとはっきり説明してくれと要求する。私を批判したことも一再ならずあるが、石原の方が間違っていると思ったことは一度もない。われわれ二人はたいそう馬が合う。石原は私のところによく花を届けてくれる」と非常な好意をこめて書いた。

ハーンから「サムライだ」といわれた石原は第一高等学校を経て東大医学部へ進み明治三十四年卒業、——その間、ハーンと再会し、年賀の挨拶も交わしている——東大助教授の四十四年から二年間、オーストリア、ドイツに留学、大正四年に鼠咬症《そこうしよう》スピロヘータ、昭和三年に恙虫病《つつがむしびよう》リケッチャを発見し、昭和七年に東大を定年退官した。十歳年長の森鷗外とは同じ島根の出でしかも同じ東大医学部出身で二人は親交があった。明治四十一年から四十二年にかけ石原が森邸を訪問したことが鷗外の日記に三カ所みえ、大正六年から七年にかけて同様の記事が同じく四カ所みえる。鷗外の長男於菟《おと》と原富貴の結婚（大正七年一月）の媒酌を石原がつとめたことは鷗外が石原を厚く信頼していたことをうかがわせる。

問題点はこうである。石原は自分がハーンの『英語教師の日記から』の中に活写されていることはもちろん早くから知っていた。そこには若き日の自分が颯爽《さっそう》と描かれている。留学に備えて言葉の勉強にいそしんだ石原はハーンの英語著作やドイツ語訳も買い求めていたのではあるまいか。そんな石原はハーンのことを鷗外に話したのではないか、というのが私の推測で、鷗外は石原からハーンのドイツ語訳を借りて読んだのではないかというのが私の臆測である。

ハーンの一八九六年作の『心』（そのドイツ語訳は一九〇五年刊行）に収められた『ある保守主義者』の主人公の心理は鷗外の『妄想』（一九一一（明治四十四）年発表）の「洋行帰りの保守主義者」を自称する主人公とははなはだしく似通っている。鷗外文庫にハーンの書物はないが、ひょっとして鷗外は石原喜久太郎からハーンの話を聞き、これから洋行する年少の友を見て、あらためて自己の留学体験の意味に思いをいたしたのではあるまいか。

註

1　日本人の「内面生活」を描くということこそハーンが渡日に先立ちハーパー社に申し出た自己の執筆姿勢で、ハーンはその通り自分の計画を実現していった。

2　『日本文明の真髄』や条約改正前後の開港場の様《さま》を伝えて真に雄編である『趨勢一瞥』が、従来日本の歴史学者や一般読者のあいだで話題とされることが少なかったのはひょっとして訳文に問題があったからではあるまいか。世の中には第一書房版の日本語訳文をまた日本語にしたとしか思われぬ日文日訳もあるので、戸沢正保の誤訳が次の訳でもそのまま踏襲され印刷されている場合が多い。

3　過度に自己中心的な論客たちに対しては、老人ホームでも恐れをなして入所を御遠慮願っているというではないか……。そんな陰の声すら聞える昨今である。となると行く先のあてのない彼女らの晩年はどうなるのか。「正義」の人こそ恨みつらみは多い。春という女性が封建女性の典型であるがゆえに怪談の一主人公に化したというのなら、このさき誰が進歩女性の典型であるがゆえに new ghost story のヒロインとなるのであろうか。

4　開港場の反日ジャーナリズムはけっして条約改正以前だけの過去のものではない。その隔世遺伝的ともいえる系列にもひと言ふれたい。アジア諸国の首都で出ている英字新聞はおおむね当該国の政府系の御用新聞である。ところが今日《こんにち》の日本には良かれ悪しかれその種の御用新聞がない。その代わりにかなり「反日」の性格が強い英字新聞がなんとジャパンを名乗って出まわっている。日本社会を上からの目線で見おろしながら揶揄《やゆ》しているが、そんな英字新聞が日本を代表するかのような権威面《づら》をしている。明治時代ならばとても許されなかった風景だろうが、当時と違って、敗戦後の日本主要新聞はそれを見て見ぬふりをして反論もしない。反論どころか裏で同調して反日共闘している場合すらあるらしい。そんな知的倒錯がなぜ独立国で発生し得るのか。在日西洋人の英語言論空間と日本語言論空間のあいだにずれが生じるのは避けがたいにしても、それにしてもこの歪み方は何であろう。しかしJapan bashingが得意の英語使いの日本人記者もそこで働いているのだから、なんとも情けない日本の首都の英語言論空間である。

5

しかもハーンの仏教理解のほどはすでにニューオーリーンズ時代の独学の結果によっても示されていた。一八八三年のW. D. O'Connor宛の手紙（*Writings of Lafcadio Hearn*, Vol. XIII, p.286）でアーノルド『アジアの光』の感想に添えられた言葉などはハーンの理解力の実態をよく示しているといわれる。『前世の観念』の「備考」の末尾で述べたハーンの言葉を説明するよすがにもなると思い、ここに英文のまま引用する。クローデルは仏教のニルヴァーナ（涅槃《ねはん》）を虚無とみなし拒否反応を呈するが、ハーンは違った。

Is not the tendency of all modern philosophy toward the acceptance of the ancient Indian teaching that the visible is but an emanation of the Invisible —a delusion—a creature, or a shadow, of the Supreme Dream ? What are the heavens of all Christian fancies, after all, but Nirvana—extinction of individuality in the eternal interblending of man with divinity; for a bodiless, immaterial, non-sensuous condition means nothingness, and no more.

ハーンの知的形成には文通が多大の貢献をなした。ハーンが多くの知的に優れた人々と手紙で交際できたことは真に驚くほどである。

6　平川祐弘『アーサー・ウェイリー――『源氏物語』の翻訳者』白水社、二〇〇八年、一七〇頁。

7　なお『人形の墓』の結びで万右衛門は迷信を軽視するハーンに調子を合わせたかのように「顔を見あわせて笑った」。だが本心は笑ったのかどうかわからない。万右衛門のいねに対する最後の言葉「旦那様はおまえの心配事や不幸せを御自分でお引き受けくださったんだよ。旦那様は他人の苦しみを御自分もわかちあってよくよく知りたい、とお考えでいらっしゃる。それだから、いねや、旦那様のことは別に心配しなくともよいのだよ」は、ハーンの態度をいねに釈明するためにに発したとりなしの言葉ともみなせよう。

本書は二〇一六年五月に河出書房新社より刊行された『個人完訳
小泉八雲コレクション　心』を再編集の上、文庫化したものです。

心《こころ》 日本《にほん》の内面生活《ないめんせいかつ》がこだまする暗示《あんじ》的《てき》諸編《しょへん》

二〇二四年 五 月一〇日 初版印刷
二〇二四年 五 月二〇日 初版発行

著　者 小泉《こいずみ》八雲《やくも》
訳　者 平川《ひらかわ》祐弘《すけひろ》
発行者 小野寺優
発行所 株式会社河出書房新社
〒一六二-八五四四
東京都新宿区東五軒町二-一三
電話〇三-三四〇四-八六一一（編集）
〇三-三四〇四-一二〇一（営業）
https://www.kawade.co.jp/

ロゴ・表紙デザイン 粟津潔
本文フォーマット 佐々木暁
本文組版 KAWADE DTP WORKS
印刷・製本 中央精版印刷株式会社

Printed in Japan ISBN978-4-309-46801-3

神曲 地獄篇

ダンテ　平川祐弘〔訳〕　46311-7

一三〇〇年春、人生の道の半ば、三十五歳のダンテは古代ローマの大詩人ウェルギリウスの導きをえて、地獄・煉獄・天国をめぐる旅に出る……絢爛たるイメージに満ちた、世界文学の最高傑作。全三巻。

神曲 煉獄篇

ダンテ　平川祐弘〔訳〕　46314-8

ダンテとウェルギリウスは煉獄山のそびえ立つ大海の島に出た。亡者たちが罪を浄めている山腹の道を、二人は地上楽園を目指し登って行く。ベアトリーチェとの再会も近い。最高の名訳で贈る『神曲』、第二部。

神曲 天国篇

ダンテ　平川祐弘〔訳〕　46317-9

ダンテはベアトリーチェと共に天国を上昇し、神の前へ。巻末に「詩篇」収録。各巻にカラー口絵、ギュスターヴ・ドレによる挿画、訳者による詳細な解説を付した、平川訳『神曲』全三巻完結。

新生

ダンテ　平川祐弘〔訳〕　46411-4

『神曲』でダンテを天国へと導く永遠の女性・ベアトリーチェとの出会いから死別までをみずみずしく描いた、文学史上に輝く名著。ダンテ、若き日の心の自伝。『神曲』の名訳者による口語訳決定版。

ダンテ『神曲』講義　上

平川祐弘　41963-3

鼻持ちならない自信家にして、彫心鏤骨の苦心を重ねたダンテ。この偉大なる詩人の遺した世界の大古典を、もっとも読みやすい日本語訳テキストをもとに、詳細に読み解く。『神曲』が、いま生動する。

ダンテ『神曲』講義　下

平川祐弘　41964-0

鼻持ちならない自信家にして、彫心鏤骨の苦心を重ねたダンテ。この偉大なる詩人の遺した世界の大古典を、もっとも読みやすい日本語訳テキストをもとに、詳細に読み解く。『神曲』が、いま生動する。

デカメロン　上

ボッカッチョ　平川祐弘〔訳〕　46437-4

ペストが蔓延する14世紀フィレンツェ。郊外に逃れた男女10人が面白おかしい話で迫りくる死の影を追い払おうと、10日の間語りあう100の物語。不滅の大古典の全訳決定版、第１弾。

デカメロン　中

ボッカッチョ　平川祐弘〔訳〕　46439-8

ボッティチェリの名画でも有名なナスタージョ・デリ・オネスティの物語をはじめ、不幸な事件を経てめでたく終わる男女の話、機転で危機を回避した話など四十話を収めた中巻。無類の面白さを誇る物語集。

デカメロン　下

ボッカッチョ　平川祐弘〔訳〕　46444-2

「百の物語には天然自然の生命力がみなぎっていて、読者の五感を楽しませるが、心の琴線にもふれる。一つとして退屈な話はない」（解説より）。物語文学の最高傑作の全訳決定版、完結編。

いいなづけ　上

A･マンゾーニ　平川祐弘〔訳〕　46267-7

レンツォはルチーアと結婚式を挙げようとするが司祭が立会を拒む。ルチーアに横恋慕した領主に挙げれば命はないとおどされたのだ。二人は村を脱出。逃避行の末――読売文学賞・日本翻訳出版文化賞受賞作。

いいなづけ　中

A･マンゾーニ　平川祐弘〔訳〕　46270-7

いいなづけのルチーアと離ればなれになったレンツォは、警察に追われる身に。一方ルチーアにも更に過酷な試練が。卓抜な描写力と絶妙な語り口で、時代の風俗、社会、人間を生き生きと蘇らせる大河ロマン。

いいなづけ　下

A･マンゾーニ　平川祐弘〔訳〕　46271-4

伊文学の最高峰、完結篇。飢饉やドイツ人傭兵隊の侵入、ペストの蔓延などで荒廃を極めるミラーノ領内。物語はあらゆる邪悪のはびこる市中の混乱をまざまざと描きながら、感動的なラストへと突き進む。

日本語　ことばあそびの歴史

今野真二　41780-6

日本語はこんなにも、愉快だ！　古来、日本人は日常の言語に「あそび心」を込めてきた。なぞなぞ、掛詞、判じ絵、回文、都々逸……生きた言葉のワンダーランド、もう一つの日本語の歴史へ。

文豪のきもの

近藤富枝　41724-0

文豪たちは、作品のなかでどのようにきものを描き、また自身は何を着ていたのか。樋口一葉、永井荷風、谷崎潤一郎、夏目漱石などのきもの愛を、当時の服飾文化や時代背景をもとに探る。

江戸へおかえりなさいませ

杉浦日向子　41914-5

今なおみずみずしい代表的エッセイ集の待望の文庫化。親本初収載の傑作マンガ「ポキポキ」、文藝別冊特集号から「びいどろ娘」「江戸のくらしとみち」「江戸「風流」絵巻」なども収録。

綺堂随筆　江戸の思い出

岡本綺堂　41949-7

江戸歌舞伎の夢を懐かしむ「島原の夢」、徳川家に愛でられた江戸佃島の名産「白魚物語」、維新の変化に取り残された人々を活写する「西郷星」、「ゆず湯」。綺堂の魅力を集めた随筆選。

風俗　江戸東京物語

岡本綺堂　41922-0

軽妙な語り口で、深い江戸知識をまとめ上げた『風俗江戸物語』、明治の東京を描いた『風俗明治東京物語』を合本。未だに時代小説の資料としても活用される、江戸を知るための必読書が新装版として復刊。

明治維新　偽りの革命

森田健司　41833-9

本当に明治維新は「希望」だったのか？　開明的とされる新政府軍は、実際には無法な行いで庶民から嫌われていた。当時の「風刺錦絵」や旧幕府軍の視点を通して、「正史」から消された真実を明らかにする！